# FENNİ

FEYZA ALTUN MERİÇ

**Kadının Fenni / *Feyza Altun Meriç***



Yayıncı ve Matbaa Sertifika No: 10614



*Genel yayın yönetmeni* Senem Davis
*Yayınevi baş editörü* Ahmet Bozkurt
*Editör* Cemil Üzen - Silya Zengilli
*Kapak tasarım* Gökçen Yanlı
*Sayfa tasarım* Yasemin Çatal

ISBN: 978-975-10-3628-5

15 16 17 18 8 7 6 5 4 3 2 1
İstanbul, 2015

*Baskı ve Cilt*
**İnkılâp Kitabevi Yayın Sanayi ve Ticaret AŞ**
Çobançeşme Mah. Sanayi Cad. Altay Sk. No. 8
34196 Yenibosna – İstanbul
Tel : (0212) 496 11 11 (Pbx)

**İNKILÂP Kitabevi Yayın Sanayi ve Ticaret AŞ**
Çobançeşme Mah. Sanayi Cad. Altay Sk. No. 8
34196 Yenibosna – İstanbul
Tel : (0212) 496 11 11 (Pbx)
Faks : (0212) 496 11 12
posta@inkilap.com
**www.inkilap.com**

# KADININ FENNİ

FEYZA ALTUN MERİÇ

İNKILÂP

**Feyza Altun Meriç**

1987 yılında Üsküdar'da doğdu. Marmara Üniversitesi Hukuk Fakültesi mezunudur. Halen Altun Hukuk & Danışmanlık bürosunda avukatlık yapmaktadır. İngilizce, Fransızca ve Farsça bilmektedir. Halen Tarafsız Çalışan Anneler Platformu kurucusu olarak dernekleştirme çalışmalarına devam ediyor. *Kadının Fenni* yazarın ilk kitabıdır.

feyzaltn@hotmail.com
instagram: @feyzalt
twitter: @feyzaltun

# İçindekiler

## İKİNCİ BÖLÜM
## KADININ YASAYLA İMTİHANI



## ÜÇÜNCÜ BÖLÜM
## KADININ FENNİ

Her şeyin sebebi olan oğlum Ali Yiğit'e...

# Teşekkür

Bu kitabın yayımlanmasına vesile olan kişi Oya Çınar'dır. Beni haberlerde görüp blog'u için röportaj yapmak istediğini söylemişti. Ben de kabul etmiştim. Röportaja Oya'nın yanında tüm röportaj boyunca beni ilgiyle dinleyen bir adam da gelmişti. "Acaba kim bu?" diye düşünsem de kendisine hiçbir soru yöneltmemiş, soruları cevaplamaya devam etmiş, arada da yan yan bakmıştım. Yalnızca ayrılırken üzerinde gergedan resmi olan bir kitabı adıma imzalaması ve İnkılâp Kitabevi logosu çok dikkatimi çekmişti. Ama o gün kitabı biraz karıştırıp bir ara okunmak üzere kitaplığıma koymuştum. Yazarının adını da o an unutmuştum.

Daha sonra bu kitabı yazarken o adamı hatırladım. Oya'yı arayıp bir kitap yazdığımı ve bu kitap ile ilgili iyi bir yayıneviyle görüşmek istediğimi, o gün kendisiyle gelen adamın bana bir yardımı olup olmayacağını sordum. Oya gülerek o adamın İnkılâp Kitabevi'nin baş editörü olduğunu söylediğinde koşarak içeri gittim ve imzalı kitabı alıp kafama kafama vurdum.

Sonuçta o gün konuşurken, "Acaba bu kim ki?" diye içimden geçirdiğim ve kitabının sayfalarını şöylece karıştırdığım Ahmet Bozkurt'un, yazdıklarımı basılmaya değer bulan, bu süreçte en çok konuştuğum, danıştığım, akıl aldığım ve sonradan entelektüel birikimine hayran kaldığım bir insan olacağını nereden bilebilirdim ki?

Bu sebeple, Ahmet ile tanışmama vesile olan ve kendisinden yardım istediğimde tereddütsüz yardım eli uzatan Oya'ya ve bana yol gösteren Ahmet'e;

Tüm bu süreçte bana sonsuz bir destek veren, geceleri çocuğumuz için uyanan; ben yazı yazarken (yazmasam da) Ali Yiğit'e bakan; evde bana yardımcı olmak yerine benimle birlikte ortak şekilde sorumluluk üstlenen; kendim olmamdan gocunmayan ve beni konuştuklarımla, hayal ettiklerimle, sahip olduklarımla ve olmadıklarımla seven; gerçek bir kadın hakları savunucusu olan sevgili eşim Mehmet'e;

O gün işi çıkan ve Ali Yiğit'e bakmaya gelemediği için kucak bağıyla duruşmaya girmeme ve her şeyin başlamasına vesile olan, "Her şerde bir hayır vardır" sözünü bana uygulamalı olarak ispatlayan anneme;

Her şart ve koşulda kahrımı çeken bir tanecik kardeşim Özge'ye;

Erkeklere ve dayattıklarına karşı direnç geliştirmeme vesile olan, ilk isyan ettiğim erkek olan babama;

Söylemek istediklerimi cesurca söyleyebilmem için beni yüreklendiren genel yayın yönetmenim Senem'e;

Kitabımı yazarken çok sık gittiğim Sankofa'ya ve orada tanıştığım, bazen, "Susun bir ya, kız kitap yazıyor kafasını karıştırmayın," diye birbirlerini ikaz eden neşeli insanlara;

Her zaman yanımda olan canım dostlarım Neşe, İpek ve Meltem'e;

Bu kitap ile ilgili en heyecanlı kısımları paylaştığım ve ben endişelere kapılırken, "Sen çağın Halide Edip'isin, bir misyonun var," diyerek beni tarifsiz biçimde onore eden –bunun latif ve nazik bir iltifattan öte olmadığını bilsem de– beni kamçılayan ve yazdıklarımı daha yüksek bir bilinçle yazmamı sağlayan Türkçe öğretmenim Ahmet Uygur'a;

Yazma şevkimi körükleyen ve kitap konusunda her zaman en az benim kadar heyecanlı olan Gökhan Dem'e;

Bu kitabı yazmak için İstanbul'daki son günlerinde yanında olamadığım sevgili arkadaşım Deniz'e ve güzel oğlu Kemal Can'a;

Bana destek veren ve güzel sözlerini esirgemeyen takipçilerime;

Bu zamana kadar birlikte çalıştığım, anılarını paylaştığım, bu kitaba konu olan yaşanmışlıklarıyla ve yaşanmışlıklarımızla zihnimden sınırları kaldıran tüm insanlara;

Benim için dua eden ve iyi dileklerini eksik etmeyen herkese TEŞEKKÜR ederim.

# Yazarın Notu

Aslında kitabımın adını "Kadının Fendi" koyacaktım. Ne var ki "fent" kelimesi hile, düzen, desise anlamına gelmektedir. Bir kadının bir erkeği ancak hile ve düzenbazlık ile alt edeceğini ima eden ve her zaman kadınların erkekleri oyuna getirdiğini ve kurnazlık ettiğini vurgulayan, bir anlamda kadını yeren bu söz öbeğini kullanmak istemedim. "Kadının fendi" her ne kadar bugün etimolojik anlamda dönüşmüş ve kadını övmek ve yüceltmek için iyi anlamda kullanılıyor olsa da ben hile anlamındaki fent kelimesi yerine, bilim ve bilgi anlamına gelen "fen" kelimesini tercih ettim.

"Fen" kelimesi Arapça kökenli bir kelime olup "beceri, hüner, marifet" demektir ve "fenna" "becerdi, zor işin üstesinden geldi" demektir.

Kadının fendi (hilesi) geçici olarak, ama fenni (ilim ve bilimi) kalıcı olarak erkekleri yenecek!

"Sizi rahatsız etmeye geldim."

Ali Şeriati

# Birinci Bölüm

# Kadının Derdi

# KADININ DERDİ

*"Neden, kadınım diye, söyle bana*
*Bunca yük var omuzlarımda*
*Tanrı, anayasa ve Birleşmiş Milletler*
*Söylerken bana hep birlikte*
*Tamamen eşit olduğumuzu?"*
Agnes Dewenis

Dünyam oğlumla değişti. Bedenim değişti, duygularım değişti, evliliğim değişti; işim, hayatım, uyku düzenim ve hatta arkadaşlarım bile değişti. Düşüncelerim değişti, ben değiştim. Değişince önce neden değiştiğimi sorgulamaya başladım, sonra beni değiştirenin ne olduğunu.

Kendimi bitiremeden insanları da değiştirdim. İçimde, hayalimde başka başka insanlar oldular halihazırdakiler. Öyle daha mutlu olduğumu fark edince, böyle neden mutsuz olduğumu düşünmeye başladım. Kadınların neden mutsuz olduğunu ve sonra neden birbirimizi mutsuz ettiğimizi...

Sonra insanları gözlemlemeye ve istemeden de olsa tespitler, genellemeler yapmaya başladım. Yazdıklarımın çıkış noktası bunlardı. Mutsuzluklarım, baskılar, sıkıntılar, müdahaleler ve daha birçoğu. Sonra fark ettim ki yalnız değildim. Benim gibi kadınlar, benim gibi anneler vardı.

Benim gibi sürekli eleştiriye maruz kalan, dışlanan, yetersiz hissettirilen, yalnız bırakılan, kabul görmeyen, kıyaslanan ve amaçsız bir rekabete sokulan; sınırlarına, kişisel becerilerine ve ilgi alanlarına bakılmaksızın her alanda yüksek başarı beklentisi içine sokulmaktan nefret eden, üzülen bir sürü kadın vardı. Ve onlar da tüm bunlara isyan ediyorlardı.

Bir baktım, beni çocuğum, evliliğim değil de sürekli üzerime yüklenen bu beklentiler, yanlış yapmamı bekleyen gözler, ister istemez geliştirdiğim kabul görme arzusu yoruyordu. Yorulduğumu hissediyor ve kendimi sürekli bir savaştaymışım gibi hissediyordum.

Evden dışarı çıkarken resmen kılıç kalkan kuşanıyordum. Biri arabasını kaldırıma park etmiş olacak; asansörde yer vermeyecek; birisi, "Kilo almışsın," diyecek; birisi, "Biraz kendine bak," diyecek; "Kızım o çocuğu ört, hasta edersin," diyecek; ağzımdan kesin kaçıracağım, evde kedi var diye, bir araba laf işiteceğim; çocuğu izinsiz öpecekler, sigara içtikleri elleriyle yanaklarını sevecekler... Hazırlıklı olmalıydım! Aman gerilmeye ne gerek vardı, boş ver dışarı çıkmayayım daha iyi diyecektim. Boş verecektim.

Tatlı dil yılanı deliğinden çıkarsa da o kadar sabır bende kalmamıştı maalesef. Evden çıktığımda ilk üçünde son derece güler yüzlü ve açıklayıcı olabilsem de sonraki beş on tanesine laf anlatacak enerjim kalmıyordu. Sinirim bozulsun istemediğim için insanlardan kaçıyordum. Bebek kaç aylık sorusunu duyunca irkiliyor, düzgün adım marş arkamı dönüp uzaklaşıyordum. Kendimi kötü hissetmek istemiyordum. Kendimi yetersiz hissetmek istemiyordum. Oğluma bakamadığımı düşünmelerini istemiyordum. Çok yoruluyordum. İsteyerek yapsam bile bazen çok ama çok yoruluyordum. Altüst olmuş hormonlarımı kontrol edemiyordum. Birileri bazen güzel şeyler söylesin, gönlümü okşasın istiyordum. Yaptıklarımı onaylasın, "Aferin, ne güzel bakıyorsun," desin istiyordum. Çok mu şey istiyordum?

Ya da gerçekten onların ne söylediğini umursamalı mıyım diye düşünüyordum.

Ya da neden bu kadar memnuniyetsiz ve yargılayıcılar diye düşünüyordum.

Benim kadınlığıma ve anneliğime saldırınca ne elde ettiklerini düşünüyordum.

Sonuçta hayat kısaysa ve kuşlar uçuyorsa, kuşları vurmanın âlemi neydi ki?

## Zaman Cangılında Hayat

*"Yüreğimdekilerin gerçekleşmesi umuduyla*
*geçti gitti değerli ömrüm! Yazık!*
*Gerçekleşti kestiğim ümit. Ama ne çare?*
*Yok geçen ömrün geri gelme umudu."*
Sadi Şirazi, Gülistan

Sanırım İstanbul'dan başka her yerde hayat daha eğlenceli yaşanıyor, zaman da daha yavaş akıyor. Ya da burada çok koşturduğum için bana öyle geliyor.

İzmir'e ya da Ankara'ya gittiğimde insanların rehavetle araba kullanışı, kimsenin deli gibi kornaya basmayışı, dikiz aynasından bakınca çılgın gibi el kol hareketleri yapan birilerinin olmayışı, hele İzmir'in tatil kasabası havası beni hep şaşırtır. Daha da küçük şehirlerde ise zaman akmıyor gibi gelir bana.

Ben trafiğe, aynı şeritte uzun süre kalamamaya, korna çalmaya, camdan sarkarak bağırıp çağırmaya, hep geç kalmaya, acele etmeye, kapıdan benden önce çıkan kocamı iteklemeye, hep bir şeyler unutmaya ya da unutmuş gibi hissetmeye alışmışım. Başka türlü bir yaşamın mümkün olabildiğini uzun süre bilmiyordum.

Bu yüzden eşimin memleketi Hatay'a yaptığım ilk yolculuk bana "Ne oluyoruz?" dedirtti. Sıcak havadan mıdır nedir, insanlar yürürken bile ayaklarını sürüyor, sürekli bir sonraki öğünde ne yiyeceklerini düşünüyorlar. Herkes gülüyor, herkes yanık tenli... Bir kahve kesmeyince hemen arkadan ikinci pişiriliyor, kimse ay uykum kaçar demiyor. Eve gelen misafir sayısı bazen yirmiyi buluyor. Ay aman ne yedireceğiz derdi yok, kim ne bulursa onu yiyor, hatta bazen misafir yemeğini kendi getiriyor. Kasıntısız, içten bir hayat.

İnsanların acelesi olmadan, koşturmadan, sinir küpü olmadan, yorulmadan, bir yere geç kalmadan, sürekli bir şeyleri eksik yapmış hissi olmadan, içten bir mutlulukla yaşaması nasıl bir şeydir? Ve gerçekten böyle bir hayat mümkün müdür?

İstanbul hiçbir yere benzemiyor. Devasa bir şehir. Finans merkezi, eğlence merkezi; paranın, kariyerin merkezi. Fakat çoğu insan belli bir gelir seviyesinde parasını belli şekilde harcamak zorunda. Küçük evlere çok kira ödüyor, tatsız tutsuz yemekler yiyor, denizi ayda bir ya görüyor ya görmüyor... Ben de çoğu insan gibi hem zehirli, hem pahalı gıdalardan yiyorum, nereye gitmek istesem her zaman başka şehirlere göre trafiği hesap etmek zorunda kalıyorum. Güneşli bir hafta sonu istediğim yere gidip oturamıyorum, çünkü yer yok, kalabalık. İnsanlar bebeğimin suratına doğru sigara üflüyor. O yüzden güneşli güzel günlerde mahallemin parkına gidiyorum. Orası bile kalabalık ve yine sigara içiliyor. Mutsuz mutsuz eve dönüyorum.

Sonuçta büyük ve kalabalık şehirlerde bir şeyler hep daha zor.

Bütün bu koşturmanın içinde ben de kayboluyorum. Ne zaman sabah oluyor ne zaman gece oluyor anlamıyorum. Yirmi dört saat yetmiyor, hiçbir işimi yetiştiremiyorum.

Ev işlerini yetiştiremiyorum!

Kaplumbağa misali sırtladığım evim!

Sürekli kayıyor diye çekiştirdiğim halı, aman temiz olsun diye ütülemeye çalıştığım donlar, ay dışarıdan bakan ne pis kadın demesin diye silmeye çalıştığım camlar... Benim baş düşmanım bunlar.

Sanki birisi beni kurmuş, sırtıma da raptiyeyle yapılacaklar listesi asmış. Evin içinde döne döne ev işi yapıyorum. Kendim yapmak zorunda hissediyorum. Kocam yardım etse bile onun yaptığı iş içime sinmiyor, muhakkak ben baştan yapıyorum. Allah aşkına benim zorum ne? Bende kodlanan bu ruh hastalığının adı ne?

Bir tek ben böyle değilim. Biz, çoğu kadın böyleyiz. Eğitim seviyemiz ne olursa olsun, annelerimizin küçük birer kopyasına dönüşüyoruz zamanla. Kendimizden vermekten, feda etmekten, anlamsızca kendimizi hırpalamaktan başka hiçbir şey yapmıyoruz ve bunu acayip kutsal bir erdemmiş sanıp kendimizi tatmin ediyoruz. Bu tabii bize öğretilen bir şey: Fedakâr ve cefakâr kadın rolü doğduğumuzdan bu yana sinsi sinsi aklımıza kazınıyor.

Evlenene kadar son derece vurdumduymaz olan ben, evlenip bir anda bir ev ile baş başa kalınca, en yakındaki kırmızı yardım butonu gibi, hemen anne prototipine sığındım. Evi temizlemek, yemek pişirmek, kısaca annemin yaptıklarını kopyalamak en pratik yoldu. İşe gitmeyip evde kaldığım her gün homurdanan, evde mi oturacaksın diyen kocam ise zamanla ev düzenine, kurabiyelerime öyle alıştı ki Ali Yiğit doğduktan sonra bunları yapmıyorum ve ev sürekli dağınık diye bir gün bana çıkıştı. Öyle bir dumur yaşadım ki o an çark ettim. Kendi elimle bir canavar yaratmıştım. Öyle olmamasına rağmen kocamı –kendim bile fark etmeden– benden ev işi, yemek ve kurabiye bekleyen bir erkeğe dönüştürmüştüm.

Önce kendimi, sonra onu silkeledim. Neyi, ne kadar yapmak istiyorum ve ne, ne kadar benim sorumluluğumda diye uzun uzun düşündüm. İstanbul'da zaman üç katı hızlı akıp giderken, hiçbir şeye para ve zaman yetişmezken ben acaba bir an durup dinlenebilir miydim? Çamaşır asmayıp kendime bir kahve pişirebilir miydim? Ben de yürürken aheste aheste ayaklarımı sürüyebilir miydim? Cidden, bir kadın olarak böyle bir lüksüm var mıydı benim?

Zamanın bu işleyişinde, iş hayatı sanki İstanbul gibi. Hızlı, dinamik, güncel, şaheserlerle dolu, eğlenceli, yeri gelince otoriter ve kurallara bağlı; gecekondularıyla, çarpık kentleşmesiyle bile göz alıcı. Kalabalık olunca kalabalık oluyor. Ama hangi saatte trafiğe çıkacağını bilince rahat ediliyor. Köprüler de hep kalabalıktır mesela, önce trafik durumuna bakmak, mesafeyi ve zaman aralığını iyi tespit etmek gerekiyor. Hafta içi kafe ve lokantalar tenha olur. Rahattır, insanlar güler yüzlüdür. Ama riski de, tekin olmayan yeri de çoktur. Tenha yerlerde dolaşmaya korkar insan. Haksızlığı boldur, bazen burasına gelir insanın, ama İstanbul'a nasıl davranacağını çözmüşsen o da sana iyi davranır. Sever, korur ve kollar.

Annelik ise İzmir gibi; deniz kokulu, güneşli ve sıcak. Hep sıcağından şikâyet edilen ama vazgeçilemeyen. En çok da İstanbulluların içinde ukdedir İzmir'de yaşamak. Boğaz Köprüsü'nü geçme mesafesinde Çeşme'ye, Alaçatı'ya varma düşüncesi bile heyecanlanmalarına yeter. Ama bir türlü vazgeçemezler

İstanbul'dan... İstanbul'un nimetlerini nasıl bırakacakları hep sorudur kafalarında. Geri dönmek isterlerse İstanbul onları aynı samimiyetle karşılar mı ki? Peki ya İzmir'in sıcağına nasıl dayanacaklar? Ya İstanbul kadar büyük olmayışına? İzmir'e gitmek bir kaçış mı, hayattan elini ayağını çekiş mi, yoksa yeni bir yaşam biçimi mi? Önce bunlara karar vermek gerekir çoğu zaman. Ama ne olursa olsun, İzmir gibi tüm sıcağına, nemine rağmen annelik çok güzeldir.

Ev işleri ise denizsiz Ankara gibi. Ne yaparsan yap, deniz yok işte Ankara'da. Burnu kurutur havası. Sağında solunda anlamsız heykeller, gri binalar, her bir köşeden fırlayan makam arabaları, havasında polen misali uçuşan bürokrasi, lokaller, yemekhaneler, işleri başından aşkın memurlar... Hatta ev işleri bile bakanlıklara ayrılmış. Mesela evin temizlik ve hijyeni "Çamaşır ve Ütü Bakanlığı"ndan soruluyor. Çamaşırların lekelerinin çıkıp çıkmadığı, ütülenince mikrobunun kırılıp kırılmadığı, çamaşırlar hangi ayarda kurutma makinesine atılırsa uzayıp kısalmayacağı "Deterjan Tüketiminin Azaltılması Daire Başkanlığı"nın görev alanı giriyor.

Sonra evin düzen ve izanı "Az Bi Evi Dağıtmayın Biraz Toplu Kalsın Bakanlığı"na bağlı. Bahar temizliklerinin senelik bütçesi, bakıcılara ayrılacak bütçe, eve alınacak kırlent, mum, ot, püsürük bütçesi bu bakanlığa bağlı.

Mutfak alışverişi, günlük yetişkin ve bebek yemek listesi de "Pilav Yapacakken Pirinç Olmadığını Fark Eden Bakanlık"ın görev alanında. En ağır aksak işleyen bakanlık da bu bakanlık. "Sağlıklı Bebek Yemekleri İl İdaresi Başkanlığı" özenli çalışsa da "İşten Gelen Yorgun Ebeveyn İşleri Amirliği" işini sürekli savsaklama peşinde. Gidiyorsun müdür yemeğe çıktı, geliyorsun müdür yemekten daha gelmedi. Müdür sürekli bir yemek, kahve molasında; ebeveynler ise sürekli aç...

Bu durum ebeveynleri çok derinden etkilediği ve münakaşalara sebebiyet verdiği için "Bebeğe Çaktırmadan Tartışma İl Müdürlüğü" kurulmuş. Burada birbirinden o an nefret eden ebeveynler dişlerini sıkmak ve bebeğe doğru gülümsemek suretiyle tartışırlar. Bu tartışma biçimi bizim eve 21.06.2014 tarihinde Resmi Gazete'de yayımlanan bebek ile yürürlüğe girmiştir. Tartışma şekilleri her eve göre değişebilir; anlatılan biçim sınırlayıcı değil, örnekleyicidir.

Sonra, "Münakaşaları Tatlıya Bağlayalım-Arabuluculuk Derneği" pek aktiftir ev ilinde. "Bebeğe Çaktırmadan Tartışma İl Müdürlüğü" ile sürekli iletişim halindedirler.

"Boş Ver Şimdi Her Yer Kalabalıktır Evde Oturalım Bakanlığı", "Aman Bebek Üşütmesin Bakanlığı" ve benzeri pek çok bakanlık, pek çok durum ve olayı düzenlemek için kurulmuş onlarca müdürlük ve amirlik vardır evde anlayacağınız.

Ben ise yürütmeyi, yargıyı ve yasamayı tekelinde toplamış bir başbakan gibiyim. Çünkü evde öyleyim. Hatta bizim evde diktatörlük var bile diyebilirim. Eşimde yalandan veto hakkını kullanan reisicumhur gibi. Bir kere veto etse bile ben aynı şeyi biraz süsleyip karşısına getirince reddetme imkânı kalmıyor.

İşte hayat bu ev bürokrasisi kıskacında akıp gidiyor hızlıca. Biraz acı, biraz tatlı, biraz fakir, biraz zengin. Biraz üzgün, biraz mutlu. Herkes kadar yorgun, herkes kadar hareketli. Benimse kafamı hep yapmak isteyip de yapamadığım şeyler kurcalıyor.

## HİÇBİR ŞEYE ALIŞMA
### Neye Alışacağını İyi Seçmeli İnsan

İnsan en zor alışkanlıklarından vazgeçiyor.

Masanın nerede durduğuna alışıyor, koltuğun cama paralel açısına alışıyor. Bir kere bir şeye alışınca değişmek, değiştirmek çok zor oluyor.

Evliliklerin 30-40 sene sürmesini sağlayan nedir, aşk mı? Hiç sanmıyorum. İnsan bir süre sonra yanında yatan adamın nefes alışına alışıyor. Sevdiği kadının sürdüğü oje rengine alışıyor. Farklı bir renk sürünce rahatsız oluyor.

Neden çok mutsuz evlilikleri bitirmek insanlara zor geliyor? Alıştığı evden gitmek, alıştığı kişiyi sevmese bile artık görmemek fikri korkutucu geliyor. Hatta belki yaşanan kavgalara ve hissettiği mutsuzluğa bile alışıyor insan ve bunlardan vazgeçmek istemiyor.

Nereden duyduğumu, okuduğumu ya da izlediğimi hatırlamadığım bir hikâye anımsıyorum. İki kız çocuğu olan bir aile yeni bir eve taşınıyor. Kızların odasında yatak konabilecek iki köşe var; biri cam kenarı, biri duvar önü. Kardeşler sıkı bir kavgaya tutuşmuşken baba imdada yetişiyor ve diyor ki, "İlk altı ay sen cam kenarında, sen de duvar kenarında yatacaksın. Sonraki altı ayda da yatakları değiştireceksiniz. Böylece ikiniz de her iki köşeden eşit şekilde yararlanmış olacaksınız."

Kızlar da kabul ediyor. Altı ay geçip de yatak değiştirme sırası gelince önce duvar kenarında yatan kız itiraz ediyor. "Hayır, ben yatağıma alıştım," diyor.

İnsan diretmeyip akışına bırakınca her şeye alışıyor, her şey olağan geliyor. Çocuk doğduktan sonra daha önceki alışkanlıkların devam edemediği gerçeği ne kadar geç kabullenilirse o kadar acı verici oluyor. Hele beklenen ilk çocuksa, insan önce anlamıyor. Kırk günlük lohusalık süreci azami bir sayı mı, yani kırk gün geçince her şey eskiye dönecek mi, dönmemesi normal mi, bir süre idrak edemiyor.

Bir kere çocuk doğunca hiçbir şey eskisi gibi olmuyor. Ben, eski ben değilim artık. Eskiye de dönmek istemiyorum zaten. Şimdiki halim eskisinden daha güzel. Hayatımsa şimdi kesinlikle eskisinden daha güzel.

Etrafıma bakıyorum; herkes çocuğunu çok seviyor, her şeyini çocuğuna göre ayarlıyor, varları yokları çocuklarının. Ama kimse çocuklarını ne kadar sevdiğinden bahsetmiyor. Herkes çocuklarının hayatlarını ne kadar değiştirdiğinden ve ne kadar zor olduğundan bahsediyor. Bir kere dayanamayıp sormuştum birisine, "Çocuk sahibi olduğun için pişman mısın?" diye.

Sadece merakımdan sormuştum. Kadıncağız şok geçirdi, ama bir daha da çocuğundan şikâyet ettiğini duymadım. Üstelik çocuklar büyüyüp konuşulanları anladıkça, ailelerine ne kadar yük olduklarını sürekli olarak duymaları onları üzmez mi? Şahsen ben, eşim ya da arkadaşım benim için yaptığı bir işi kafama kaksa darılırım. Darılmam, üzülmem diyen beri gelsin.

Tabii ki bunun tam tersi aileleri ve insanları da gördüm ve kendime hep onları örnek aldım. Mesela Ali Yiğit doğduktan yirmi, yirmi beş gün sonraydı. Kitapçıda kitap seçiyordum, yanımda da altı yaşında bir çocuk ve annesi vardı. Bir şekilde sohbet etmeye başladık. Ben deneyimli bir anne görünce döküldüm, "Epizyotomi dikişlerim hâlâ acıyor, bebek uyumuyor, uyuyunca uyanmıyor, emmiyor, ben gece uyanamıyorum, memelerim yara oldu acıyor, her emzirdiğimde rahmim kasılıp acıyor, sürekli nefesim daralıyor." Anlattım da anlattım. Kadın gülümsedi: "Geçecek merak etme. Benim üç çocuğum var. Bu Kaan, en büyüğü."

Hayretle gözlerimi açtım. Kadın gencecikti. İş güç sahibiydi, çok bakımlıydı ve gülümsüyordu. Şaka mı yapıyordu acaba? Gerçekten mi, nasıl oluyor falan diye kekelerken ben, "En küçüğü iki yaşında, ortancası dört, en büyüğü de altı. Biz çok mutluyuz ve inan, sen anne olarak net olursan sıkıntısız geçecek bu dönemler. Bizim evde televizyon yok, hepimiz kitap okuruz. Unutma, sen ne yaparsan çocuk da onu yapar," diye devam etti.

Kadın anlattıkça ben hayatın sırrını keşfetmiş gibi rahatlıyordum. Demek ki olabiliyordu. Demek ki tek çocukla fenalık geçiren kadınların yanında üç çocukla mutlu olabilen kadınlar da vardı!

Aydınlanmıştım. Beklediğim mesaj buydu sanki. Net olmam gerekliydi, önce kendime sonra çocuğa karşı. Hatta eşime karşı da.

Sonra Kaan elindeki kitaptan başka bir şey daha istedi. "Hayır," dedi kadın. Kaan elindeki şeyi aldığı yere bıraktı. Tutturmadı, ağlamadı, bir de üstüne, "Tamam," demez mi!

Bana iyi günler dileyip kasaya doğru gittiler. Ben de arkalarından bakakaldım.

Neticede alışkanlıklardan vazgeçmek ne kadar zorsa bir şeylere alışıvermek de o kadar kolay. Fakat insan neye alışacağını iyi seçmeli.

Ben, daha gebeliğimde hayatımın eskisi gibi olmayacağı gerçeğiyle yüzleşmiştim. Belki karnım çatlayacak ve göbeğim eskisi gibi olmayacaktı, belki sezaryen olacak ve ömür boyu bir ameliyat izi taşıyacaktım, belki çocuğum uzun süre uyumayacak ve ben zombi gibi dolaşacaktım, belki çok kilo alacak ve o kiloları bir daha geri veremeyecektim, belki dünyanın en ağlak çocuğu benim olacak ve kâbuslarım gerçek olacaktı... Bu korktuklarım aşırı derecede korkunç şeyler miydi? Beni neyin beklediğini kim bilebilirdi?

Fakat kendi kendime söylediğim en önemli şey şuydu: Hayatın eskisi gibi olmayacak. Evet, bunu kabullenirsen ve yeni hayatında iyi alışkanlıklar edinirsen mutlu olursun. Düzen, kötümserlikten uzak durmak, değişikliği iyi tarafından görmek ve duruma adapte olmak seni rahatlatacak. Kötü alışkanlıklar geliştirme, bak görürsün iyi olacak.

İranlı yazar Mahmut Reza Yusufi'nin *Kurtlar Ağlamaz* adlı kitabının hikâyesi beni çok etkilemiştir. Kitapta birkaç genç karlı bir havada, ıssız bir yerde araba kazası yapıyorlar ve içlerinden birini kurtlar ele geçiriyor. Kurtlar gence, ölen reislerinin kalbini yiyerek bir kurda dönüşmesi halinde yaşamasına izin vereceklerini, yoksa kendisini yiyeceklerini söylüyor. Genç, ölmemek için isteklerini kabul ediyor ve ölen yaşlı kurdun kalbini yiyor. Sonrasında ise önce yalandan ulumaya, kurtlar gibi davranmaya başlıyor, fakat sonra içinden bastıramadığı bir uluma isteği yükseliyor. Gün geçtikçe kurt gibi hissetmeye ve kurt gibi davranmaya başlıyor. Kısacası genç, kurtluğa alışıyor.

Bir gün kurtlar iki yaşlı insanın yaşadığı köye baskın yapıyor. Uzunca seneler insan olarak birlikte yaşadığı insanlık ve bastıramadığı içgüdüleriyle alıştığı kurtluk arasında kendisine acı çektiren bir içsel savaş başlıyor. İşte anne olunca bizler de yaşlı kurdun kalbini yiyen genç çocuk gibi, yeni hayat ile eski hayat arasında gelgitler yaşıyoruz. Hangisi biziz, bu değişimin sebebi ne, iyi mi oluyor, kötü mü, çoğu zaman anlam veremiyoruz.

Ben mutluluğu yeni hayatımı ve gerçekleri kabullenişte buldum. Bu kabulleniş ise asla bir vazgeçiş değil. Bu kabulleniş asla kötü bir alışkanlık değil.

Aksine, ben bunları kötü durumlara asla alışmayın diye yazıyorum. Etraftan duyduğunuz korkunç hikâyeleri önemsemeyin. Anlatılan kötü hikâyeler de aslında anlatanın durumu kabullenme çabası. Önemli olan başkalarının kötü ya da zor durumlarda ne yaptığı, nasıl mutsuz olduğu değil; sizin tüm bu süreci nasıl yöneteceğiniz. Kabullenmeden önce sinirlerinizi zorlayan sürece alışmak sizi sadece daha mutsuz ve gergin yapacaktır. Şunu etraflıca düşünün: Çocuktan sonra hiçbir şey eskisi gibi olmayacak, ama bu, hayatınızın eskisinden daha kötü olacağı anlamına gelir mi? Alışmak sadece mutsuzluklara boyun eğmek demek mi? Yeni bir hayatta yeni bir canla; güzel, sağlıklı ve mutlu alışkanlıklar geliştirmek imkânsız mı?

Cevap: Kesinlikle değil. Nasıl olacağı ise tamamen kişiye bağlı.

## MUTSUZLUKLARIMIZ
### Çile Doldurmak

Kadınlık, meşk tahtasında sema dönmek gibi. Yalnız bizimki sancılı.

Mevleviler sema eğitimi esnasında üzerinde sol ayağın başparmağı ile ikinci parmağı arasına sokulan iki santimlik bir çivi bulunan kare bir tahtayı ayağın altına koyarlarmış. Bu çivinin etrafına tuz da serperlermiş ki ayak kolay dönsün ve yara olmasın.

Sonra dergâh üyesi sol ayağını yerden kaldırmadan dönme talimleri yaparmış. Buna "çark atmak" deniyor. Sonra sırasıyla direk tutmayı, kol açmayı öğrenirmiş semazen adayı. Bunlardan sonra da sema ederken yürümeyi...

Döndükçe, dönmekte ustalaştıkça manevi olarak ilerler, ruh dünyasının derinliklerine iner ve ayrıca tarikatında da saygınlık kazanırmış.

Tüm bu serüven, Mevlevihaneler, huşu içinde çark atan semazenler...

Ama bizimki biraz farklı tabii. Çivi iki parmak arasına girmek için biraz kalın. Tuz da yok. Tahta, parmaklarını çivinin etrafına geçirince, daha dönmeye başlamadan rahatsızlık veriyor. Döndükçe parmakların arasındaki ince et açılıyor. Devam ettikçe etler sıyrılıyor, kanıyor. Et açıldıkça daha da acıyor insanın canı. Bir de ayağını yerden kaldırmaman lazım. Ellerini göğsüne kavuşturman ve dünyevi şeyler düşünmemen lazım.

Dönüyorsun ama gözlerinden yaşlar akıyor. Ayağın kanıyor. Acıdan başka bir şey düşünemiyorsun. Çivinin tırtıklarına takılıyor etlerin. Meşk tahtası kana bulanıyor. Sense durmamak için var gücünle dönüyorsun. Dönmen gerekli, biliyorsun. Dönecek, dergâhında ilerleyecek, saygınlık kazanacaksın. Acıyı düşünmemen lazım, biliyorsun, ama tek düşünebildiğin şey de acı. Daha başındasın halbuki, ama sürekli, "Çok gençsin, daha neler göreceksin," diye söylüyorlar. Evet, daha direk tutacak, kol açacak, sema ederken yürüyeceksin. Acıyı düşünme. Düşünüyorsun. Bacağın sızlıyor artık. Gözlerinden yaşlar akıyor. Bağırıyorsun avazın çıktığı kadar, duymuyorlar. Yaranın kabuk bağlamasına da izin vermiyorlar.

Üzerine boya bile sürülmemiş sıvalı duvarlar içine koymuşlar, kapıyı da üzerinden kilitlemişler. Yerlerde irili ufaklı taşlar. Biliyorsun, durabilirsin. Bu çivi, bu meşk tahtası aslında senin canını yakmak için değil. Fark ediyorsun, ama duramıyorsun, dönüyorsun bilinçsizce. Fakat bu talimin huzur içinde olması gerekmez miydi? Neden her yer kan oldu?

Dur! Dönme artık. Çileni dolduracaksın sen de elbet, ama acıyla ve kanla dolu olması gerekmez. Dur ve meşk tahtanı değiştir.

> "İnsanlar çocukluktan sıkılırlar ve büyümek için acele ederler. Ne var ki sonra çocukluklarını özlerler. Para kazanmak için sağlıklarını yitirirler. Sonra sağlıklarını geri almak için de para öderler. Yarınlarından endişe ederken, bugünü unuturlar. Sonuçta ne bugünü ne de yarını yaşarlar. Hiç ölmeyecekmiş gibi yaşarlar. Ancak hiç yaşamamış gibi ölürler..."
>
> Platon

## "Göster Oğlum Pipini Amcalara"

Kadın ile erkek arasındaki ilk ayrımcılık daha rahme düşmeyle başlıyor. Bebeklerin cinsiyetinin on altı haftalık yasal kürtaj yaptırma süresinden önce söylenmemesi tesadüf olamaz, değil mi? Sadece Türkiye'de değil, dünyanın pek çok yerinde hâlâ, maalesef, bebeğin cinsiyeti kız diye kürtaj yaptırılıyor. Mesela Çin'de nüfus planlaması gereği tek çocuk politikası var ve aileler ancak tek çocuk sahibi olabiliyorlar. Hatta yanlışlıkla hamile kalan kadınlara zorla –bebek kaç aylık olursa olsun– kürtaj yaptırılıyor. Eğer o tek çocuk kız olduysa, köylerde bazı ailelerce doğduktan sonra boğuluyor. Sebep: Sonraki bebeğin erkek olabilme ihtimali. Bir erkeğin doğabilme ihtimali bile bir kadının katledilmesi için geçerli bir sebep sayılıyor. Ne acınası bir durum!

Rahme düşüp, gelişimini tamamlamayı ve doğmayı başarabilmiş kız çocukları ise sonu gözükmeyen çetin bir yolu çıplak ayak yürüyeceklerinden habersizler tabii. Hayatta kalmak ve mutlu olabilmek için çok çaba sarf etmek gerekiyor.

Aslında mutsuzluğun sebebi gözümüzün önünde, ama tam olarak çıkış noktasını kestiremiyoruz. Birbirine girmiş, bazen birinin sonucu diğerinin sebebi olmuş o kadar çok olgu var ki... Bunları tespit etmek için kapsamlı sosyolojik ve kültürel analizler yapmak lazım. Benim amacım bu olmamakla birlikte, sorunun temelini oluşturan pek çok konuya da değinmeden geçemem.

Mesela gözüme en çok batan konulardan biri erkek çocuklarının yetiştiriliş biçimi. Erkek çocuklarına gösterilen toleransın kız çocuklarına gösterilenden daha fazla olması, yaşam biçimlerine nispeten daha az karışılması, daha serbest büyümeleri ve sınırların belirlenmemesi ana sorunlardan birisi.

Nedense erkek çocukları kız çocuklarına verilen ahlak, edep ve terbiyeden muaf görülüyor. Tüm ahlak politikamız cinsiyetçi ve ayrımcı biçimde kadın bedeni üzerine kurulduğu için bu temelsiz politikalar sürekli yıkılıyor ve biz altında kalıyoruz.

Üstelik neden "pipisini yerim", "pipisini sevsinler", "pipi pipi pipi" diye seviyoruz erkek çocuklarını, neden pipiyle kafayı bozmuşuz, asla anlamıyorum. Hiç "kukusunu yerim" diye kız çocuğu sevildiğini görmedim. Söylemesi bile bir garip değil mi? Sapıkça geliyor insana. Fakat işin garibi; "pipini yerim", "çükünü çekerim" falan deyince garip gelmiyor. Bizim ruhumuza, saç diplerimize, tırnaklarımıza işleniyor bu. Erkek, sadece pipisi olduğu için bile üstündür, şanslıdır.

Mesela küçük erkek çocuklarını bir sevme biçimi daha var: "Leeen, kızlarla aran nasıl?"

Nasıl olacak öküz! On aylık bebekle konuşuyorsun!

Kız çocuklarını böyle seveni az gördüm. Ama bir kere şöyle bir şey duymuştum: "Gıız, oğlanlarla aran nası, orospu mu olcen gıız!"

Gözlerim yerinden fırlamıştı. Bir kız çocuğunun herhangi bir oğlanla arası iyi olursa sonunda kesin orospu olur zaten.

Daha bu kadar küçükken erkeklerin aklına tek bir şey işleniyor:

"Senin pipin var. Pipin olduğunu sakın unutma. Pipini her zaman, her yerde, her boka sokabilirsin!"

E bu çocukların büyüyünce, haliyle "biraz kafam gelişsin, biraz ahlakım gelişsin" gibi bir derdi olmuyor.

Bir gün bir takipçim, sağ olsun, "Rezaleti gördünüz mü?" diye bana mail attı ve bir video linki yolladı.

Videoyu izleyince beynimden vurulmuşa döndüm.

Otuz yaşını geçkin bir kadın, yeğeni olduğu iddia edilen, tahminim beş altı yaşlarındaki çocuğa kucak dansı yapıyor. Sonra da çocuğun eşofman ve külotunu indirerek ereksiyon oluşunu kayda alıyor. Yaptığı yetmezmiş gibi bir de bunu internete koyuyor!

Bu rezaleti, videoyu çeken ve çocuğu istismar eden kadınların kahkahaları ve çocuğun utançla üzerini toparlama çabası arasında, vücudumdan kan çekilmiş şekilde izledim.

Hafta başı hemen adliyeye gittim. Önce şahıslar hakkında suç duyurusunda bulundum, sonra da Sulh Ceza Hâkimliği'nden bu videoya erişimin engellenmesini talep ettim. Site Amerika'dan yönetildiği ve linke erişimin engellenmesine izin vermeyen bir güvenlik protokolü kullandığı için, "Videoya mı erişimi engelleyelim, siteye mi erişimi engelleyelim, TİB'e yazalım, Erişim Engelleme İdaresi'ne soralım," derken; baktım video izlendikçe izleniyor, yayıldıkça yayılıyor. Koşarak eve geldim.

Açtım videoyu yayınlayan sitenin künyesini, iletişime geçip durumu uzun uzun anlattım. Türkiye'de mahkeme kararı olduğunu, zaten Amerikan yasalarını da ihlal eder nitelikte ve hatta çocuk pornosu kategorisinde olduğunu ve videonun silinmesi gerektiğini yazdım.

Emin olamadım. Açtım FBI'ın sitesini, internet suçları ile ilgili bölümü buldum. Formu doldurdum, kendimi tanıttım. Yazarken de kendime gülüyorum:

"Dear Sir/Madam,

Neydi, resmi yazılarda nasıl hitap edecektik yahu, dur hukuki bir terim vardı. Bir saniye içeriden hukuk sözlüğümü alayım."

Sonra linki verdim ve, "Bu," dedim, "çocuk pornosudur!" Çocuk pornosu yazmamla antivirüs programım bilgisayarıma birilerinin bağlandığının alarmını verdi. Ben de ekrana şaşı şaşı baktım o an. "Herhalde FBI'dır," dedim.

Sonra bir kahkaha patlattım.

Formu da gönderdikten sonra artık beklemek kaldı. Daha bir gün bile olmadan, baktım video silinmiş. Evet, bizim mahkeme, "Site mi video mu, site mi video mu?" diye papatya yapraklarını koparırken, FBI videoyu kaldırmıştı. Belki de sitenin kendisi silmişti, ama sonuçta amacıma ulaşmıştım.

Bu video bir kez daha bana gösterdi ki biz en başta kendi erkek çocuklarımızı sevgi adı altında istismar ediyor, cinselliklerine ve mahremiyetlerine tecavüz ediyor, sonra da onlara cinsel organlarıyla her şeyi yapabilecekleri fikrini aşılıyoruz.

Çocuklar, ailelerinin küçük birer kopyası olarak büyüyorlar. Annelerinin, babalarının, anneyle babanın kavgalarının, davranışlarının, kullanılan kelimelerin, edilen küfürlerin...

Evet, çocuk büyüdükçe okuldan da bir şeyler öğreniyor, ama evde geçirdiği ilk seneler hamuru da az çok şekillenmiş oluyor. Bazen sokakta görüp de garipserim, "Nereden öğrenmiş bu çocuk bunu?" diye, anasını babasını görene kadar. "Tabii," derim, "doğru ya."

Erkek çocukları küçük yaşlarda sevgililerinden bahsediyor, ergenliklerinde ne kadar ve nasıl mastürbasyon yaptıkları sohbetlere konu oluyor, ilk cinsel deneyimleri en çok merak edilen şey oluyor. Kadınlar ise hep erkeklerin elinin kiri oluyor.

Biz, anneler olarak, erkeklerin yaşadığı her şeyi daha sükûnetle karşılıyoruz. Yanlışlarına sessiz kalarak hatalarını onaylıyor ve bunların davranış biçimine dönüşmesine sebep oluyoruz. Sadece kadınlara mübah gördükleri açısından değil, kendi dünyalarında duygularını bastırışlarından mutsuz oluşlarına kadar, önce anneler olarak bizler sorumluyuz.

Bir gün bir restoranda merdivenlerden inmeye çalışan üç küçük erkek çocuğu gördüm. Üç dört yaşlarında ya var, ya yoklardı. Çocuklardan birinin ayağı kaydı ve düştü. Ağlamaklı suratından sırtının acıdığı belli oluyordu. Müdahale edeyim derken yanındaki erkek çocuğu eğildi, düşen çocuğun sırtını öptü, eliyle omzunu sıvazladı ve, "Geçti mi?" dedi.

Sonra bu üçü el ele tutuşup merdivenleri inmeye devam ettiler.

Demek ki o çocuk düşünce annesi babası acıyan yerini öpüyor. Çocuğu seviyorlar.

Beş on sene sonra belki toplumsal önyargılar nedeniyle birbirlerinin sırtını öpmeyecekler, ama öpünce acısının dindiğini düşünen bu minik çocuklar travmatik bir şey yaşamadıkları sürece şefkatli erkekler olacak.

Toplumun erkeklere bakış açısını görmek beni çok korkutuyor. Çizilen tabloda dayatılan rollerden tabii ki erkekler de nasibini alıyor. Lütfen meseleye "cahiller" noktasından bakmayın. Maalesef yerleşmiş, köklü bir anlayış var. Eğitimli ailelerde de, eğitimsiz ailelerde de buna sık rastlıyorum. Her sıkıntılı meseleyi "kâfirlerle yobazlar, modernlerle köylüler" gibi bir noktaya indirgemek, son derece şoven ve sorunu çözmekten uzak bir bakış açısı olur. Çünkü eminim ki aile geleneği, toplumsal değerler, ananeler her ailede belirleyici olabiliyor.

Bir gün son derece eğitimli olduğunu düşündüğüm bir tanıdığımız, kendisine gülümseyen oğluma, "Ne gülüyorsun neeee, yalaka mı olcaan?" deyince ya da yine iyi bir eğitim almış olan başka bir arkadaşım arkamdan ağlayan oğluma, "O senin annen değil, ağlama," deyince eğitimin cehli bir yere kadar alabildiğine kani oldum.

Çocuk psikolojisi geliştikçe, bunlar herkesin ulaşabildiği bilgiler haline geldikçe etrafımdaki insanların ne kadar bilinçsiz olduğunu seçer oldum. Toplumun sadece kadınlara değil, erkeklere de acımasız olduğunu gördüm. Toplumun kadınları bastırdığı gibi masum ve saf erkek çocuklarını da kaba saba adamlara çevirdiğini gördüm.

Üstelik bu mutasyonun bizzat kadınlar eliyle gerçekleştiğini görmek, beni can evimden vurdu.

Özetle, mutsuzluğumuzun birincil sebebinin kadınların erkekleri yetiştirme biçimi olduğuna karar verdim.

"Çocuk Amnezisi (Unutkanlığı)– Bu boşluğun nedeni, biraz, yazarların eğitimleri dolayısıyla gösterdikleri alışılmış çekingenliklerinde ve biraz da bugüne dek her açıklamadan kaçmış olan psişik düzendeki bir olayda bulunur. Burada, insanların hepsi için değilse bile çoğu için yaşamlarının ilk altı ya da sekiz yılını kalın bir örtü ile saran o garip amnezi olayını anımsatıyorum. Şimdiye dek, bu amneziyi (unutma hastalığı), hiç bizi şaşırtmayan doğal bir olay olarak kabul etmişizdir; oysa, hiç de öyle olmaması gerekirdi. Gerçekten belleklerimizde ancak bazı anlaşılmaz anı parçaları bırakmış olan bu yıllar boyunca, bize söylenmiş olduğuna göre, dış dünyanın izlenimlerine karşı canlılıkla tepkide bulunmuşuzdur öbür insanlar gibi sevincimizi ve acımızı açığa vurmuşuzdur, sevgi, kıskançlık ve kimi zaman bizi kuvvetle sarsan başka tutkular göstermişizdir; hatta büyük kişilerin bizim zekâmızın ve anlayış gücümüzün kanıtları olarak tuttukları sözlerimizden kimileri anımsanır. Oysa bütün bunlar, yetişkin olduğumuz zaman hatırımızdan çıkar. Öyleyse belleğimiz bu noktada, başka psişik fonksiyonlarımızdan nasıl geri kalıyor? Yaşamın başka hiçbir döneminde, bellek artık izlenimleri kaydetme ve yeniden ortaya çıkarma gücünde olmamış olsaydı buna inanma nedenlerine sahip bulunurduk."[1]

Unuttuğumuzu sandığımız, ama asla unutmadığımız neler işlendi beynimize? Hatırlamadığımızı sandığımız, fakat bilinçaltımıza kodlanan. Bir şeyi birisine ezberletebilirsiniz, ama emin olun unutacaktır. Eğer o fark etmeden onu koşullandırır ve rahatsız etmeden beynine işlerseniz, daha köklü ve etkileri

1 Sigmund Freud, *Cinsiyet Üzerine,* çev. A. Avni Öneş, Say Yayınları, İstanbul, 1993.

uzun süren bir sonuç alırsınız. Çünkü sonunda kişi, kendisine dayatılanın aslında kendi tercihi olduğunu düşünmeye başlar ve onu aksine inandırmak da son derece güç olur.

Düşünüyorum, zaman zaman neden kendimden şüphe ediyorum, neden mutsuz oluyorum ya da etrafımdaki pek çok akıllı, eğitimli kadın haklı olmasına rağmen bazı durumlarda neden susuyor veya susmak zorunda kalıyor? Düşüncelerim geriye gidiyor, gidiyor ve hatırlamadığım yerlerde duruyor. Gerçekten hatırlamıyor muyum yoksa kişiliğimi oluşturan bu dönemlerde duyduklarımı?

Üstelik çocukken beni mutsuz edecek, bana travmalar yaratacak bir ailem olmadı. Değil çekirdek ailem, sülalem bile hiçbir zaman kız çocuk-erkek çocuk ayrımı yapmadı. Kadınlara giyimleri konusunda baskı yapılmadı –ya da çok yapılmadı diyeyim– kimsenin mezhebine bakılmadı, hayatta her şeyin insanlar için olduğu bilindi, kimse yargısız infaz edilmedi.

Babaannem düşüncelerini çok rahat dile getiren, biraz (biraz yazıyorum ki haberi olunca küsmesin bana) otoriter ve geleneksel bir kadındı. Hâlâ da öyledir.

Saçında tülbenti, ayağında basma eteği, yeşil gözleri, beyaz teni, kırmızı yanakları ve bilmiş tavırlarıyla hepimizin hayatında yer etti. Böyle bir kadının çocukları, torunları olduğumuz için midir, yoksa Karadenizli geninden midir bilinmez, sülalemizin bütün kadınları, gelinler dahil, itiraz edebilme, düşündüğünü söyleme yetisine sahiptir.

Buna rağmen, özellikle kız çocuklarının yapmaması gerekenlerle ilgili geleneksel yapıdan gelen söylemler bizi dahi etkilemiştir. Kızlara karşı adil davranılan sülaleme karşılık kızlarını canlı canlı toprağa gömme kararı alan aile meclisleri, despot anlayışlar, kadını hizmetçi olarak yetiştiren teamüller; "Sırtından sopayı, karnından sıpayı eksik etmeyeceksin," diyen atalar ve vur deyince öldüren torunlar oldukça kadınların doğdukları andan itibaren akıllarına kazınanlar nasıl silinebilir?

Bir kere her şey çocuklukta oynadığımız oyuncaklarla sinsi sinsi başlıyor. Burada Simone de Beauvoir'nın izlediğim bir röportajından bahsetmek istiyorum. Kendisi, kadınların doğduktan sonra bildiğimiz anlamda kadın olmayı öğrendiğini, bunun da sağlanan sosyal baskı ve dayatılanlarla gerçekleştirildiğini söylüyordu. İşte her şey bu tezi destekliyor.

Yani işin özü şudur ki "kadınlık" tüm dünyada bir formül, tanımlanan bir şey. Bazı özellikleri haiz olması gereken, şartları olan bir denklem. Mesela erkeklik tanımı yapılmıyor hiç, çünkü sistem içerisinde ayrıştırılan ve kendisine yer edinmesi gereken ne yazık ki hep kadın oluyor.

Tali bir unsur kadın.

Yapılan tanıma uymayan kadınlar dışlanacak, hor görülecek, sindirilecek ve yok edilecektir.

Peki, formül ne?

Mesela kız çocukları hep bebeklerle oynuyor, onları soyuyor, giydiriyor, yıkıyor, üstten içiriyor, alttan işetiyor, altını değiştiriyor. Çizgi filmlerde anne evde kurabiye pişiriyor, temizlik yapıyor ve evin reisi baba da işten geliyor.

Neden kız çocuklarına mikroskop alınmıyor? Neden sadece bebekler, bebek eşyaları, bebek arabaları alınıyor? (Çok şükür bugün bunun ayırdına varan bilinçli anneler var.) Kızlar o geri zekâlı Barbielerle oynamak zorunda mı? Hatırlıyorum, Barbiemin bacaklarını iki yana açar ve onun bir at olduğunu hayal ederdim. Ben elindeki Barbiesini dıgı dıgı diye koltuklar üzerinde gezdiren bir kız çocuğuydum. Bir turuncu kavanozum, kocaman uzun kulakları olan mavi bir tavşanım ve bir de polis arabam vardı. Bir de at sandığım saçları yoluk Barbiem.

Bu dördüyle çok oyun oynadım. Fakat Barbie, hep başka bir şeyin yerini alıyordu.

> "Bebek, kız çocuklarının en vazgeçilmez gereksinimlerinden ve aynı zamanda en hoş içgüdülerinden biridir. Ona bakmak, üstünü örtmek, süslemek, giydirmek, bir şeyler öğretmek, biraz azarlamak, pışpışlamak, sarılmak, uyutmak, bir nesnenin bir kişi olduğunu sanmak, işte kadının bütün geleceği burada yatar. Düş kurarak, dedikodu yaparak, küçük çeyizler düzerek ve bebek giysileri hazırlayarak, küçük elbiseler, küçük mintanlar ve küçük yelekler dikerek çocuk genç kız olur ve genç kız kadın olur. İlk çocuk, son bebeğin devamıdır. Nasıl çocuksuz bir kadın olamazsa, bebeksiz bir kız çocuk da olamaz, olsa da onun kadar mutsuzdur."[1]

Neden bir erkek çocuğunun bebekle oynamasına izin verilmiyor? Bir erkek çocuk bebekle oynamak istediğinde, "Aaa benim çok eşcinsel arkadaşım var," diyerek ultra bir modernite örneği sergilediğini sananlar, neden tedirgin olup engel olmaya çalışıyor çocuğa? Bir erkek çocuk bebekle oynadığında bu sadece onun eşcinsel olacağına dair bir gösterge mi? Neden kimse bebekle oynayan bir erkek çocuğunun iyi bir baba olacağını düşünmüyor? Ya da evde annesiyle birlikte tabak çanakla oynayamaz mı erkek çocukları?

Ali Yiğit'e ne zaman bir yatak çarşafı almak istesem hep karşıma üzeri arabalı, toplu şeyler çıkıyor. Kızlar için olanlara baktığımda ise her yerde uzun süre bakınca insanın içini bayan pembeyi görüyorum.

Sonuçta, hiçbir şeyin ortasını bulamadığımız için bu konulardaki tartışmaları da tatlıya bağlayamıyoruz çoğu zaman.

---

1 Victor Hugo, *Les Miserables* (Sefiller).

Kız ve erkek çocuklarının doğalarından ileri gelen farklılıkları göz ardı etmeden kalıpların dışına çıkabilmek; onlara anlamsız görevler yüklemeden nasıl mutlularsa öyle yaşamalarını sağlamak; onlara unuttuklarını sandıkları, ama asla unutmadıkları sorumlulukları kodlamadan bir yaşam sunmak ne güzel olurdu.

## Aman Kızım Sevişmesin

> "Kadınlar belli kültürlere aittirler. Ancak nasıl ki şu ya da bu kültür içinde doğmuş olmaları kendi tercihleri değilse, diğer kadınlarla haklarını ve yetkilerini birleştirdikleri bir cemaat oluşturma fırsatı da dahil, daha fazla seçenek ve fırsata sahip olmadıkça, o kültürün getirdiği normları kendileri için faydalı bir şeymiş gibi açıkça desteklemeleri de aslında kendi seçimleri değildir."[1]

Kadınlar çok küçük yaşlardan itibaren bebek bakımı, ev işleri, evlilik gibi dayatmalara alışıyor. Zaten çoğumuz bunların dayatma olduğunu hiç fark etmiyoruz bile. İstediğimiz hayatı sürdüğümüzü sanıp suni bir mutluluk yaşıyoruz. Evlenip çocuk sahibi olmayı, eğer şartlar izin verirse kariyer sahibi olmayı hayatımızın anlamı ve sebebi sanıyoruz. Halbuki birileri tasmamızı biraz gevşetiyor ve hareket edebilince özgürce seçim yaptığımızı sanıyoruz. Oysa birkaç adım daha atsak, özgür falan olmadığımızı göreceğiz.

Yalan değil, hepimiz babamızın baskısından nasibimizi aldık. Dışarı çıkınca bunaltana kadar aramalar, sessiz sessiz arka plandan gelen sesleri dinlemeler, elinde telefonu sık görünce bir hesap sormalar, izin vermemeler, izin almadan kaçmalar, kavga gürültü...

---

1 Martha c. Nussbaum, Sex and Social Justice, New York, Oxford University Press, 2000. *Cinsellik ve Sosyal Adalet.*

Çoğu kadın hayatının en güzel dönemlerini hep hesap vermekle geçiriyor. Yaşadıklarını saklamaya çalışırken hayatından zevk alamıyor. Sürekli gizli saklı yapılan işlerin getirdiği vicdan azabını duyuyor.

Konsere gideceksin izin yok, gece arkadaşında kalacaksın izin yok, iki milim dekolte giyeceksin izin yok, bir kadeh şarap içeceksin izin yok, her şey yasak!

Yasak olunca başını önüne eğip oturmuyor tabii kadınlar, bir yolunu buluyor. Fakat bu sefer de yasak ve gizli iş yapmanın suçluluk duygusu, üzüntüsü kaplıyor içini.

Kadınların bu kadar baskılanmasının sebebi tabii ki bekâret. Aman kızlar sevişmesin! Sanki kızlar da gittiği her yerde sürekli çiftleşme derdindeymiş gibi. Yani gece kadınlar kadın kadına arkadaşlarıyla sinemaya gidemez mi, bir iki kadeh bir şeyler içip geyik yapamaz mı, toparlanıp birilerini çekiştiremez mi? Kadınlar gece dışarı sadece sevişmek için mi çıkar? Yahu biz yarasa mıyız, gündüz de sevişebiliriz bittabi. Bir markette de tanışabiliriz bir erkekle... Gece çıkan ya da bol gezen kadınların illa sevişmek derdinde olduğunu kim nereden çıkarıyor, onu da anlamış değilim.

Hani dervişin fikri neyse zikri de odur misali, erkekler kadınların da kendileri gibi hep cinselliğe odaklı yaşadığını sanıyor.

Peki, kadınları bu sebeple bu denli bastırmak mı gerekli? Ülkemizde kadınların bir kısmı gerek dini inanışları, gerek başka gerekçelerle kendilerine birtakım çizgiler çekmiş durumdalar zaten. Bunları uygulamak için kadını illa eve mi kapamak gerekiyor? Kadınların kendi iradeleri akılları yok mu?

"Bu durumun başka açıları var mı?" diye tanıdığım pek çok erkeğe –içlerinde baba olanlar da var– şunu sordum: "'Sana güveniyorum da başkalarına güvenmiyorum' cümlesinin alt metni nedir?" (Size de teklif ediyorum, bakın ne değişik cevaplar alacaksınız.)

Aldığım cevaplardan çok azı, "Gerçekten kızıma/karıma güvenmiyorum," şeklindeydi. Çoğunluk Türkiye'de ortamın çok kötü olduğunu, trafikten iş güvenliğine kadar pek çok konuda sıkıntı olduğunu ve bu ülkede insan hayatının pamuk ipliğine bağlı olduğunu söyledi.

Üstelik kız babası olanların çoğu, ben konuyu cinselliğe getirince, bu konuyu hiç cinsel olarak değerlendirmediklerini, mevzunun sadece bu olmadığını söylediler. Hatta içlerinden biri kızını yakın zamanda İtalya'ya göndereceğini, ama Türkiye'de olduğu sürece yine de gece geç saate kadar sokakta kalmasını istemediğini belirtti.

Benim babam ise hep şunu dedi: "Oğlum olsaydı seni kısıtladığımdan daha fazla kısıtlardım. Onları zapt etmek daha zor, daha kötü ortamlara daha çabuk girebiliyorlar. Bunun kız, erkek olmanız ile alakası yok. Gerçekten insanlara güvenmiyorum."

Yani yasakların temel sebebi cinsellik odaklı olsa da tamamen bu değil. Uyuşturucu, sıklıkla televizyonlarda izlediğimiz yaralamalar, öldürmeler, siyasi ortam ile gerilen toplumsal sinirler, trafik kurallarına uymayan magandalar sebebiyle yaşanan kayıplar, logarları kapamayan sorumsuz belediyeler...

Fakat son tahlilde, sebebi ne olursa olsun, saçma gerekçelerle kadınlar erkeklere göre daha çok baskılanıyor ve engelleniyor.

Birisini tanımıştım, genç bir kadın. Babası sigara içtiği için çok dövmüş onu. O ise dayak yedikçe daha çok sigara içmiş. Sonunda bir çocukla tanışmış ve evden uzaklaşmak için daha yeni tanıdığı bu çocukla evlenmiş. Sonucunda daha çok dayak ve hakaret getirmiş bu evlilik ona. Ağlayarak anlatmıştı. Ve şu söylediği ne çok yaralamıştı beni: "Ben sadece sigara içmek istiyordum."

Bir arkadaşım anlatmıştı, hayatında en çok istediği şey ip atlamakmış. Nasıl yani diye suratına bakmıştım şaşkınlıkla. "Babam hiç izin vermedi ip atlamama, annem kendince açıklamaya çalışırdı, 'Bak memelerin sallanır,' derdi. 'Ama memem yok ki,' dememe rağmen, 'e ileride olacak, sen şimdiden öyle çok hoplayıp zıplama,' diye yasaklamışlardı."

Kadının içine işlemiş yasak ve o gün bugündür memelerinden nefret ediyor.

Tanıdığım başka bir arkadaşım ise evdeki yoğun baskı sebebiyle o an görüştüğü, ama çok da sevmediği bir çocukla nişanlanmıştı. Nişanlandığı için çok daha kolay evden çıkabiliyordu. Babasının şu söylediğini bana anlattığında çok garibime gitmişti: "En azından başına bir iş gelirse sorumlusu ben değilim, nişanlın düşünsün."

Aslında bu cümle pek çok şeyi özetliyor: Türkiye'de çoğu baba evinde, kadın ailenin bir bireyinden çok, bir emanet gibi görülüyor. Zamanı geldiğinde bozulmadan sahibine teslim edilmesi gereken bir paket ya da yaş günü çocuğundan başkasının ellemesi yasak olan bir doğum günü pastası...

Bu noktada söyleyeceklerim aslında cinsellikten çok, kadının aile içerisinde yer edinememesi konusunda toplanıyor. Bu ülkede uzunca süre evlenene kadar bakılması gereken bir ev hayvanı muamelesi yapıldı kadınlara. Yalan mı? İnek gibi satmıyorlar mı hâlâ kızları bu ülkede? Kentleşmeyle ve belli bölgelerde eğitimin yaygınlaşmasıyla kız çocuklarına olan bakış bir nebze değişti. Bunda toplumun bir kesiminin verdiği tepkinin de faydası olduğunu düşünüyorum. Ayrıca yürütülen "Haydi Kızlar Okula" ve benzeri kampanyalar biraz olsun farkındalık yarattı.

Sonra, bazı dini ve geleneksel anlayışlar yanlış bilinen kulaktan dolma bilgiler ve erkek egemen geleneksel anlayış da kadının çokça ezilmesine sebep oluyor. Bir gün birisi bana kendi yaşadığı şu hikâyeyi anlattı:[1]

"İki yaşındaydım, annem bana kırmızı bir külotlu çorap, üzerine de lastiğe geçirdiği eteği giydirmişti. Kapının önünde komşu çocuklarıyla oynuyordum. O sırada babam geldi, o çorap ve kısa etek yüzünden beni saçlarımdan tutup eve kadar sürükledi. Aynı zamanda –şimdi ne dediğini hatırlamasam da– bağırıyordu, bağırdığını hatırlıyorum. Ben günlerce o arkadaşlarımdan utandığımdan sokağa çıkamadım."

Anlatırken de sinirden yüzü kızarmıştı. "İki yaşındayken olan bir olayı ve hissettiğin utancı bu kadar net hatırlıyor musun?" diye sordum.

"Tabii ki, nefret ediyorum babamdan, cahil bir insan," dedi.

Bir müvekkilim ise beni sevdiği ve sağ olsun görüşlerime değer verdiği için bir gün bana geldi. On dört yaşındaki kızını annesi sürekli, "Bu kız orospu olacak, namusunu birisine teslim edecek, çok açık saçık giyiniyor, erkeklere çok cilve yapıyor," dediği için zorla yatılı Kur'an kursuna verip, kızının şiddetle reddetmesine rağmen onu tesettüre soktuğunu anlattı. Sonucunda ise kızın depresyona girdiğini, gözlerinin boş baktığını, ama kendisinin de çaresiz kaldığını ve kızını kaybetmek istemediğini söyledi. Benden ise bir akıl, bir çıkar yol bekliyordu. O bana bunları anlattıkça ben on dört yaşındaki bu kız için üzülmekten ve Türkiye'de onun yaşadıklarına benzer şeyleri yaşayan ne kadar çok kadın olduğunu düşünmekten kendimi alamıyordum. Neticede müvekkilime asla kızına istemediği bir şeyi yapmaya zorlamamasını, bu zorlamanın daha kötü sonuç-

---

1 Anlattığım hikâyelerin hepsi gerçek olmakla birlikte; kimseyi rencide etmemek, kimliklerinin ortaya çıkmasını engellemek için hep "birisi, bir tanıdığım, bir takipçim" şeklinde anlattım. Tekrar kelimelerden dolayı kusuruma bakmayın.

lara sebep olabileceğini anlattım. Kız eğer kendisine göre çok başıboş kalıyorsa, onu istememesine rağmen Kur'an kursuna değil, ilgi alanında olan başka kurslara yollaması gerektiğini anlattım. İşe yaradı mı? Tabii ki hayır. Daha sonra mahkeme kararıyla evlilik için beni aradılar. Vazgeçirmeye çalıştım, resmen yalvardım. "Sen yapmazsan avukat mı yok, başkasına gideriz," dediler. "Gidin o zaman," dedim, "ben yapmayacağım bu işi."

Başka bir açıdan bakıldığında, soyadının erkek çocuk ile devam etmesi hâlâ erkek çocuğun bazı ailelerce kız çocuğundan daha kıymetli görülmesine sebep oluyor. İçgüdüsel bir şekilde soyadı devamına önem verilmesi, köklü ve eski bir aile olarak ölümden sonra bile soyadıyla varlığını devam ettirme arzusu erkek çocuklarını doğal olarak kız çocuklarından daha kıymetli yapıyor.

Bana çok ilginç ve çok latif gelen bir olay var; bizzat tanıdığım bir beyefendi, kayınpederinin, "Benim oğlum yok, soyadım devam etmeyecek, fakat senin ailende çok erkek çocuğu var, sizin böyle bir derdiniz olmayacak, sen de istersen benim soyadımı alır mısın?" teklifi üzerine mahkeme kararı ile karısının soyadını almış. Kendi oğulları da haliyle dedesinin soyadını alıyor ve soyadını en azından bir nesil daha yaşatıyorlar. Soyadının sadece erkek yolu ile devam etmesinin saçmalığı ve eşitsizliği bir yana, bu beyefendinin yaptığı da bence alkışlanası bir davranış. Türkiye'de bunu yapacak çok erkek olduğunu sanmıyorum (işin ucunda miras, para falan yoksa tabii).

Kadınların doğunca baba kütüğüne, evlenince koca kütüğüne taşınmasını; boşanmayla tekrar baba kütüğüne taşınmasını; nüfustaki yerinin bile bir erkekle ilişkisine göre belirlenmesini saçma buluyorum. "Yok, illa ki kadınlar ayrı kütüğe kaydedilsin," demiyorum, ama en azından baba kütüğünde sabit kalmak, kendi soyadımızı kocalarımızınki eklenmeden kullanabilmek hakkına sahip olmalıyız.

Bana sorsanız, ben kocamın soyadını taşımaktan rahatsızlık duymuyorum. Bundan gocunmuyorum da. Fakat evlenme evraklarını hazırlarken memurları on kez uyardığımı hatırlıyorum, "Kendi soyadımı da ekleyin, evraka yazdım gördünüz mü, unutmayın lütfen, kendi soyadımı silmeyin sakın," diye. Senelerce taşıdığım soyadım gitseydi, ben sanki ben olmayacaktım. Ne de olsa ben imzamı kendi soyadımla atıyorum, ilkokulu bu soyadıyla okudum. Ruhsatımı bu soyadıyla aldım, sınavlara bu soyadıyla girdim. Bu soyadı babamın, babaannemin, kardeşimin soyadı. Ofisimin adı. Antetli kâğıtlarımda bu soyadı yazıyor. Diğeri ise geçmişimde hiçbir izi bulunmayan bir soyad. Neden ben hiçbir anım olmayan bu soyadını bu denli sahiplenmek zorundayım ki! İlk zamanlar böyle düşünüyordum. Uzunca zaman alışamadım. Bir gün telefonda birisiyle konuşuyorum, kendimi tanıttım, "Ben Avukat Feyza Altun." Eşim arkadan seslendi: "Meriç, Meriç! Meriç de var!"

Şaşkınlıkla döndüm. Onun bu hali hem hoşuma gitti hem de komik geldi. Sonuçta benim soyadına verdiğim tepki de onun sinirini bozuyor olmalıydı.

Nüfus cüzdanımı değiştirmemden çok kısa süre sonra bir gün tapuya gittim. Müvekkilime ait bir gayrimenkul ile ilgili tapu kayıtlarını alacaktım. Vekâletnamemi ve dilekçemi uzattım. Memur karşısındaki bilgisayardan vekâletnamemdeki TC kimlik numaramı sorgulattı ve bana dönüp, "Burada başka bir soyadı daha var," dedi. "Ne soyadı?" dedim. "Ekrandaki sorguda başka soyadı çıkıyor, vekâletnamede başka," dedi şüpheyle. "Nasıl olur, anlamadım, nasıl olabilir?" diyerek panik oldum. Birisi kimlik bilgilerime ulaşıp sahte işlemler mi yaptı, soyadımı kim nasıl değiştirebilir, yoksa sahte kimlik yapıp birilerini mi dolandırdılar? (Bunlar saniyenin onda biri kadar bir sürede aklımdan geçen, meslekte yaşadıklarımdan dolayı sahip olduğum fobilerim.)

Sonra bende jeton düştü: "Ya ben yeni evlendim, o olmasın? Meriç mi yazıyor?" "Evet," dedi kadın rahatlayarak. "He, tamam, söylesenize, korktum bir an," dedim.

İlk evlendiğimde duruşmalarda adımı söylerken dahi ağzımdan çıkan sesler bana yabancı geliyordu. Zamanla ikinci soyadıma alışıp sevsem de meclis ziyaretimde Altun soyadımı atarak, "Bebeğiyle duruşmaya giren avukat anne Feyza Meriç," diyen Kanal D'ye sinir olmadım desem yalan olur.

Demem o ki ben hem Altun, hem Meriç soyadımı taşımaktan memnun olsam da bu bir zorunluluk değil, tercih olmalı. Kadınlar kendi soyadlarını taşımak istediklerini değil, kocalarının soyadlarını taşımak istediklerini ayrıca belirtmeliler. Taşıyacağı soyadı bile dayatılmamalı kadınlara...

Asıl meseleye dönersek, insanların kendi ayıplarına, günahlarına bakmadan namusu ekseriyetle kız çocuğunun bekâretinde ve kadının kasıklarında betimlemesi, yaşamı kadınlar için yaşanılmaz kılıyor. "Olmaz"ların, "hayır"ların altında hep bu bekâret korkusu var. Herkes "gerçekten ülkede insan canının değeri yok" noktasından bakmıyor olaya. Çoğu babanın, çoğu annenin, özellikle kırsalda ya da eğitim seviyesi düşük ailelerde tek kriteri kızlarının bekâretinin bozulmaması.

Abartıyor muyum? Bence asla abartmıyorum. Çünkü her gün binlerce kadının aynı şeyi yaşadığından eminim.

Modern görünümlü, eğitimli erkeklerin evlenmek için bekâret şartı koymalarını buna bağlıyorum.

Binlerce kadının kızlık zarı diktirmek için operasyon geçirmesini buna bağlıyorum.

Amcasının ya da dayısının oğlunun tecavüzüne uğramasına rağmen, öldürülenin yine tecavüz mağduru olmasını buna bağlıyorum.

Kadınlara kafeste tutulması gereken bir hayvan muamelesi yapılmasını buna bağlıyorum.

Size yemin edebilirim, bu konularda gördüğüm en ikiyüzlü toplumlardan biriyiz. Bugüne kadar aklıma, hayalime gelmeyen ilişkilerin yaşandığı hikâyeler dinledim. Ne kendi ailemde ne de yakın dostlarımızda görmediğim ilişkiler yumağına şahit oldum.

Gördüklerim karşısında emin oldum ki toplumumuz pisliğini halı altına süpürüyor, kendini de kadın bedeni üzerinden temize çekmeye çalışıyor.

Ben bunu kabul etmiyorum. O kadar!

Benim gibi bu ikiyüzlülüğe başkaldıracak kadınların sayısı çoğaldıkça bir şeyler iyiye ve güzele doğru gidecek, ondan eminim.

Tabii bu tür sosyal gerçekliklerin hukuka olan yansımasını göz ardı etmemek gerek. Mesela mahkeme kararı ile yaş büyütme ya da evlenmeye izin davaları ülkemizdeki çocuk gelin gerçeğinin kanuni kanıtıdır. Bunlar (en azından mahkeme kararı ile evliliğe izin verme hükmü), Medeni Kanun'dan kaldırılması gereken en önemli hususlardır. Reşit olmayan kadınların evlenmesine hiçbir şekilde izin verilmemelidir. Yaşadığımız en temel çelişkilerden biri bence budur.

Toplum olarak çocuk gelinlere karşı çıkıyoruz, ama kanunen çocuk sayılan kız çocukların evlenmesine izin vermek için kanunla dava imkânı sunuyoruz. Ne yaman çelişki!

Bir gün bir hâkimden dinledim. Görevli olduğu bir köyde, sevdiğini sandığı oğlanla biraz fiziksel yakınlaşma yaşayan kız, ailenin bunu öğrenmesiyle ve namusun temizlenmesi amacıyla bu oğlanla mahkeme kararıyla evlendirilmek isteniyor. Cıvıl cıvıl olan bu güzel kız, bir gün annesinden babasından habersiz hâkim beye gidiyor ve, "Ben bununla evlenmek istemiyorum, beni evlendirmeyin hâkim bey," diyor.

Kızın haline çok üzülen hâkim usule aykırı biçimde davayı uzatmaya başlıyor. Dosyayı adli tıbba sevk ediyor, raporda eksiklik bulup bir daha sevk ediyor, "Tanık getirin," diyor, "Bu usule uygun değil, yeniden yapın," diyor.

Diyor ama kızın babası da gelip gidip kendisine dikleniyor. Bir seferinde, "Bu iş fazla uzadı hâkim efendi! Köylüye rezil oluyoruz ver şu kararı artık," diye azarlıyor.

Bir gün kız adliyeye geldiğinde hâkim bey kıza, "Özür dilerim, artık daha fazla uzatamam, beni affet, evlenmene izin vermek zorundayım," diyor.

Kız boynunu büküyor, gözleri doluyor, ama kaderine razı, çıkıp gidiyor odadan.

Dava sonucunda kız oğlanla evleniyor. Daha sonra kız kendisine çok yardım eden bu hâkim beye bir hediye vermek için adliyeye geliyor. Fakat bu sefer kızın başı kapanmış ve o güleç, canlı halinden eser kalmamış.

Tabii hâkim bey bir terslik olduğunu anlayıp kızı sıkıştırıyor, çok da zorlamasına gerek kalmadan kız dökülüveriyor:

"Beni dövüyor, zorla başımı kapattırdı, 'Açarsan gebertirim,' diyor, satmakla tehdit ediyor. 'Satacam seni,' diyor. Kurtar beni hâkim bey."

Hâkim bey ne yapsın, içine ateş düşüyor. Fakat kız da artık reşit olduğu ve hâkim bey "boşan" gibi bir telkinin yanlış anlaşılacağını düşündüğü için, ilçede arasının iyi olduğu avukatlardan birine durumu anlatıyor ve bir şekilde kızın hayatının daha fazla mahvolmaması için harekete geçmeyi düşünüyor.

Avukat, kızın köydeki başka erkeklere satıldığını, yani diğer bir deyişle kıza zorla fuhuş yaptırıldığını öğreniyor. Uzun uğraşlar neticesinde kızın satılmasına engel olsalar da aile kızı "geri" kabul etmediği için kız yine aynı adamla evli olarak hayatına devam etmek zorunda kalıyor.

Hâkim beyin başka yere tayini çıkınca tabii bağlantı da kesiliyor. Hâkim beyin ise tek temennisi kalıyor:

"İnşallah bir daha satmamışlardır onu."

Ne çok hikâye var böyle biliyor musunuz? Ne acılar yaşanıyor, ne vahşetler, ne işkenceler çektiriliyor kadınlara.

## Boş Ol, Boş Ol, Boş Ol

Bir gün bir takipçim mail attı, ama kendi adı ve soyadıyla değil. Zaten kendisi de utancından gerçek adını ve soyadını söyleyemeyeceğini belirtmiş peşinen. Uzun uzun yazmış:

"Bir gün tesadüfen eşimin bilgisayarında Facebook'unu açtım. Başka bir kadın adına açılmış bir hesap gördüm, fakat fotoğraflar bana aitti. Soyunurken, giyinirken, uyurken, temizlik yaparken, banyo yaparken... Eşim gizli gizli benim fotoğraflarımı çekip bunu internete koyuyor ve erkeklerle benmişim gibi yazışıyormuş. Öğrenince kıyameti kopardım, ama karşılığında çok dayak yedim. Artık sürekli kavga ediyorduk, o da beni dövüyordu. Zor bela o profili kapattırdım, ama dünya başıma yıkılmıştı. 'Acaba tanırlar mı?' diye sokağa çıkamıyordum. Bir gün eve geldiğimde eşim salonda daha önce görmediğim bir adamı gösterdi. 'Senin için getirdim, git soyun,' dedi. Beynimden vurulmuşa döndüm. Evde üç yaşındaki oğlum vardı. Kendimi banyoya kilitledim, ama oğlum dışarıda kalmıştı. Oğlumu dışarıda bıraktığım için çok pişman olmuştum. Avazım çıktığı kadar bağırıyordum. Komşular duysun gelsin, birisi beni ve oğlumu kurtarsın diye avazım çıktığı kadar haykırıyordum. Bağırmalarımdan korkan eşim adamı yolladı. Konu komşunun duymasından korktuğu için bana bir daha böyle bir şey yapmayacağına dair söz verdi, ancak o şekilde banyodan çıktım. Olaydan sonra bu adamdan boşandım. Ama ne acılar çektim, ne üzüntüler yaşadım bana sorun..."

Kadın haklarını zedeleyecek bir diğer erkek egemen devlet uygulaması ise resmi nikâhsız şekilde kıyılan imam nikâhının suç olmaktan çıkarılmasıdır. Eğer siz, "Maddi imkânları olan biriyim, nikâhlı da nikâhsız da yaşarım, ne sosyal bir baskı ne maddi bir zorunluluğum var," derseniz hiçbir sözüm yok.

"Ben dini nikâhsız kimseyle olmam," derseniz de sözüm yok. İster imam nikâhı, ister kilise nikâhı, isterse sinagog nikâhı kıyın ya da başka diğer dinlerin kutsal ayinlerini gerçekleştirin. Herkesin anayasal hakkıdır bu.

Ancak, ülkemizin geldiği noktada tüm tartışmaların kâfirlik –zındıklık ya da yobazlık– bağnazlık noktasında kilitlendiği gerçeğini göz önünde bulundurursak ve bu şekilde devam edersek bir yere varamayız.

Tüm kadınlara tarafsızca yapacağım en önemli uyarım şudur: Eğer sizin maddi geçiminiz birlikte yaşadığınız erkek tarafından sağlanıyorsa, ekonomik özgürlüğünüzü elde etmemiş iseniz, sakın resmi nikâhsız yaşamayın!

Resmi nikâh olmadan imam nikâhıyla yaşamanın ne zararı var?

6284 sayılı kanunda nafaka hükmü var, ancak bu nafaka, kanun kapsamında koruma tedbiri verilen kadınlara koruma süresince verilen nafakadır. Çok kısa sürelidir. Bunun haricinde kanunda dini nikâhlı kadının hiçbir hakkı bulunmamaktadır.

Mesela, adam çocuğunu kabul etmezse, kadının babalık davası açması gerekir. (Ne adamlar gördüm çocuğu kabul etmeyen, ben bu kadını tanımıyorum diyen... Kimseye körü körüne güvenmemek gerekir.) Tabii bunun hem maddi hem de manevi sonuçları var. Ancak çocuğun mahkeme kararı ile tanınması ile velayet ve nafaka hakkı söz konusu olabilir.

Kadın manevi tazminat isterse dava Aile Mahkemesi'nde değil, Genel Yetkili Mahkeme'de görülür ki bu da şartları değiştirir, zorlaştırır.

Bu adam bir kazada ölürse kadın sigortadan tazminat alamaz.

Maaş bağlatamaz.

Veraset ilamında mirasçı olamaz.

Aklınıza gelebilecek her türlü sorunun cevabı "hayır"dır.

Resmi nikâhlı kadın ise her türlü yasal yetkiyle donatılmıştır. Mal rejimlerine tabidir, evlilik içinde edinilen malların yarısı otomatikman kadınındır. Bu rejime tabi olmayan kadın, katkı payını isteyebilir. Maddi manevi tazminat isteyebilir. Evlilik içinde doğan çocuk davaya gerek olmaksızın babanın nüfusuna kaydedilir. Babanın kabul etmesi şartı aranmaz.

Erkek kadını "boş ol" diye canı istediğinde boşayamaz. Bunun hukuki sonuçları vardır. (Dini nikâhın da aslında sonuçları vardır, mesela mehr gibi, ama uygulandığını görmedim. Şeri hükümlerle yönetilen İran'da dahi bunun kadın aleyhine kullanıldığına bizzat şahit oldum.)

Üstelik resmi nikâhta bir erkeğin ihaneti kusur sayılır ve kadın tazminat alabilir.

Resmi nikâhın sona ermesiyle ilgili verilen her türlü kararın icrası yine kanuni olarak yapılır ve yerine getirilmemesinin sonuçları vardır.

Ama erkekler bu yasağın kalkmasıyla beraber istedikleri kadar kadına dini nikâh kıyabilirler ve diğer dini nikâhlı kadınların buna karşı kullanacağı hiçbir hukuki yol bulunmamaktadır.

Önceden, resmi nikâh olmadan kıyılan imam nikâhı suç sayıldığından, erkekler az da olsa cezai sonuçlarından korkuyorlardı.

Ha bu dini nikâha engel miydi, değildi tabii...

Sevgili kadınlar, sizinle sadece dini nikâh yapmak isteyen bir adamın, emin olun, yüzde doksan dokuz başka yerde nikâhlı bir karısı vardır.

Gözünüzü açın. Önce resmi nikâh, sonra isterseniz dini nikâh kıyın. Fakat asla resmi nikâhsız dini nikâh kıymayın. Tekrar söyleyeyim, eğer hukuki ve maddi birtakım haklardan mahrum olacağınızı bilerek ve bunları göze alarak bunu kabul ediyorsanız sözüm yok. Bunun bu zamana kadar suç olmasının sebebi din karşıtlığı değil, kadınların mağduriyetinin önlenmesidir.

Bunları göz ardı ederek kendi mağduriyetinize sebep olup, sonra, "Neden haklarımı devlet korumuyor?" derseniz, kendinizle çelişmiş olursunuz.

Anayasa Mahkemesi'nin kararı yine kadın aleyhinedir, rezalettir. Erkek yanlısıdır.

Belki siz bunları okuyunca bundan sonra dikkatli olacaksınız, peki bu ülkede okuma yazma dahi bilmeyen, bilgilendirilmeyen ve erkeklerce suistimal edilen milyonlarca kadın ne yapacak?

Ayrıca burada devletin de çelişkisi ayan beyan ortadadır. Yasada tek nikâh tanınmıştır; o da resmi, yasal nikâhtır. Fakat dini nikâhı suç olmaktan çıkaran devlet, erkeğe bir kapı aralamaktadır.

O zaman bir çözüm olarak başka bir yol düşünülemez mi?

Devlet, Medeni Kanun'a "dini nikâh" ibaresini sokarak ya da bir dini nikâh kütüğü tutarak birden fazla evliliğe engel olabilir. Bu durumda birden fazla dini nikâhı da yasaklamış olacaktır. (Bu, dört kez evlenebilme serbestisine aykırı olacaktır.) Ayrıca devlet dini nikâhlı kadına da resmi nikâhlı kadına verdiği yetkileri versin, o zaman hiçbir kadın mağdur olmayacaktır. Dini ya da resmi, hiçbir erkek birden fazla kadın ile nikâhlanamayacak, kadınlar mağdur olmayacaktır.

Yani sevgili kadınlar, devlet erkeklere, "Hadi yine iyisin," demektedir.

Size değil.

## İki Kadın Bir Erkek Eder

Türkiye'de kadınlar, kadın doğum hastanelerinde dahi jinekolojik şiddet görüyor. Özel hastanelerde paranın satın aldığı nezaketin "n"si yok devlet hastanelerinde. Ben acil durumlar sebebiyle beş altı kez devlette muayene oldum. Bir ürologun bir erkeği muayene ederken o kadar haşin davranabileceğini sanmıyorum açıkçası. İşin acı tarafı ise kadına karşı takınılan bu tavırların kadınlar tarafından bile kabullenilmiş olması.

Tabii beterin beteri vardır.

Tüm bunlara rağmen bizim medeni kanunumuz inanır mısınız, bazı ülkelere göre "nispeten" daha iyi.

Mesela Sudan'da kızların evlenme yaşı 10. Bu kızların bir kısmı gebelikte hayatını kaybediyor.

Mesela Cibuti'de cinsel suçlarla ilgili yasa yok ve kadınların % 90'ından fazlası sünnet ediliyor.

Mesela Bahreyn'de bir kadının tanıklığı yarım adamın tanıklığı ediyor. Yani Bahreyn'de hukuken iki kadın ancak bir adam ediyor.

Mesela Fas'ta kadınların kocalarını terk etmeleri kanunen yasak.

Mesela İran'da kadınlar hâkim olabilir, ama cezai konularda karar veremez.

Mesela Suudi Arabistan'da kadınların araba kullanması yasak. (Bu yasak kadının belirli saatlerde kocasından ya da oğlundan izin alması şartıyla şeklinde biraz esnetildi.)

Mesela Umman'da kadınların miras hakkı yasal olarak erkeklerinkinin yarısı kadar.

Muhtemelen dünyada benim bilmediğim ve şu an için bilmemekten mutluluk duyduğum ne saçma hukuksuzluklar, ne kötü gelenekler, ne iğrenç anlayışlar vardır kadınların maruz kaldığı. Bunları düşününce, "Şükretmeli miyim?" diye geçiriyorum aklımdan, ama hayır, bana dayatılana boyun eğmeyeceğim. Bundan eminim.

## Babandan Değil, Kocandan İzin Alacaksın

Kadınlar evlenince biraz özgürleşiyor. Babalar rahatlıyor, ama devreye koca giriyor. Yani yaşadığımız suni özgürlük baba-koca-oğul kutsal üçlemesi gölgesinde geçiveriyor. Demem o ki muhakkak hayatımızın bir döneminde bir erkek, yaşam tarzımıza müdahil oluyor.

Sadece kadınlar işlenmiş değil elbet, erkekler de işleniyor. Aile reisi, evin direği, namus, şeref kavramları da erkeklere pompalanan değerlerden. Haliyle babanın yerini koca alıyor ve babanın kızına yaptığını kocası karısına yapmaya başlıyor. Bana komik gelen şu: Mesela erkekler ticaret hayatlarında vergi kaçırabiliyor, kaçakçılık yapabiliyor, borcu olduğu halde o borcu ödememek için otuz takla atabiliyor, yalan söyleyebiliyor, evrakta sahtecilik yapabiliyor, dolandırıcılık yapabiliyor, mahkemelerde gözümüzün içine baka baka yalan yere tanıklık edebiliyor, yalan yemin edebiliyor, karşılıksız olduğunu bile bile karşısındakini oyalamak maksadıyla karşılıksız çek yazabiliyor, aklınıza gelebilecek her türlü pisliği para kazanmak için yapabiliyor; ama onur, şeref ve haysiyetleri sadece karılarında zedeleniyor. Komik.

Her erkek böyle değil elbet, ama ben zaten birer birer şahısları değil, kabul görmüş değer yargılarını ve yerleşmiş anlayışları eleştiriyorum.

Neticede kadının izin alma mercii değişiyor sadece, kocasından izinsiz bir şey yapamıyor. Koca veto etti mi planlar suya düşüyor.

Bunların yanı sıra evliliğe bakış açımız da biraz bozuk gibi. Kadın ya da erkek; evli çiftler birbirinin sahibi gibi davranıyor. Birbirlerine nefes aldırmıyor ve birbirlerinin evlilik ve ortak ilişki dışında bir yaşam alanı oluşturmalarına izin vermiyorlar. Bu da ilişkilerin çabuk yıpranmasına, birbirlerinden sıkılmalarına sebep oluyor. Tabii bunun sebeplerini tartışmayacağım. Güvensizlik, daha önce yaşanmış ihanet, aşırı kıskançlık olabilir ya da başka türlü bir ilişki olabileceğini bilememekten kaynaklanıyor olabilir... Ama sebebi ne olursa olsun, kadın ve erkek birbirinin sahibi gibi davranıyor.

Kadın ve erkeğin birbirini eşya gibi sahiplenmesi, erkeğin "kadın namustur" algısı pek çok kırılmayı beraberinde getirse de sorunları bunlarla sınırlayamam.

Bir gün bir Fransız kız arkadaşımla sohbet ederken –o zaman kendisi erkek arkadaşıyla beraber yaşıyordu– Türkiye'de beraber yaşamanın pek yaygın olmadığını, pek çok insanın evlendikten sonra aynı çatı altına girdiğini anlattığımda son derece şaşırdı ve bana şunu söyledi, "Biz önce beraber ev satın alır, çocuk yapar, sonra her şey güzelse evleniriz."

Bunun alt metni şu aslında; hayatınızı beraber geçireceğiniz insanı seçerken önce ne kadar sorumlu olduğunu bilmeniz gerekiyor. Çünkü ilişki, seks ya da ev işlerinden daha öte bir şey. Bir hayatı beraber geçirebilmek için her iki tarafın da ortak sorumluluk duygusu olmalı. Zaten kadınların Türkiye'de en çok sorun yaşadığı mesele bu değil mi? Erkeklerin sorumluluktan kaçması ve bütün yükün kadının omzuna yıkılması.

Daha sonraysa cinsel uyum geliyor. Fakat bizde çoğu kadın ilk cinsel deneyimlerini evlilikle yaşadıkları için çoğu zaman ne beklemeleri gerektiğini bilmiyor ya da hayal kırıklığına uğruyor. Vajinusmus terapisti bir arkadaşım, ülkemizde vajinusmusun en temel sebeplerinden birinin kadınların cinsellikten aşırı derecede korkutulmuş olması ve bunun kadınlarda bir fobiye, bir şeref/utanç meselesine dönüşmesi olduğunu söyledi. Yani senelerce tartışılan konuya geri dönüyoruz: cinsel tabular.

Sonuçta kadınlar evliliklerinde çoğunlukla bu sebeplerden ötürü mutsuz oluyorlar. Bizde evlilik iki kişinin yaşadığı bir şey değil, kadının tek başına üstlendiği ve ayakta tutmaya çalıştığı bir şey. Evi temizler; yemeği pişirir; ütü, çamaşır, bulaşık gibi işleri yapar; çocuk doğurur; geceleri çocuğa tek başına kalkar; gündüz işe gider; akşam her şeye yeniden başlar. Bunlarla birlikte güzel ve alımlı olmak, kocasıyla da sevişmek zorundadır. Çünkü bunları yapmazsa kocası onu aldatır ve hep beraber, "Ama şekerim sen de kendine biraz bakacaksın, kocanı kaptırmayacaksın," deriz.

Vallahi kadınları istisnasız her konuda sindirip sonra her alanda çok başarılı olmalarını beklemek nasıl bir anlayıştır, bunu anlamıyorum. Anlayamayacağım da sanırım. Anlamam gerektiğini de sanmıyorum. Ve kendimi işte çok başarılı, evde çok maharetli, kocama karşı çok şehvetli olmak zorunda da hissetmiyorum. Neticede ben bir insanım. Yapma bebek, robot ya da kurulmuş oyuncak değilim. Hiçbir kadının da böyle olması gerekmiyor. Kadınların da bunu fark etmesi gerekiyor.

Hele bir de bu ülkede boşanmış bir kadınsanız dertler ikiye katlanıyor. Boşanmış kadınlar, bizim erkeklere göre kesinlikle bir erkeğin yokluğunu çeken kadınlardır. Kendilerini bu konuda sorumlu görür ve o kadınlara o yokluğu hisettirmemeye çalışırlar. Ayrıca boşanmış kadının bakire olmadığı gerçeği ve bekâret gibi bir tabusu olmayacağı gerçeği vardır bir de. Hatta daha da güzeli bu kadın maddi zorluklar içerisinde olabilir, manen de boşlukta olabilir. Bu kadınlar bizim hinlere ve namus bekçilerine göre iyi değerlendirilmesi gereken kadınlardır. Onlara sarkıntılık edebilir, onları taciz edebilirler. Sonuçta bu kadın boşanmıştır ne de olsa. Evli bir kadının ya da bir bakirenin hak ettiği saygıyı (onlara da ne derece saygı duyulduğu muamma), en azından sözde saygıyı hak etmez bile.

İşte boşanmanın bir kadın açısından sadece maddi boyutu değil, bir de sosyal boyutu vardır. Kadınların pek çok kötü muameleye boyun eğmelerindeki temel sebep, boşanırlarsa el âlemin ne diyeceği ve kendisini erkeklerden nasıl koruyacağı sorunsalıdır.

## Geçmişten Gelen Kadın Düşmanlığı

Bir tek bizde mi kadına karşı aşağılayıcı bir tavır, bir tepeden bakma var? Tabii ki hayır. Bazı ülkelerin atasözleri bunu açık bir şekilde gösteriyor.[1]

Almanlar:

- Bir çiftlik evini üç şey yıkar: şirret bir kadın, tahtakurusu ve fare.
- Saçı uzun, aklı kısa.
- Kadın bir ay gibidir, ödünç ışıkla parlar.
- Üç şey çabuk geçer: yankı, gökkuşağı, kadın güzelliği.
- Bir kadın bir adamın kapıdan getirebileceğinden daha fazlasını pencereden atabilir.

İtalyanlar:

1 Verilen atasözleri www.diegaste.de Sayı 31/Mart-Nisan 2014 İmdat Ulusoy adresinden alınmıştır.

• Kadınlar evde uzun zaman tutulmaması gereken şeylerdir.

• Az kadının ve az kazın olsun.

• Kendini şirret kadından koru, iyi olanına hiç güvenme.

• Karanlıkta bütün kadınlar aynıdır.

• Kadınlar kestane gibidir; dışları güzel, içleri çürük.

• Kadınlar, eşekler ve fındıklar için insafsız bir el lazımdır.

Yunanlar:

• Evlilik adamların aldığı tek şeytandır.

• Üç büyük tehlike vardır: deniz, yangın ve kadın.

Ruslar:

• Erkeğin günahı eşikte kalır, kadınınki içeri girer.

• Kadını ruhun gibi sev, kürk palton gibi sopala.

• Köpekler bile kadınlardan daha iyidir, hiç olmazsa efendisine havlamazlar.

• Kadınların arzuları hiç bitmez, dolmayan dilenci torbasına benzerler.

Çinliler:

• Sana on erkek evlat verse bile karına asla güvenme!

Japonlar:

• Evliliğinin iyi yürümesini istiyorsan, evlendiğin gece karını döv.

• Genç bir kadın evinde sadece gölge ve yankı olmalı.

• Kadın ve halı yeni iken iyidir.

İrlandalılar:

• Üç yaratığın ilkesi yoktur; domuzlar, katırlar ve kadınlar.

Yemenliler:

• Erkeğin en kötü düşüncesinde bile bağışlayıcılık vardır, kadınınki ise korkunçtur.

Kırgızlar:

• Çamurdan bir adam, ay ışığından bir kadından daha iyidir.

Özbekler:

• İnsandan cesuru, horozdan asili, kadından nankörü yoktur.

Kürtler:

• Gelin makyaj yapıncaya (süsleninceye) kadar düğün biter.

Lazlar:

• Kırık bir süt kabının sesi ile çok konuşan bir kadın aynıdır.

Türk atasözlerini zaten hepimiz ezbere biliyoruz:

• Kızını dövmeyen dizini döver.

• Saçı uzun aklı kısa.

• Karnından sıpayı, sırtından sopayı eksik etmeyeceksin.

Ve benzeri pek çok kadın düşmanı söz...

Peki, o çok sevdiğimiz yazarlar, filozoflar, yönetmenler? Çoğunun kadınları aşağılayan sözleri var, biliyor musunuz?

"Kadınlar ilginç yaratıklardır; ya akıllarında hiçbir şey yoktur ya da akılları başka yerdedir."

"Birçok kez kadınlara akılarını neyle ikame ettiklerini sormak istemişimdir." (Alain, *Les Passions et la Sagesse*)

"Kadınlar olağanüstüdürler. En ufak kozlarını bile kullanmasını bilirler: Kimi yürüyüş biçimini, bir diğeri yakası açık elbisesini, bir üçüncüsü ise bacaklarını... Hatta aklını bile kullananları var!" (Tristan Bernard, *Ce Que l'on Dit Aux Femmes*)

"Akıllı kadınları sevmek ibnelere özgü bir zevktir." (Charles Baudelaire, *Journaux Intimes*)

"Kadınlar zaten akılsız olduklarından asla akıllarını yitirmezler." (Henri Jeanson, *La volonté*)

Daha pek çok örnek var...

Buradan anladığım şu ki kadın algısı çok da değişmemiş. Avrupa bunu bir nebze kırmış ve kadın biraz daha özgür olabilmiş. "Biraz" diyorum, dikkatinizi çekerim. Sadece biraz daha.

## MUTLULUKLARIMIZ
### Mutluluk Benim İçimde

Bir kadın zorunluluktan değil, istediği için evlenmeli. Bir kadın mecburiyetten değil, istediği için çalışmalı. Bir kadın baskılardan ve gerekliliklerden dolayı değil, arzu ettiği için anne olmalı. Bir kadın sigara içmek istiyorsa içmeli, bir kadın kendi tercihiyle örtünmek istiyorsa örtünmeli; bu mahalle baskısı ve baba korkusu yüzünden olmamalı. Tek istediğim her kadının mutlu olduğu hayatı sürebilmesi... Nasıl mutlu olur bir kadın? Gerçekten bu hayatta neyi istiyorum neyi istemiyorum diye iç yolculuk yapmalı ve kendine karşı dürüst olmalı. Hele ki konu çocuk olunca...

Öyle bir sosyal yapımız var ki tamamen yermek, eleştirmek, beğenmemek ve dışlamak üzerine kurulmuş. Hadi çıkın, yanlış deyin. Asla yanlış değil. Beğenilerimizi dahi olumsuzlamalar üzerinden dile getiriyoruz.

Hal böyle olunca çoğu zaman tepkilerden çekinmekten, "Aman laf olmasın," demekten anın tadını çıkaramıyoruz.

Halbuki bu olmasa, özgürce yaşayabilsek ne kadar mutlu olacağız. Öyle "özgürce" diyorum diye aklınıza uç fikirler gelmesin ha, çok basit şeylerden bahsediyorum. Mesela kayınvalide çenesi olmasa, çocuğun ayağına çorap giydirdin giydirmedin kavgası olmasa ya da çocuğu eltininkiyle, görümceninkiyle kıyaslama derdi olmasa, kadın sürekli anlamsızca iğnelenmese...

Tabii, koca kültürü bir anda değiştirecek halimiz yok. Zaten değişimlerin de bu şekilde olacağına inanmıyorum. Peki, değişime kendimizden başlayamaz mıyız?

Kendinden emin olmayan insanlar, başkalarının ne düşündüğünü daha çok önemser ve ister istemez bir savunma mekanizması geliştirir. Söylenenlere takıldıkça da mutsuzlaşır ve hırçınlaşır. İçinde tuttuğu bu sinir ya çocuğundan ya da kocasından çıkar haliyle. Zaman zaman kendinden emin insanların bile şüpheye düştüğü olur. Düşmemek, bildiğinden sapmamak için çok çaba sarf etmesi gerekir.

Halbuki ben, "Bunca zorluk içerisinde de insan mutluluğu yakalayabilir," diye düşünüyorum. İnsanın önce kendinden başlaması gerekir. Bunu yapabiliriz, başarabiliriz. Çünkü çekilen setler, örülen duvarlar gerçek değil.

Bir gün internette bir video izlemiştim. Küçük bir örümcek kâğıt üzerinde yürüyor ve videoyu çeken kişi örümceğin etrafına tükenmez kalemle bir halka çiziyor. İlginçtir, örümcek o halka gerçek bir duvarmış gibi asla halkanın dışına çıkamıyor ve çılgınca içinde dönüp duruyor.

İşte bu örümcek gibi hayali zincirlere bağlanmış, çırpınıyoruz.

Bu hayali halkayı nasıl aşacağız? Önce halkanın gerçek olmadığını idrak edeceğiz.

"Önce evlendim, şimdi de sırada çocuk var," diye çocuk yapınca dağılıyor insan. Seve seve çocuk yaptığında bile parçalanırken insan, sıradan bir görev gibi dünyaya getirilen ya da mutsuz evlilikleri kurtarmak için doğan bebekler sadece daha da mutsuzlaştırıyor insanları.

Sonuçta insanlar çok da iyi şartlarda yaşamıyor. Ben de yaşamadım, ama ben şartlarımı iyileştirmem gerektiğini düşündüm hep. Şartları birçok kişi maddi olarak değerlendirecek, ama bahsettiğim şey maddi durum değil. Çünkü maddi durumun iyiliği ya da kötülüğü bir yere kadar etki edebiliyor. Öyle olsaydı zengin kadınlar doğum sonrası depresyonuna girmezdi ya da zengin kadınların farklı gelişim gösteren çocukları olmazdı, zengin kadınlar hep mutlu olurdu. Ya da bir köyde yaşayan güler yüzlü kadınların çok zengin olmadıkları için mutsuz olmaları gerekirdi. Kentte yaşayan, ama asgari gelirle çalışan ya da orta bir gelir düzeyine sahip, borcu harcı olan her kadının mutsuz olması gerekirdi.

Nasıl ki her zengin kadın mutlu değilse, her zengin olmayan kadın da mutsuz değil. Çünkü mutluluk tamamen öznel bir şey. Ben bunu keşfettim. Mutluluk ve huzur bana ait, benim içimde.

Ama önce içini kemiren kurtlardan kurtulmalı insan.

Artık bu kurt her ne ise...

Ben bu kurdun ne olduğunu hamilelik sürecinde buldum. Stresli ve sıkıntılı işlerimi bıraktım. Beni mutsuz eden kişi ve ilişkilerden uzak durdum. Özellikle çok ağladığım ve kanamam olduğu bir gün apar topar hastaneye gidip bebeğimi kaybetme riski yaşayınca, "Tamam," dedim. "Hiç kimse benden ve bebeğimden önemli değil. Ne beni ne de onu üzmelerine müsaade edeceğim. Hoşlanmadığım, istemediğim her şeyi dolandırmadan net bir şekilde söyleyeceğim. İçime atmayacağım –zaten hiç böyle bir huyum yoktur: 'Buna rağmen ben yıpranıyorsam, hiçbir şey ifade et(e)meyen kadınların hali nicedir?' diye hep düşünürüm." O gün ciddi bir karar aldık eşimle. Evlilik bizim, çocuk bizim, hayat bizim. Bizim doğrularımız, bizim yanlışlarımız. Sormayı, yardım istemeyi bilen insanlarız. Bunların dışındaki müdahalelere izin vermeyeceğiz.

O günden sonra ben daha rahat bir şekilde hislerimi dile getirmeye başladım ve anladım ki beni en mutsuz eden şey hissetmediğim şeyleri hissediyormuş gibi yaşamaya çalışmakmış. Sevmediğim akrabalarla görüşmek, zamansız uzun misafirliklere katlanmak, aman ayıp olmasın diye saygısızlıklara karşı susmak, hiç hoşlanmadığın ortamlarda bulunmak... Tüm bunları yapmak zorunda kalmak... Artık hayatımda bunların hiçbirisi yok. Sorsanız yakın çevreme, muhtemelen dünyanın en ukala insanı olduğumu düşünüyorlardır. Ama biliyor musunuz, bebeğim mutlu. Ben mutluyum. Mutlu olduğum için eşime faturalanacak mutsuzluklarım yok. Beni hasta edecek içime atılmışlıklarım yok. Enerjimi tüketen akrabalar, anlamsız aile tartışmaları yok. Ben onların istediği gibi yaşamak zorunda mıyım? Varsın homurdanan, somurtkan insanlar bana ukala desin. Ben mutlu ve huzurlu olduktan sonra çok mu önemli bu benim için? Hayır! Peki, sizin için?

> "Sorunu çözmek için şu an yapabileceğiniz bir şey yoksa neden huzursuz oluyor ve üzülerek enerjinizi tüketiyorsunuz? Bu hayatınızın 'burada –ve– şimdi'liğinin bir parçasıdır. Hepsi bu, burada –ve– şimdi. Üzüntü, endişe ve diğer tatsız duygular tamamen gereksizdirler ve içgörünüzü azaltmaktan, verimliliğinizi düşürmekten başka bir işe yaramazlar.
>
> Kendinizi bu tüketici duyguların yararsızlığına mutlaka ikna etmelisiniz. Gereksiz üzüntülerinizin sizi sahip olmanız gereken neşe ve mutluluktan mahrum ettiğini görmelisiniz. Bu olumsuz duyguların herhangi bir işlevi olduğunu düşündüğünüz sürece yüksek bilinç gelişimini geciktirirsiniz. Dış dünya içsel programınızla (arzularınız, beklentileriniz, istedikleriniz ya da insanların size nasıl davranması gerektiğiyle ilgili modelinizle) uyuşmadığında kendinizi duygusal olarak zorlamazsanız enerjiniz o kadar çoğalır ki belki de yarı yarıya daha az uyursunuz. Neşeli ve sevgi dolu olursunuz: Koşullar ne olursa olsun, diğer insanlar ne düşünürse düşünsünler yaşamınızın her anının tadını çıkarırsınız."[1]

---

1 Ken Keyes Jr., *Yüksek Bilinç Kılavuzu* Akaşa Yayıncılık, İstanbul 1995.

Demem o ki insan hayatta arzu ettiği şeyler için çaba sarf etmeli ve kendisinden kaynaklanmayan, değiştiremeyeceği insan ve durumlar için de kendisini harap etmeyi bırakmalıdır. Rahat olabilmek, en önemlisi hayata karşı sakin olabilmek mutluluğa giden merdivenin ilk basamaklarıdır bence.

## Kadınlar Damızlık İnek Değildir

Biz tüm bu kadınlığımızın suçluluğu ile cebelleşirken gebelik ile başka bir şeyin stresine giriyoruz.

> "Gebelik, döllenme ile başlayan, doğum ile sona eren ve 280 günlük bir süreyi kapsayan bir kadınlık fonksiyonudur. Bu fonksiyon gerçekleştirilirken, kadında bedensel ve ruhsal bir dizi değişim meydana gelerek, onu kadınlıktan anneliğe taşır. Kadının anne haline dönüşmesi biyolojik, ruhsal ve toplumsal bakımdan, bir evrim basamağından, daha yüksek bir evrim basamağına çıkıştır. Bu yükseliş kadınlık fonskiyonları ve cinsel içgüdü ile başlar, annelik içgüdüsü ve ona bağlı gelişen annelik fonksiyonları ile devam eder."[1]

> "Kadın sadece bir anne ya da bir bakire olarak anlaşılabilir ve tanımlanabilir. Eğer, maddi bir olasılık olmaksızın (...), kendi ya da kocasının iradesiyle kısır kalırsa, sadece suç işlemiş olmaz, aynı zamanda işlevini anlaşılamaz hale getirir."[2]

Yani hepimiz kadınlıktan anneliğe evriliyoruz, bir basamak atlıyor ve anne oluyoruz. Bundan sonra bizden beklenen anne olmak, saçımızı süpürge etmek. Evrim basamağında bir

---

1 Prof. Dr. Muammer Bilge, *Fizyolojide Hormonlar Bilgisi.*
2 Dr. A. Coriveaud, *Le Lendemain du mariage: Etude d'hygiene* (Evlilik Sonrası: Bir Hijyen İncelemesi), Paris 1927.

basamak geri gidip geri zekâlı gibi kim kadın olmaya çalışır ki? Artık tüm sorumluluklara annelik gibi "sözde kutsal" bir görev de ekleniyor.

Hatta kadın olarak tek işlevimiz de annelik olarak görülüyor çoğu zaman. Bir evlilikte çiftlerin çocuğu olmuyorsa, söyleyin bana, önce muayene olmaya kim gidiyor? Tabii ki kadın. Böyle bir "kusur" ancak kadında olabilir ve kadın, bir çocuk doğurma yetisinden mahrumsa eksiktir. Tabii ki hayır!

Katıldığım bir televizyon programında sunucu beyefendi anneliğin kutsallığına değinmek için, "Doğurmayan kadın eksiktir," dedi ve ben derhal itiraz ettim. Kadınlar damızlık inek değil kardeşim. Bir kadın çocuk doğurmamayı da tercih edebilir, fizyolojik bazı sebeplerden dolayı da doğuramayabilir. Bu tür ithamlarda bulunan erkeklerinin insanlıklarının eksik olduğunu söylesem fazla mı ileri gitmiş olurum?

Anneliğin niye zor olduğunu ben söyleyeyim: Annelik, bizim ülkemizde, zayıflatma vaadiyle satılıp zayıflatmayan ilaçlar gibi. Allayıp pullayıp sunuyorlar, sen kanıp anne olunca da nah işareti yapıp uzaktan seninle dalga geçiyorlar. Sen de yıllardır verdiğin mücadelene bir yenisini ekliyorsun. Mutlu olmaya, sorunlarını çözmeye çalışıyorsun. Mutsuzluklarına yenileri ekleniyor ve yalnızlaşıyorsun. Ama yalnız değilsin aslında. Ben varım. Bana da çocuğumla gittiğim her yerde nanik yapıyorlar. Burun kıvırıp dil çıkarıyorlar. Ama "kutsallık, analık" falan dediğimde "hık" edip gülecek gibi oluyorlar.

Bu da söylenen onlarca yalandan birisi sadece. Önce kadınlığımızı, sonra analığımızı kullanarak bizi yönetmek istiyorlar. Anneliğimizle bile mutsuz olmamızı sağlıyorlar, ama, "Artık yeter," deme zamanı geldi.

## BİR KADIN NE İSTER?

"Toplumbilim konusunda kitaplar okumuş, toplumbilim eğitimi görmüş olabilirsiniz, ama eğer kendi zihninizin nasıl çalıştığını bilmiyorsanız gene de toplumun ne olduğunu anlayamazsınız, çünkü zihniniz toplumun parçasıdır. Ya da toplumun ta kendisidir. Tepkileriniz, inançlarınız, tapınağa giden bir kimse olmanız, giydiğiniz giysiler, yaptığınız ya da yapmaktan kaçındığınız şeyler, düşünceleriniz... İşte toplum dediğiniz şey bunlardan başka bir şey değildir, kafanızda olanların bir kopyasıdır. Bunun için, sizin zihniniz toplumdan kopuk bir şey değildir. Kültürünüzden, bağlı olduğunuz dinden, ait olduğunuz sınıfın çeşitli özelliklerinden, çoğunluğun paylaştığı utkulardan, çatışmalardan farklı pek bir şey bulamayacaksınız zihninizde. İşte toplum bu ve siz de bu toplumun parçasısınız. Toplumdan ayrı, toplumun dışında bir 'sen' yok sizde."[1]

Sahi, ben ne istiyordum? Neden yaşıyordum? Var olmamın tek sebebi bir erkeği tatmin edip çocuk doğurmak mıydı? Bana ne istemem gerektiği öğretilmişti. Benden birkaç önceki nesle oranla gelişen zamana adapte olarak üniversite okumuştum, ama bu benim gerçekten ne istediğimi keşfetmeme yeterli miydi?

Annem ne istememi istiyor; babam ne istememi istiyor; kocam, çocuğum, iş arkadaşlarım, müvekkillerim benden ne istememi istiyor; bileyim ki taleplerini karşılayabileyim.

---

1 Krişnamurti, *İç Özgürlük*, çev. İlhan Güngören, Yol Yayınları, İstanbul, 2010.

İstediğim şeyi gerçekten istemediğimi fark etmem de yine oğlumun doğumu ile oldu. "Ben üniversite okudum, iş açtım, evlendim, çocuk sahibi oldum, ne kadar güzel bir hayatım var," derken bir baktım, aslında bana yazılmış senaryoyu oynamaktan başka bir şey yapmıyorum.

Kira ödüyorum, vergi ödüyorum, borç ödüyorum, taksiti bitene kadar eskiyen şeylere para harcıyorum. Bir türlü tatmin olmuyorum.

Çocuk istiyorum, ama yorgunlukla baş edemiyorum. Kocamla kavga ediyorum. Herkes sürekli beni anlasın istiyorum, ama kimseye tahammül edemiyorum. Saygı bekliyorum, ama bana farklı gelen pek çok şeye saygısızlık ediyorum. Sürekli mutluluktan bahsediyorum, ama mutsuz yaşıyorum. Sonra fark ettim ki ben bu karamsar ve mutsuz havadan boğuluyorum.

Kendimin ve başkalarının tercihlerinin sonuçlarını kaldıramaması, kronik bir huzursuzlukla yaşaması beni ürkütüyor.

İnsanların en nihayetinde kendi iradeleriyle dünyaya getirdiği küçücük canlılara bu kadar mutsuzluk yüklemesini hem kendilerine, hem bebeklerine haksızlık olarak görüyorum.

Mutsuz olmak da mutlu olmak gibi bir tercihtir. Hatta mutluluk farklı bir düzeydir. İnsanlar bazı durumlarda sabit duygu durumlarından sıyrılır ve mutlu olurlar. Buna rağmen insanların bu sabit ruh halini bile yakalayamadığını, mutsuz olmayı tercih ettiklerini düşünüyorum.

Bunları düşüne düşüne karar verdim.

Bilmediğim çok, bildiğim az. Ama emin olduğum şu ki çocuğum benim mutsuzluğumun sebebi değil, öyle düşünmesini de istemem. Çocuklu bir hayatı ben tercih ediyorsam, tercih ettiğim hayatı daha yaşanılır bir hale getirmem, bunun için çabalamam gerekiyor.

Hiçbir şeyin kolay olduğunu iddia etmiyorum, ama zorluklara bu kadar kolay boyun eğmemek gerektiğine inanıyorum. Çünkü zorlukların çoğunun kararlılıkla aşılacağını okulu bitirdikten sonra gördüm. Stajımı bitirdiğimde, "Ofis açacağım," dedim. "Bak çok zordur serbest çalışmak," dediler. "Yok," dedim, "açacağım." Ofisi açarken tüm sorumluluk bana aitti. Ofisimi açtığım ilk yılları hiç unutmuyorum; kira bir denkleşiyor, bir denkleşmiyor. Yemiyorum, içmiyorum kirayı ödemeye çalışıyorum. Sanki hayatımın tek odak noktası ofis kirası. Kira derdi geldi, hayatımın merkezine çöreklendi. Gerçekten, hayattaki tek amacım ayın beşini geçirmeden kira ödemek olmuştu. Ev sahibimin gırtlağıma sarılacağından değil elbet, ama benim kendimi kendime ispat savaşımda bir semboldü kira ve ayın beşi.

Hiç unutmam, bir gün Kadıköy Adliyesi Hasanpaşa C Binası'na duruşmaya gitmem gerekiyordu. Ofisim Sahrayıcedit'te, fakat cebimde kuruş para yok. Saatime baktım, duruşmaya henüz iki saat vardı. Laf olsun diye yazmadım, gerçekten kuruş param yoktu. Dolmuşa binip, "Ay bozuk yok," havası yapsam, ya şoför, "Ver abla bozarım," derse... Ya da dolmuşa binip, "Yaa param yok, beni adliyeye götürür müsün?" desem çok utanırım, söyleyemem. O zaman, tabana kuvvet yürümekten başka çarem yoktu. Bir buçuk saat erken çıktım. Yürüye yürüye vardım adliyeye. Hiç gocunmadım, şikâyet etmedim. İnsanların ne zorluklar yaşadığını düşündüm. Ben de tüm zorlukları göze almıştım, benim tercihim ve sorumluluğumdaydı her şey. Yapmam gereken şey daha çok çalışmak ve daha tutumlu olmaktı.

Yani en başından beri formülüm çok basit: Eğer bir şeyi istiyorsam, onu artısı ve eksisiyle, iyisi ve kötüsüyle kabul ediyorum. "İşimin getirisi iyi, ama çalışmak zor," demiyorum.

"Çocuk iyi, ama uğraşmak zor," demiyorum. Bir şey için çalışmak gerekiyorsa çalışıyorum. Emek vermek gerekiyorsa veriyorum.

Bu sebeple, eline hiç İngilizce kitap almamasına, kelime ezberlemeye çalışmamasına rağmen İngilizce öğrenemediğinden yakınan insanları anlamıyorum. Düzensiz beslenip, "Kilo veremiyorum," diyen insanları anlamıyorum. Hiç ders çalışmayıp sınavı kazanamadığında çok şaşıran insanları anlamıyorum. Sıkıntıya gelemeyip hemen pes eden ve başarılı olmayı bekleyen insanları anlayamıyorum. Spor yapmayıp, "Etim çok gevşek," diyen insanları anlamıyorum. Sigara içip sağlığından şikâyet eden insanları anlamıyorum. Her şeyin bir bedeli olduğunu anlamayan insanları anlamıyorum. Anlamadıklarımı saysam bitiremem. Herkes bunları yapmalı demiyorum. İstemeyen yapmaz. Ama yapamadıklarının sebebini kendinde aramak yerine hep başka birine ya da duruma bahane bulanlar komik geliyor bana. İşte insan bu noktada kendine dürüst olmalı.

Bence kişi kendinden ne kadar kaçarsa kaçsın, çocuk doğunca zaten farklı bir boyuta geçiyor. İşte o zaman istemese de duygularını, düşüncelerini, hatta geçmişte yaşadıklarını sorguluyor.

Ben başka kadınların ne istediğini söyleyemem. Bazen kendim ne istediğimi bile tam olarak tayin edemiyorum, ama benim gibi pek çok kadının şunları istediğinden eminim: Mutlu olmak! Kendim olabilmek! Kendimi anlatmak! Anlaşılabilmek! Ayıplanmamak! Yadırganmamak!

## ON İKİNCİ SORUSU OLMAYAN ANKET

Instagram hesabımdan bir anket yaptım, sorularım şöyle:

1- Neye, neden yetişemiyorsunuz?

2- İşinizi seviyor musunuz?

3- Çocuk bakmak mı daha zor, işe gitmek mi?

4- Maddi zorunluluğunuz olmasa işe yine de gider misiniz? Gitmeseniz evde çocukla olmaktan daha mı mutlu olursunuz?

5- En mutlu olduğunuz şey?

6- En mutsuz olduğunuz şey?

7- Gününüzü planlamanıza rağmen mi yetişemiyorsunuz, yoksa plan mı yapmıyorsunuz?

8- Televizyon izliyor musunuz?

9- Yetersiz hissediyor musunuz?

10- Hobiniz var mı?

11- Hobiniz yoksa bunun sebebi vaktiniz ve nakdinizin olmaması mı?

12- 12. soruyu ya komple silmişim ya da hiç yazmamışım, direkt 13'e geçmişim. O sebeple 12. soruya içinizden geçenleri yazabilirsiniz.

13- Evliliğinize birden ona kadar puan verseniz kaç puan verirsiniz?

14- Huzurlu musunuz?

15- Kendinizi seviyor musunuz?

16- Eşiniz size yardım ediyor mu?

17- Etmiyorsa, istemenize rağmen mi etmiyor?

Ben bir istatistikçi yahut analizci değilim, ancak bu küçük anketime verilen cevaplardan yola çıkarak kendi sonuçlarıma ulaştım. Ankete mail, Instagram ve özel mesaj yolu ile toplamda iki yüz kişi cevap verdi. Çıkan sonuçlar şöyleydi:

- Kadınların neredeyse yarısı kendisine, yarısı ev işine yetişemiyor. "Her şeye yetişiyorum," diyen yirmi kadın vardı ve bunlardan sekizi çocuksuzdu. (Yetişemeyenler içinde çocuksuzlar da vardı.)
- Yaptığı işi sevenler çoğunlukta olmakla birlikte, kararsız olanlar işsizlerden, işsizler de işini sevmeyenlerden daha fazlaydı.
- Ankete katılanların büyük çoğunluğu çocuk bakmanın çalışmaktan daha zor olduğunu söyledi. İşe gitmek daha zor diyenlerin hemen hemen hepsi işini sevmeyenlerdi.
- "Maddi zorunluluk olmasa evde çocuğuma bakardım," diyenlerle, "yine de işe giderdim," diyenlerin sayısı başa baştı. Bu iki seçeneği, Yarı zamanlı çalışır, yarı zamanlı çocuğuma bizzat kendim bakardım," cevabı izledi.
- Kadınların çoğunun çok küçük şeylerle mutlu olduğunu gördüm. Cevapların çoğu "çocuğumun gülüşü, çocuğum, çocuğumun mutluluğu, evliliğimin huzurlu olması, sevdiklerimin mutlu olması" gibi başkalarının refahından duyulan mutluluklardı. Çoğu kadının birebir kendi ihtiyaçlarının karşılanmasından daha çok, değer verdiği insanların mutlu ve huzurlu olmasından daha mutlu olduğunu gördüm.
- Katılanların "En mutsuz olduğunuz şey?" sorusuna verdikleri cevaplara ilginç bir biçimde –ağız birliği yapılmışçasına– aynı şeyler yazılmıştı: yanlış anlaşılmak, insanların bencilliği, haksızlık ve düşüncesizlik.
- Katılanların çoğu gününü planlamıyordu. Planlamayanları "planlasa da yetişemeyenler" izliyordu.

• Televizyon izleyenler ve izlemeyenler başa baş iken, "az" izleyenler de yabana atılacak cinsten değildi.

• Katılımcıların çoğu kendisini çeşitli konularda yetersiz hissediyordu. Bazılar iş hayatında, bazıları ev, bazıları çocuk, bazıları evlilikleri konusunda. Yetersiz hissetmeyen kadınlar da azımsanacak gibi değildi. Sadece küçük bir kısım kendisini "bazen" yetersiz hissediyordu.

• Çoğu kadının hobisi var ve olmayanlar olanların üçte biri kadardı. Ancak hobisi olanların büyük bir kısmı vakit yetersizliği sebebiyle hobisiyle ilgilenemiyordu. Nakit yetersizliği de vakit yetersizliğini takip eden sebeplerdendi.

• Katılımcıların çoğu evliliğine yedi puan verdi. Sadece sekiz kişi iki puan, sekiz kişi üç puan ve dört kişi de dört puan verdi. Geri kalan puanlar hep yedi ve üzeriydi.

• Katılımcıların büyük çoğunluğu kendini huzurlu hissediyordu. Sadece dört kişi huzursuzdu ve yirmi sekiz kişi bazen huzurlu, bazen huzursuz olduğunu söyledi.

• Katılımcıların büyük çoğunluğu kendini seviyordu. Sadece dört kişi hayır dedi. (Bu kişiler kendini huzursuz hissedenler ile aynı kişilerdi.)

• En can alıcı sorunun cevaplarında ise zaten emin olduğum bir gerçeğin sağlamasını yapmış oldum. Erkekler ev işlerini kadınların yapması gereken bir zorunluluk olarak görüyor, en fazla lütfedip yardım ediyorlar. Kadınlar da kocalarının kendilerine yardım etmesinden haliyle büyük mutluluk duyuyor ve kendilerini şanslı addediyorlar. Ev işlerini eşinin de kendi sorumluluğu olarak gördüğünü belirten yirmi kadın oldu. Yani iki yüz erkekte yirmisi kendisini ev işlerinden mesul görüyordu. On erkek ise ancak eşleri isterse yardım ediyor, yirmi erkek eşleri istese de yardım etmiyordu. Geri kalan yüz elli erkek ise çocuk bakımı başta olmak üzere pek çok konuda eşlerine "yardım ediyorlardı".

Aslında bu anketi daha ciddi bir biçimde ve profesyonelce yapmayı isterdim. Sorularımı ve şıklarını can alıcı biçimde hazırlayıp, sonuçlarını da sosyolojik bir gerçeğe ulaşabilecek biçimde okumayı isterdim. Her ne kadar bu ilimden mahrum olsam da kendi gözlemlerim bana gösterdi ki:

• Çoğu kadın kendisinden kaynaklanmayan sebeplerden ötürü mutsuz oluyor.

• Çoğu kadın ev, iş, çocuk kıskacında bunalıyor ve çoğunun mutsuzluğunun en büyük sebebi sürekli bir şey yapmak zorunda olmak.

• Çoğu kadın çok küçük şeylerle mutlu olabilse de kimse gerçekten kadınlara kulak vermiyor.

• Kadınlar çalışmayı seviyor.

• Kadınlar maddi zorunlulukları olmasa dahi çalışarak kendini işe yarar hissediyor ve var oluyorlar. Bu sebeple kadınlar iş hayatından asla vazgeçmeyecek gibi görünüyor. (Beni en mutlu eden çıkarımım da bu.)

• Kadınların plan yapma konusunda kafaları karışık. Planlamayı yapılan plana saati saatine uyulması gereken bir düzen, uyulmadığında işe yaramayan bir davranış biçimi olarak algılıyorlar. Halbuki bir günün planlanması aslında bir yaşam biçimidir ve kişi bir gününü değil, yaşam şeklini planlar. Buna beslenme düzeni, uyku düzeni dahildir. Planın elverişli olabilmesi adına ebeveynlerin sadece çocuklar için değil, kendileri için de yapması gerekiyor. Planlı yaşamda sanki her şey kesin kurallara bağlı gibi algılanıyor, halbuki planlı yaşarken de, "Hadi atlayıp şuraya gidelim," diyebilir insan. Aslında, "Planlı yaşamıyorum," diyen çocuklu ailelerin bile bir planı var. Sonuçta herkes kendi yaşam tarzına, çocuk sayısına, maddi durumuna göre kendisine uyan bir düzeni belirler; önceliklerini seçerse bana göre planlı yaşamış olacaktır.

• Kadınlar iletişim sorunu yaşıyorlar. Bu bazen kendilerini

ifade edememelerinden, bazen de karşı tarafın anlama kapasitesinin olmamasından kaynaklanıyor. Bazen de kadınlar herhangi bir şeyi dile getirmeden anlaşılmayı bekliyorlar. Burada şunu söylemeden geçemeyeceğim, ben dahil pek çok kadının en büyük hatası bu: İma. Laf sokma. Üstü kapalı bir şeyler anlatma çabası. Anlaşılamadığında da üzülüp sinirlenmek. Bence kadınları rahatlatacak, öğrenilmesi gereken ilk şeylerden biri istekler ve talepler konusunda net olmak. Kırılır mı, gücenir mi demeden, üslubunca neyi istediğimizi ya da istemediğimizi söylemek. İnanın hayat çok kolaylaşıyor.

## KADININ KADINA ETTİĞİ

Kadınları en çok kadınlar eleştiriyor, hor görüyor, aşağılıyor, kıskanıyor, çekiştiriyor, yerden yere vuruyor. Bazen kadınların kadınlara tahammül edemediği hissine kapılıyorum. Çoğu zaman bu hissiyatım da doğru çıkıyor.

Kadınların ilgisini çeken pek çok konu erkeklerin ilgisini çekmiyor. Hatta kadınlar, kadınların ilgisini erkeklerden daha çok çekiyor. Zaten çekse bile erkekler o kadının fiziksel özelliklerini diğer özelliklerinden daha dikkat çekici bulup, geri kalanıyla da pek ilgilenmiyorlar.

Bu nedenle kadınların özel ilgi alanında olan başka kadınlar, en çok tepkiyi kadınlardan alıyor.

Sosyal medya bunu birebir yaşama bakımından çok önemli bir mecra. Örneğin bir gün derse bebeğiyle gelen öğrencinin ağlayan bebeğini kucağına alıp sakinleştirerek derse devam eden bir profesörün resmini paylaştığım vakit, aynı durumda olsa bebeği dikkatini dağıtacağı için derse kabul etmeyeceğini ilk söyleyen yine bir kadın oldu. Üstelik bebeğin kendisinin ve sınıftaki diğer kişilerin dikkatini dağıtacağı için kabul edemeyeceği görüşü başka kadınlarca da kabul gördü ve çocukların her yere girmemesi gerektiğinde hemfikir oldular.

Aslında resmi paylaşmamdaki amaç bir farkındalık yaratmak olmasına rağmen, kadınlar bir anda kendi aralarında çocukların nasıl dikkat dağıttığından, her yere girmemeleri gerektiğinden, hem zaten şantiyeye, hastaneye götürülemeyeceğinden bahsetmeye başladılar.

Mevzu her çocuğun her yerde durmayacağından, her yere girmeyeceğinden açıldı; "bakamıyorsanız ya çalışmayın ya doğurmayın"a kadar geldi. Bence işin trajik kısmı bunların kadınlarca söyleniyor olması. Söylenenlerde kısmen doğruluk payı olsa da buradaki amacın bir hak talebi ve mücadelesi olduğunun görülmemesi üzücü.

Bu kadınların bir kısmı "ben yapamadım o da yapmasın, ben çektim o da çeksin" mantığıyla hareket ediyor. Bir kısmı da kendisinin beceremediği şeyi başkası becerdiği için içten içe sinir oluyor. Bir kısmı sadece muhalefet etmek istiyor. Bir kısmı ise çok kıskanıyor. Bir kısmı gerçekten katılmıyor, farklı düşünüyor. Fakat, sebebi ne olursa olsun, en temel konularda bile kadınlar birbirinin ayağına çelme takmaktan hoşlanıyor. Belki de bunu fark etmeden yapıyor.

Bir gün Brüksel'de milletvekilliği yapan Mahinur Hanım oğlunu meclise götürdüğünde çektiği fotoğrafları bana gönderdi ve kendisiyle mesajlaştık. Bana parlamentoda kendisini en çok eleştirenlerin diğer kadın vekiller olduğunu yazınca kadınların dünyanın her yerinde aynı olduğuna karar verdim.

Beni de en çok kadınlar eleştirdi.

Profilimde paylaştığım, çocuğunu işe götüren kadın fotoğraflarına gelen olumsuz tepkiler hep aynı: "E bunların ofisi var, biz götüremiyoruz, benim çocuğum durmuyor, e bunun tuzu kuru." Yani kendi yapamasa dahi başka bir kadın yapıyor diye gurur duymuyor, mutlu olmuyor, "O resim paylaşılıyor ve insanların gözüne sokuluyor, farkındalık yaratılıyor," diye sevinmiyor. Kendisi yapamadığı ve başkası yaptığı için mutsuz oluyor. (Bunun yanında bu fotoğraflardan güç alan, gurur duyan, çocuğu olmasa dahi sonuna kadar destek veren büyük bir kitle olduğunu unutmamak lazım.)

Zaten kadınların kendi hak taleplerinin önündeki engel

yine kendileri. Aslında çocuğunu işe götüren kadınları görüp, böyle bir imkânı olmayan kadının mutsuz olması çok normal. Fakat buna karşı çıkıp, yerden yere vurmak yerine bunun bir şeyleri değiştirmek için yapıldığını anlasa, destek verse ve kendi de bir yerinden tutsa inanılmaz bir kadın hareketi başlayacak. Nitekim önce kadınların kafasının değişmesi lazım ki erkeklerin kafası değişsin.

Bu süreçte çok kadınla tanıştım ve bazıları eğlenceli, bazıları hüzünlü çok hikâye dinledim. Meselenin benim hayal ettiğimden ya da bildiğimi sandığımdan daha büyük çaplı olduğunu anladım. Örneğin, Aile ve Sosyal Politikalar Bakanlığı'nın mevcut kreşini kapatıp çalışanlarının çoğunun kadın olmasına rağmen hâlâ bir kreş açmamasını pek bir ironik buldum. Yapılan yasal düzenlemelerin sadece genç nüfusu artırmak için değil, kadının çalışmasına engel olmak amacıyla da yapıldığını gördüm. Bunların yanında kadınların birbiriyle olan sorunlarının birlik olma bilincinden daha baskın olduğunu ve bu tür kıskançlıkların hak arayışına engel olduğunu gördüm.

Anneliğin ve çocukların siyasilerce sadece seçim malzemesi kabul edildiği ülkemizde onca kadın işinden istifa etmek zorunda kalırken; iki aylık bebeğini içi acıya acıya, şanslıysa anneanne ya da babaanneye, daha az şanslıysa iyi bir bakıcıya bırakıp İş Kanunu'na aykırı biçimde çalıştırılırken; kadınlar sokağa çocuklarıyla çıkmaya korkarken bunlara hep beraber "yeter" diye bağırmak yerine, birtakım şahsi kıskançlıkların ve rekabetlerin ön plana çıkmasını bana trajikomik geliyor.

Dürüst olmam gerek, bana en büyük desteği verenler de yine kadınlar tabii ki. Çıktığım bu yolculukta yalnız olmadığımı gördüm. Kadınlar yalnız olmadıklarını gördüler.

Birbirini tanımayan ne kadar çok kadının aynı konulardan mustarip olduğunu, ne kadar çok kadının birbirine haksızlık ettiğini, aynı zamanda ne kadar çok kadının birbirine destek olduğunu gördük.

Bu minvalde, bunca zaman söylemeye çalıştığım en önemli şey; hayat görüşümüz, siyasi düşüncelerimiz, dinimiz, ırkımız ne olursa olsun her alandaki farklılıklarımızı bir kenara koyup hak arayışında önce el ele tutuşabilmemiz ve bazı kavgaları bir kenara bırakabilmemizdi.

Bu söylemimde ne kadar başarılı olduğum tartışılır, ama bazı taşları yerinden oynattığımı hissetmiyor değilim.

Bir seferinde Kur'an kursunda çalışan ilahiyatçı bir takipçim bana şöyle yazmış:

"Feyza Hanım, hayatlarımız bambaşka yöne akıyor, ama direniş birliğimiz var. Ben Kur'an kursunda ders verirken bir bayanla anlaşmıştım ve ben dersteyken kursta çocuğuma bakıyordu. Sonra kurs müdürü böyle iş olmaz diyerek müftüyü çağırdı ve müftü bana kaç kez emzirdiğimi, sütümü sağmayı bilip bilmediğimi sordu. Süt sağmayı bildiğimi öğrenince, 'Bu çocuğa evde baktırın, buraya getirmeyin,' dedi."

Bir başka takipçim kadınlarla ilgili bir idarede çalıştırılmasına rağmen süt izinlerinin kullandırılmadığını, bir başka takipçim hamile olmasına ve yalvarmasına rağmen kadın başhemşire tarafından kanser ünitesinde çalışmaya zorlandığını yazıyor...

Bir hastanede taşeron işçi olarak çalışan başka birisi hastane kreşine hemşirenin çocuğu 500 TL'ye giderken kendi çocuğu için 1000 TL istendiğini söylüyor. Bir başkası çalıştığı şirketin çalışanlarına "Çocuk giremez" yazılı mail attığını anlatıyor...

Ve kadınların hepsi artık bu rezillik son bulsun istiyor.

İş hayatındakiler bir yana, sosyal yaşamda da çok örneği var:

Bir gün, hiç unutmuyorum, mahallemizdeki yüncüye gittim. En köşedeki sepet yumağının önüne bebek arabasını park ettim. Bir gözüm arabada bir gözüm iplerde sepetleri karıştırırken, bir teyze arabada uyuyan Ali Yiğit'in üzerinden sanki orada bir bebek yokmuşçasına eğildi ve bağıra bağıra konuşmaya başladı. Ali Yiğit ile ağız ağıza gelen kadın hiçbir şekilde endişe etmeden bir de arabayı itelemeye başladı ki sanki arabada bebek değil de karpuz var. Benim tabii can havliyle koşup, "Aman teyze, bebek uyanmasın," demem son derece samimiydi. Teyze bana dönüp aynı bağırtı tonunda, "E napalım yani, sen de gelme o zaman buraya," demesi ile ne olduğumu şaşırdım. Oradaki bir adam, "Utan teyze, yok mu senin çocuğun!" demese teyzeden kim bilir ne laflar duyacaktım.

Başka bir seferinde, bir kozmetik mağazasının stantları arasındaki daracık koridorda, elinde demir sepet taşıyan bir kadın bebek arabasını sollamaya çalışıyordu. Arabayı bir iki çekiştirdim geçsin diye, ama koridor çok dardı ve yer açamadım. Aslına bir müsaade etse arabayı geri çekeceğim ve geçmesi için yer açılacak, ama belli ki onun çok acelesi vardı ve geçmeye çalışıyordu. Neme lazım, ucuz saç boyası tükenir, tırnak cilası kalmaz falan, oradan hızla geçmeliydi. Nitekim yan yan kendisine yer buldu ve ben demir sepetinin köşesini Ali Yiğit'in gözüne 2 santim kala yakaladım. Kadını uyarınca da ne dese beğenirsiniz: "Çıkma kardeşim o zaman sokağa."

Kim bilir bu ve benzerlerini yaşayan ne kadar çok kadın vardır.

Hamileyken bana arkadan çarpıp geri geri giderek kendisine çarptığımı iddia eden ve karnım burnumda halime rağmen avaz avaz bağıran, "Bana ne, benim de iki çocuğum var, hamileysen hamilesin," deyip etraftan tepki toplayınca çenesini kapayan kadın...

Kucağımda Ali Yiğit, gözümde yaşlarla gittiğim ve bel ağrım için iğne sırasında beklediğim sağlık ocağında halimi görmesine rağmen beni süzerek, "Bekleyeceksin," diyen kadın...

Gizlice beni çağıran ve, "Benim de dört aylık bebeğim var, karımın da bebeği taşımaktan sırtı ağrıyor," diyerek iğnemi vuran erkek hemşire...

"Valla biz de böyle çook duruşma salonlarında büyüttük. Yapacak bir şey yok ama, böyle çocuk getirilmez adliyeye," diyen kadın hâkim...

"Benim de çocuğum var, karım zorluk çekiyor," diyerek çocuğu kürsüye oturtan erkek hâkim...

"Mesleğin zarafetini lekeliyorsun," diyen avukat kadın ve, "Sen cesaretli kadınsın, örneksin, güzel şeyler yapacaksın," diyen avukat erkek...

Vapurda oflayarak yer kaplayan bebek arabasını geçmeye çalışan kadın, bebek arabasını sırtlayıp sürgüyü atlatan erkek...

"Ajite etmeyin, bakıcı yoksa çalışmayın," diyen kadın...

Kendine bakan, bakımlı bir kadın görünce hemen, "Bak bak, çocuğuna bakmak yerine kuaförde vakit harcıyor," diyen kadın...

"Bak bak, çocuğu bakıcıya bıraktı acımasız anne," diyen kadın...

Her fırsatta birbirini suçlayan ve bu suçlamalar üzerinden kendini temize çıkaran kadın...

Gerçekten kadınların kadınlarla ne alıp veremediği var henüz çözemedim, ama bazı durumlar aşırı derecede eğreti duruyor. Geçenlerde bir yerde gördüm, genç bir anne bebeğini kucak bağı yapmış, çok güzel bir poz vermiş. Fotoğrafın altındaki yorumlara bakana kadar her şey güzeldi. Yorumlar aynen şöyleydi: "Ay sen kendin mini minnacıksın ne ara yaptın bu çocuğu?", "Sanki annenin büyük kızı gibisin de annene yardım ediyorsun", "Ne güzel kendin de çocuksun, çocuğunla birlikte büyüyeceksin." Bu ve benzeri, aralarına samimiyetsizce "Ay ne tatlısınız" serpiştirilmiş yorumlar...

Ben tepki gösterince bu hanımlar aslında görüntüyü çok beğendiklerini; yorumların tamamen şefkatten kaynaklandığını; kendileri de böyle genç anne olmak istediklerinden, ama olamadıklarından dolayı biraz da hasretle yazdıklarını açıklamaya çalışsalar da ben biraz okuduğumu anlıyorsam, kıskançlık ve aşağılamadan başka bir şey görmedim o yorumlarda.

Tüm yorumların alt metni, "Sen çocuksun, kendin çocuksun, bakamazsın o çocuğa," idi. Aynı zamanda tam olarak sebebi şudur diyemediğim, ama sezinlediğim bir kibir vardı bu kadınlarda.

"Ben senden büyüğüm"ü anlamsız bir egoyla söyleyen, "ben senden tecrübeliyim" derken karşısındakini küçümseyen... Ne olduğunu tam açıklayamam, ama ben o kibri hep hissederim. Karşımda konuşanın kibri, elimle tutabileceğim kadar yoğun hissettiğim bir duygudur. Beni en çok rahatsız eden şeylerden bir tanesidir.

Bu kibri pek çok yerde görüyorum. Geç yaşta anne olan kadınlara karşı takınılan tavırlarda da görüyorum. Daha erken anne olanların bu kadınlara karşı rahatsız edici tutum ve sorularını son derece kırıcı buluyorum. "Biraz geç değil mi, risk grubunda değil misin, çocuk yirmi yaşına gelince sen kaç yaşında olacaksın, enerjin yetecek mi?" gibi satır aralarında o kadına çocuk sahibi olmak için yaşlı olduğunu ima eden sorular...

Hastane yatağında sezaryen olan kadına komşusunun "aslanlar gibi doğurduğunu" anlatanlar, epidural ile doğum yapanlara saatlerce "krallar gibi" sancı çekenleri övenler var. Ya da karşısındakinin sezaryen olduğunu öğrenip hemen kendi normal doğumunu anlatmaya başlayanlar...

Zayıf çocuk görünce annenin sütünün yetmediğine oy birliğiyle karar verenler; istisnasız her bebeği ve çocuğu onun, bunun, komşusunun, bilmem nesinin çocuğuyla kıyaslayanlar...

Her çocuğun şişman olmak zorunda olmadığını anlamayıp çocuğun annesine sanki çocuktan yemek kaçırıyormuş muamelesi yapanlar, komşusunun torununa göre on gün geç yürüyen çocuğu geri zekâlı ilan edenler, herhangi bir sebepten diğerlerinden daha özel çocuğu olan ebeveynleri suçlarcasına sorgulayanlar, her konuda yerli yersiz konuşanlar, yorum yapanlar, akıl verenler...

Bir takipçim yazmış; doğumdan sonra ziyaretine gelen bir akrabası sezaryen olması hasebiyle, "E sen şimdi doğum da yapmadın kızım," diye üzüntüsünü dile getirmiş. Kadıncağız bunun şokunu atlatamadan ikinci bombayı patlatmış: "Merak etme kızım, bunlar hep böyle kalmıyor, sonradan güzelleşiyorlar."

## Sütün mü Yetmiyor?

Benim de ilk zamanlar insanlarla en çok savaştığım konu, "Sütün mü yetmiyor?" konusuydu. Ali Yiğit otuz altı haftada, 2780 gram doğdu. Erken doğmasına rağmen kadın doğumcum ve çocuk doktoruna göre son derece sağlıklı ve hareketli bir bebekti. Küveze girmedi, sağlık sorunu olmadı çok şükür. Normal doğum yaptığım için sütümün gelmesi de gecikmedi, bebeğimi hemen emzirmeye başladım.

Kendimi çok iyi hissediyordum. Sezeryan fobim gerçek olmamıştı. (Çoğu kadının aksine, ben hep sezeryandan çok korktum.) Bebeğim sağlıklıydı, ilk aşamayı başarıyla tamamlamıştım. Ancak hesaba katmadığım ve ilk defa tanışacak olduğum "Sütü Yetmeyen Annelere Yardım ve Danışma Kurulu" ya da "Meme Emen Bebeklere Destek Timi" misali hareket edenler beni bir an şüpheye düşürdüler.

Ali Yiğit emiyordu; ben iyi kötü bir şekilde yaralar içerisinde oğlumu beslemeyi biraz içgüdülerimle, biraz arkadaşlarımın anlattıklarıyla, biraz da okuduklarımla harmanlayıp öğreniyordum. Sıradan bir yeni doğandı. Azıcık emip uyuyakalıyor, altına ediyor, yine azıcık emip uyuyakalıyordu. Yavaş yavaş kilo da alıyordu, ama şişman değildi. Şişman olmaması insanların sinirine dokunuyordu ve bana sürekli, "Sütün mü yetmiyor acaba; acaba bu çocuk aç mı; sütün yetse kilo alırdı; sütün besleyici olsa yanakları dolma gibi olurdu; sütün yetse bacakları boğum boğum, parmakları üzüm gibi olurdu; sütün yeterince yağlı olsa gıdısı kat kat, elleri portakal gibi olurdu; yeterince doysa götü karpuz gibi olurdu," falan gibi böyle anlamlı anlamsız benzetmeler yapıyorlardı.

Bir an, "Acaba doğru mu söylüyorlar?" diye tereddüte düşsem de kısa bir zaman içinde bunların sadece boş konuşan insanlar olduğunu anladım. Vücudum, oğlumun emdiği sıklığa ve yoğunluğa göre süt üretiyordu. Ben, beni şişirecek, kanserin besin malzemesi olan ve ağzıma zorla dökülmeye çalışılan bol şekerli sıvılar yerine çokça su tüketiyordum. Bebeğimin ihtiyaçlarını hissetmeye çalışıyordum. Ne ben ne de kocam, asla onlara kulak asmadık.

İyi ki böyle yapmışız. Çünkü Ali Yiğit belli bir aydan sonra semirmeye başladı. Şu an 14 aylık ve hâlâ emiyor. Sağlığı da iyi gözüküyor. Bu sefer de komik biçimde övgüleri ben topluyorum. "Aferin iyi bakmışsın çocuğa," diyorlar ve ben içimden gülüyorum. İkinci çocuğum iştahsız ve zayıf bir çocuk olursa da çocuklarım arasında ayrım yaptığımı ya da birini kayırdığımı iddia ederlerse hiç şaşırmam.

Eğer ben kendimden emin olmasaydım ve yerli yersiz sütün yetmiyor söylemlerinden strese girerek ya da sütümün yetmediğine inanarak emzirmeyi bırakıp formül mamaya geçseydim, eminim bu insanlar mutlu olurdu.

Bu insanlar her şeyi bildiğini sanan, her konuda fikri olan, karşısındakinin duygularını düşünmeden her şeyi söyleme hakkı olduğunu düşünen kifayetsiz muhterisler. Bunlara kulak asmamak lazım.

Birbirini zayıf ya da tombul çocukları üzerinden değerlendiren sığ kadınlara takılmayın, üzülmeyin. Bunlar hayatın her alanında karşılarındakini kendilerine kattıklarından ötürü değil, yaşça büyük oldukları ya da kendilerinden daha zor hayatlar yaşadığı için üstün gören vasıfsız insanlar. Çünkü hayatta övünebilecekleri başka şeyleri yok.

Geçenlerde bir arkadaşımla konuşuyordum. Uzun zamandır çocuk sahibi olmak için tedavi görüyordu. Sonucunda hamile kalmıştı, ama bebeği çok küçükken kaybetmişti. Kendisini üzmemek için, "Nasılsın?"dan başka soru sormasam da bana dedi ki, "Feyza, insanlar ne kadar acımasız, üzülür müyüm diye düşünmeden başlıyorlar neden oldu, nasıl oldu demeye. Ya da bilmeyenler hemen, 'E ne bekliyorsun, yapsana çocuk,' diyor. Bilmiyor ben daha dün düşük yapmışım, ne haldeyim, niye böyle bu insanlar?" Cevap veremiyorum tabii.

Sorunların bazıları da iletişim kurmayı bilmemekten kaynaklanıyor. Mesela yeni doğum yapmış lohusaya çocuğu daha büyük olan anne diyor ki, "Bu daha bir şey değil, bu haline şükret, bu ne ki, hele bir hareketlensin mumla arayacaksın bu günlerini." Aslında doğru söylüyor, ama yanlış biçimde söylüyor. Çünkü ilk defa anne olan lohusa kadın, çocuğun hareketlendiği anları hayal edemiyor. O doğum travmasını, fiziksel acılarını ve tavan yapmışken doğumla yere yapışan hormonlarının mecbur ettiklerini yaşıyor. Yorgun, bezgin, endişeli, mutsuz, hatta bazen depresyonda oluyor. İhtiyaç duyduğu yegâne şey, "Geçecek korkma," demek. "Sakin ol, inan ki geçecek," demek. "Geçecek, hatırlamayacaksın bile," demek. Ama, "sus, kes, şükret, bu da ne ki" tavrında söyleyince sinir bozucu oluyor.

Dinlediğin kötü hikâyeye karşılık daha kötüsünü anlatıp

karşındakini rahatlatmaya çalışmak milli alışkanlığımız, ama bence bir işe yaramıyor.

Oğlum doğduğundan beri bana bu şekilde söylenen her şeyin doğru olduğunu bizzat gördüm ve şu an söylenenlerin de doğru çıkacağına eminim. Ama hâlâ dile getirilme biçimlerinin çok kaba olduğunu düşünüyorum.

Benden bir yaş büyük oğlu olan arkadaşım Arzu ile bir gün –tabii o zamanlar Ali Yiğit yattığı yerde duruyor– evden eşyaları kaldırmama konusunda iddialaşmıştım. Arzu ise bana sadece şunu söyleyip konuyu kapattı: "Feyza, Ali Yiğit yürüsün o zaman zaten sen kendin tecrübe edeceksin, şimdi ben ne söylesem boş." Evet, gördüm. O zaman, "Onu öyle yapmaaaaaaaaam, bunu böyle etmeeeeeeeeem, o çocuk effendi olacaaaaaaaak, o çocuk hayırdan anlayacaaaaaak, eşyalar yerli yerinde duracaaaaak," diyen kendime şimdi, "Yav he he," diyorum. Ama yine de kimseye "sus sen ne bilirsin" tavrıyla, "daha bunlar iyi günlerin" demiyorum.

Sonuçta çocuk büyüdükçe zorlukları artsa da anne ve baba, ebeveyn olarak yaşamaya alışıyor, sorunları çözme becerileri gelişiyor. Ve her zaman birinden daha deneyimli bir anne bulunuyor. Beş yaşında çocuğu olan benden, on yaşında çocuğu olan ondan, iki çocuğu olan tek çocuğu olandan, üç çocuğu olan iki çocuğu olandan, torunları olan hepimizden daha tecrübeli. Dünyada bugüne kadar kaç milyar insan doğup ölmüş... Hayatında on sekiz çocuk doğuran kadınlar var. Kimsenin bu konuda profesör kesilip bir diğerini küçümsemesinin anlamı yok. Herkes kendi tecrübesini yaşamalıdır, buna izin verilmelidir.

Benim kimsenin tecrübesine lafım yok. Herkese saygım sonsuz. Ama benim kendi tecrübelerimi edinmeme bu itiraz neden?

Sonuçta sosyal hayatta ya da iş hayatında bir hemcins, kardeş dayanışması beklerken; uğradığımız tüm haksızlıklar karşısında hasım olma lüksümüz olmadığını düşünürken; kadınların birbiriyle olan kavgalarına anlam veremiyorum. Bu anlamda bu bir çağrıdır, tez zamanda silkelenmeli ve birbirimize arka çıkmalıyız.

Ben söz veriyorum; kadınlara rağmen kadınları her şart ve koşulda savunacağım.

## Sorun Erkeklerde Değil, Sistemde

Hep kadınlar mı mağdur oluyor ve haksızlığa uğruyor? Genel olarak evet, ama tüm erkekler o haberlerde izlediğimiz vahşiler gibi mi? Değil tabii ki. Kadınların maruz kaldığı haksızlıklar karşısında sesini yükselten erkekler yok mu, var tabii! Bir kısmı bu ataerkil düzenin mahsulü olmakla birlikte kötünün iyisi, bir kısmı devrimci bir ruhla tüm eğreti kurallardan sıyrılmış özgürlükçü, bir kısmı da işte bildiğimiz gibi...

Bu yüzden benim hiçbir zaman birebir erkeklere düşmanlığım olmadı. Benim düşmanlığım hep onların beynini zehirleyen sisteme oldu. Çünkü erkekler de kız çocukları gibi pek çok dayatmaya maruz kalıp saçma basmakalıplarla büyütüldüler.

> "Ben eğer cömert ya da çok gayretli ve kahraman isem, feodalite düzeni içinde büyüyüp olgunlaştığım içindir. Paragözün biri isem, burjuvazi içinde doğduğum içindir. Ata binip pala sallayan biri isem, aşiret düzeni içinde yaşadığım içindir. Başka türlü isem, başka tür bir düzen içinde olduğum içindir. Toplumsal ilişkiler, üretim ilişkileri, mülkiyet düzeni ve üretim araçlarının toplumdaki konumu, bütünü ile sınıfsal ilişkiler ve topluma egemen olan biçim benim toplumumu oluşturmakta ve bireyin

benliğini onun dışında belirleyen etkenler durumunda olarak bu benliği de oluşturmaktadırlar."[1]

Ben aslında bir erkeğin çıkıp, "İstemiyorum kardeşim evin direği olmayı!" diye isyan edeceği günü bekliyorum. Bir erkeğin çıkıp, "Ağlarım lan, ağlarım!" diye haykıracağı günü bekliyorum. Bir erkeğin çıkıp bir kadına, "Ben de kendimi güçsüz hissediyorum, beni koru," diyeceği günü bekliyorum. Erkeklerin bunları hissettiğinden eminim. Belki benim henüz bilmediğim yerlerde, tanımadığım insanlar bunları dile de getiriyordur, ama ben erkeklerin de gerçek bir insan gibi duygularını dile getirebildikleri bir yerde yaşamak istiyorum.

Erkeklerin duygularını saklamalarına, istemedikleri halde "erkek" olmaları hasebiyle pek çok klişe sorumluluk yüklenmelerine ve bunun karşılığında da pek çok şeyi kendilerine hak görmelerine karşıyım.

Küfrün, külhanbeyliğin, kaba saba tüm davranışların erkeklere atfedilmesi, bunları ne yoğunlukta yaparsa o derecede erkek, o derecede delikanlı, o derecede cengâver kabul edilmesi bence çok acınacak bir durum.

Örneğin, senelerce babasından dayak yemiş bir kız arkadaşım, babası vefat ettikten sonra babasının biseksüel olduğunu öğrendiğinde her şeyin aydınlandığını anlatmıştı bana. Tüm delikanlılık ayakları, sert ve abartılı namus söylemleri, kızın en ufak muhalefetinden çıkan kemerli dayak fasılları aslında hep adamın kendi kendini bastırma çabasıymış. (Bu, arkadaşımın ve benim yorumumuz, bir psikolog pek tabii daha derin bir analiz yapabilir.) Kendi içinde kopan fırtınalar ve gerçeği bilen benliği ile gerçeğin öğrenilmesinden korkan benliği çatışırken,

---

1 Ali Şeriati, *İnsanın Dört Zindanı*, çev. Hüseyin Hatemi, İşaret Yayınları, İstanbul, 2000.

bu çatışmalar arasında kalıp sürekli kızını döven bir adam ve dayak yiyen, hakarete maruz kalan arkadaşım...

Uç örnek gibi gözükse de inanın değil ve çok yaygın bir durum. Kadınlara ettikleri bunca eziyete rağmen erkekleri düşündüğümden değil, ucu yine kadınlara dokunduğundan ötürü erkeklerin üzerindeki -kadınlar kadar olmasa da- toplum baskısının ortadan kalkması lazım.

Toplumsal roller bir yana; ikili ilişkilere baktığımızda, bilmiyorum farkında mısınız ama, erkekler bizim onları iğnelememizden, imalarımızdan, üstü kapalı söylediklerimizden bir halt anlamıyorlar.

Çamaşır makinesinin otuz tane düğmesine bakınca akılları karışıyor. Hayır, "Erkekler daha az zeki," falan demiyorum. "Umurlarında bile değil," demek istiyorum. Onlar için açma kapama düğmesi yeterli. Onlar bizim aksimize daha fonksiyonel şeyleri tercih ediyorlar.

Daha düz, akla yatkın, hayata biraz daha eğlenceyle bakabilen, sebep ve sonuç ilişkisini dolandırmadan kurabilen ve çocuklar gibi kısa ve net cümleleri seven varlıklar.

Bunun sebebi bizim aksimize daha rahat yetiştirilmeleri, hayatlarında korkacak çok az şeyleri olması. Bizim aksimize bastırılmamaları.

Bu serbesti ve sorumluluk üstlenmeyen hal en çok çocuk doğduktan sonra göze batıyor. Erkekler gebeliğin ve doğumdan sonraki birkaç ayın kendisiyle alakasız olduğunu düşünüyor.

Bazı erkekler gece uyumayan çocuğa anneyle beraber bakmak yerine yatağını ayırıyor, hormonlarına yenik düşüp sinir krizi geçiren anneye "kaprisli" muamelesi yapıyor. Kadın evde annesiyle çocuğu büyütmeye çalışırken halı saha maçına gidiyor, iş yemeği diye evden kaçıyor. "Zaten çalışıyorum, erken kalkıyorum," diye hafta sonu öğlene kadar uyuyor.

Bazı erkekler ise hamile eşleriyle beraber hamilelik yaşıyormuş. "Couvade* (Kuvad) Sendromu" denen bu durumda erkek de kadınla beraber kilo alıyor, onun da midesi bulanıyor, o da doğum heyecanı yaşıyormuş. Hatta bazılarının doğum sancısı çektiği bile oluyormuş.

Sonuçta erkekleri anlamak çok da zor bir şey değil. Ama erkeklerin bizi anlaması gerçekten zor.

Düşünsenize, hiçbir erkek "sevişti" diye öldürülmüyor.

Hiçbir erkek alt tarafı bir gece sinemaya gitmek için kırk tane yalan söylemek zorunda kalmıyor.

Hiçbir erkek her ay güzellik uğruna kıllarını yoldurmuyor.

Hiçbir erkek güzellik uğruna lazerle cildini yaktırmıyor.

Hiçbir erkek her gün saatlerce ayna karşısında sürüp sürüştürmüyor.

Hiçbir erkek korkunç derecede acı veren ayakkabılarla yürümek zorunda kalmıyor.

Hiçbir erkek dayatılan güzellik anlayışı sebebiyle depresyona girmiyor.

Hiçbir erkek cinselliğinden utandırılmıyor.

Hiçbir erkek hem temizlik yapmak, hem yemek pişirmek, hem işe gitmek hem de çocuk bakmak zorunda bırakılmıyor.

Hiçbir erkek otururken bile, "Ne derler?" diye düşünmek zorunda kalmıyor.

Hiçbir erkek kadınların yaşadığının yarısını yaşamıyor.

Hakikaten, erkekler bizi nasıl anlayabilir ki?

---

* Couvade: Fransızca kuluçkaya yatmak.

## Erkeğe Mektup

Sevgili Erkek,

Hem çok güzel olmamı hem de çok zeki olmamı istiyorsun. İlgi alanlarına ilgili davranmamı, hoşuna giden her konuda seninle saatlerce sohbet etmemi istiyorsun. Hep bakımlı kalabilmemi, seni hep kapıda yüzümde içten bir tebessümle karşılamamı, çocuğumuzu şefkatle büyütmemi ve mümkünse kendi paramı kazanıp aile bütçesine katkıda bulunabilmemi ve kendi ihtiyaçlarıma da yetişebilmemi istiyorsun. Evlenirken mümkünse bakire olmamı, ama sevişirken de çok tecrübeli olmamı, seni memnun etmemi istiyorsun. Sana karşı hep çok istekli olabilmemi, seni her koşulda tatmin edebilmemi istiyorsun. İyi bir aşçı, iyi bir temizlikçi, iyi bir arkadaş olabilmemi istiyorsun. Halı sahaya gittiğin zaman heyecanla git dememi, arkadaşlarınla dışarı çıktığında surat asmamamı, hatta bazen maç izlemek için arkadaşlarını eve çağırdığında size hizmet etmemi istiyorsun.

İşten eve geldiğinde çok yorgun olduğun için koltuğa kendini atmana ve yemeği tek başıma hazırlamak zorunda kalışıma bozulmamamı, o akşam tek başıma bulaşık yıkarken sadece kendi istediğin programı izlediğin için darılmamamı istiyorsun.

Çok işin olduğu ve hep çok meşgul olduğun için özel günleri unutmanı büyük bir problem haline getirmememi ve "küçücük şeylere" takılmamamı istiyorsun. Her şeyden önce söylenmememi ve senin tabirinle "dırdır etmememi" istiyorsun.

Sabah seninle kalkıp işe gittiğimi bilmene rağmen, mümkünse gece çocuğa hep benim uyanmamı istiyorsun.

Aldattığında seni affetmemi istiyorsun.

Sonuçta her istediğini yapabilme hakkına sahip olmayı istiyorsun.

Ve sen çok yoruluyorsun, kafan çok meşgul, bir de benim sana hayatı dar etmememi istiyorsun. Annen gibi olmamı, seni her koşulda sevebilmemi, kabul etmemi, hoş görmemi istiyorsun.

Halbuki ben de aynı şeyleri senden bekliyorum, ama daha en başından çoğunun gerçekleşmeyeceğini bildiğim için sesimi çıkarmıyorum.

Gece tüm bir uyku uyuyamadığım için sabahları çok zor kalkıyorum. Aynada gördüğüm çökmüş gözaltlarıma acıyarak bakıyorum. Bütün gün işte yoruluyorum. Bazen iş arkadaşlarım, bazen amirim canımı sıkıyor. Koştur koştur eve geliyorum. Biliyorsun, bakıcı ben gelince koşar adım gidiyor.

Çocukla ilgileneyim derken sen geliyorsun. "Çok yoruldum, yemek hazır mı?" dediğin zaman, evet, sana bozuluyorum, ama bu sana bir sofra kurmayı çok gördüğümden değil, benim de en az senin kadar yorgun olabileceğimi düşünmemenden.

Bulaşık yıkamayı dert ettiğimden değil, bunlar benim zorunlu görevlerimmiş ve tek başıma yapmak zorundaymışım gibi davranmandan.

Özel günlerimizi unuttuğunda surat asmaktan zevk almıyorum, ama ister istemez, senede bir gün bize ait olan bir anı hatırlamamandan, buna değer vermediğini düşünmemden ötürü üzülmeme engel olamıyorum.

Sen her şeyde bu kadar rahatken mükemmel olmamı beklemenden rahatsız oluyorum.

Sahi, sen beni olduğum gibi kabul edebilir misin? Bunca zaman bastırdığım duygularımı, sana anlatmaya korktuğum iç savaşlarımı anlatsam dayanabilir misin?

Ben hiçbir zaman sen gibi kendim olmadım ki. Ben bazen dayak yedim. Ben hep ayıplanma korkusuyla yaşadım. Ayıplandım da. Olmazlarla, yasaklarla büyüdüm. Hatta seninle evlenebilmek için bile ailemle savaştım. Şimdi de sessiz biçimde seninle savaşıyorum.

Ev işini ortak sorumluluk olarak görmenin kılıbıklık olmadığını ya da aşağılıkça bir iş olmadığını, aksine bunun gururla anlatacağın bir davranış biçimi olduğunu anlayabilir misin? Bazı geceler çocuğa sen uyanabilir misin? Bunları yaptığında lütfetmiş gibi davranmaktan vazgeçebilir misin?

Benim doğduğum andan beri pek çok konuda yok sayıldığımı ve geri plana itildiğimi, ama yine de hep çok başarılı olmamın istendiğini, söylediğin ve istediğin her şeyle senin de bunu talep ettiğini idrak edebilir misin?

Sana pek çok soru sorabilirim sevgili erkek, ama bunları tek tek sıralayacak mecalim yok. Senden istediğim en önemli şey benim bir robot olmadığımı anlaman. Bana getirilen kısıtlamaları, edep ve ahlak söylemlerini, baskıları, zorlamaları anlaman. Beni zihnen yordular sevgili erkek. Yapmam gereken onca şey yüzünden fiziken de yoruluyorum.

Ben her ne kadar seni anlamadığımı düşünsen de seni çok iyi anlıyorum, ama sen benim asıl meselemi kavrayamıyorsun. Dayatılanlardan, görevlerden, sorumluluklardan yorgunum. Ben de mutlu olmak, kendim olmaktan suçluluk duymamak istiyorum.

Bana bu konuda yardım edebilir misin? İstediğin şey ya da kişi olmamı değil, gerçek ben olmamı kaldırabilir misin?

Gerçekten biraz düşün. Bunu ister misin?

## BÜTÜN KADINLAR BEYAZ, BÜTÜN ERKEKLER SİYAH MI?

Herhalde dünyada en çok tartışılan ve üzerine anlaşılamayan konu kadın-erkek eşitliğidir. "Kadın ile erkek eşit midir, hangisinin fıtratında ne vardır?" gibi zaman zaman dini, zaman zaman siyasi ve zaman zaman da hukuki bir boyut alan bu tartışmada aslında anlam kayması var. "Kadın ile erkek eşittir" savını kadın ile erkek arasındaki doğadan ileri gelen farklılıklarla çürütmeye çalışmak amaçlı bir saptırma. Belki de söylemek istediğimiz "kadın ile erkek farklı"dır. Buna kimse itiraz edemez herhalde. Çünkü farklıyız. Ve zaten, kadın ile erkeğin eşit haklara sahip olması için aynı olması gerekmez. Kadın ile erkeğin doğal farklılıkları erkeğin üstün görülmesini de sağlamaz.

Milyon kez söylememize rağmen yerdeki halıyı kaydırdı diye, çöpü atmadı da çöpün suyu aktı diye, çoraplarını kirli sepetinin kapağını açma zahmetine katlanmadan sepetin üzerine koydu diye, bir türlü çocuğun altını düzgün bağlayamıyor diye, sürekli kız arkadaşlarımızın isimlerini unutup o kim diye soruyor diye (halbuki biz onun erkek arkadaşlarının, kız arkadaşlarının aile şeceresini bile çıkarabiliyoruz), annesinin soktuğu lafı fark etmedi diye kavga etmediniz mi hiç?

Bazen eşimle olayları algılayışımızdaki farklılıklara bakıyorum da sinir olduğum pek çok konu beni rahatsız etmemeye başlıyor. Çok küçük bir örnek: Ali Yiğit'in odasında bir pencere var. Pencerenin olduğu duvar boydan boya iki parça tül perde ile kaplanmış. Her sabah bir parçasını sola, bir parçasını sağa açar, güneşliğini sağa ya da sola çeker ve odaya güneş girmesini sağlarım. Havalandırırım. Pencereden yerdeki ahşaba vuran güneş; yarı güneş, yarı gölgede oturan Ali Yiğit ve ona sevgiyle bakan ben... Her şey bir film karesini andırıyor.

Bazen bu iş eşime kalır. Defalarca söylememe rağmen tülleri iki yana ayırmak aklına gelmiyor. Sol kenardaki perdeyi tüm hızıyla sağ tarafa çeker, sağ taraftaki perde yazık büzüşür. Güneşlik deseniz kabak gibi ortada kalmış. Kaparken her iki taraftan çekmek yerine sağdakini sola, soldakini sağa çeker. Bazen tülleri kapama gereğini bile duymadan güneşliği çeker, perdeleri hınçla çekiştirdiği için kornişlerin biri Mekke'ye biri tekkeye bakar...

Önceleri o kadar çok tartıştım ki bu perde mevzuundan. Perdelerim benim hassas noktam. O perdelerin pilisi bozulunca benim de sinirim bozuluyor kardeşim. Evi gösteren perdedir. Canım perdelerim. Perdelerime karşı bu kadar hissiz davranılması hoşuma gitmiyor. Üstelik bu hareketi otoriteme de bir başkaldırı gibi algılıyorum. Tartıştım, kavga ettim, adama sağ sol kavramları üzerinde durması gerekliliğini hatırlattım. Belki bazen kalbini bile kırmış olabilirim bu konuda. Sonra fark ettim. Fark ettim ki perdeler onun umurunda değil. O Ali Yiğit'in odasının havalanmasını, bir süre güneş almasını, bir süs malzemesi değil de odayı güneşten korumaya ve içerinin dışardan görünmesini engellemeye yarayan bir ev eşyası olan perdelerin zamanı geldiğinde kapanmasını, nasıl kapanması gerektiğinden daha çok önemsiyor. Ve bir gerçek var ki kocam perdelerime zerre önem vermiyor.

Onun için perde pilisi önemli değil. Onun iş elbiseleri var, günlük giydiği kıyafetleri var. Bir de kişisel bakım malzemeleri. Koskoca evde bir dolap etmez tüm eşyası. Ama ben tek başıma koca eve sığamıyorum. Gece kıyafetlerim ayrı, kokteyl elbiselerim, iş elbiselerim, sokak elbiselerim, ev elbiselerim, yazlık elbiselerim, kışlık elbiselerim, incik boncuğum, makyaj malzemelerim, parfümlerim, ev terliklerim, sokak terliklerim, yazlık pijamalarım, kışlık pijamalarım, giydiğim elbiselerim, giyerim diye alıp giymediğim elbiselerim... Bir dünya eşyam var. Bir de buna ek ev eşyalarım var. Kahve fincanlarım var, tabaklarım, çanaklarım, desenli çatal bıçaklarım, tahta, bakır kaşıklarım, koltuk şallarım, biblolarım, tablolarım, mumlarım, masalarım sehpalarım, halılarım, çekmecelerim... Evde her şey benim. Bana yük olan ne kadar çok bağımlılığım ve bağım var...

Şu gerçeği kabul etmek lazım. Biz kadınlar, erkeklere göre kesinlikle maddeye daha bağımlıyız. O kadar çok eşyamız var ki. Tabii özellikle ev hanımlarının bu durumu daha doğal. Sonuçta sabahtan akşama kadar evde olunca insan, evle ister istemez böyle bir bağ kuruyor. Fakat gördüm ki çalışanımız da böyle. Şahsen, eve karşı olan bu bağımlılığımı ve eşime ettiğim eziyeti oğlum doğunca fark ettim. Çocuğu da mı alıkoyacağım her hareketinden? Onu elleme, buna dokunma, şurayı kirletme, halılara bir şey dökme diye diye çocuğumu bastırıp sindirecek miyim? Hakikaten eşya bu kadar önemli mi? Eskiden omuzlarına ve kolçaklarına dantel örtüler serilen ve misafir gelmedikçe asla ve asla girilmeyen misafir odalarından bir farkı kalıyor mu acaba bu evin?

Yani, kadın ve erkek arasındaki fark, daha en baştan evde ne kadar yer kapladıklarından belli oluyor. Evi terk eden erkek olsa alır bir bavul eşyasını, atar sırtına ceketi gider. Ama kadına tır lazım. Bir kere evi kadın terk etse, adam evde düdük gibi kalır. Kadın bir adamı terk ederken canı yansın, burnu sürtsün isterken; erkek ekonomisini, nakliye masrafını düşünür çoğu zaman. Evet, erkekler hep bu hesapları yapıyor. Yani bence önce bunları düşünüyorlar. Evi terk etmek zorunda kalmış olmak, bir ilişkinin bitimi, bir kadının hisleri falan, hayır önce nakliye parası. Haksız sayılmazlar.

"Bir kadın bavulunu toplayıp çekip gittiğinde, en çok bavuluna koyduklarını özleriz."[1]

---

1 Yvan Audouard, *Les pensées,* Le Cherche-Midi.

## ÇALIŞAN ANNE OLMAK
### Ben Mükemmel Değilim

Annelik zor, hele çalışırken çocuk bakmaya çalışmak çok zor; ama hayatta kolay bir şey var mı ki? Kaç kez armut piş, ağzıma düş oluyor? Her şeyin bir bedeli var. Bu yüzden annelik kolay diyemeyeceğim, ama insan anne olduktan sonra daha güçleniyor ve sevgi anlayışı değişiyor diyebilirim.

Fakat söyleyeyim; öyle hiç yorulmuyorum, hep çok bakımlıyım, evim tertemiz, işlerim şahane falan değil. Hatta hiç öyle değil, çünkü bazen o kadar yoruluyorum ki kemiklerimin sesini duyuyorum. Zonkluyorlar ve benimle konuşuyorlar, "Lütfen bizi azat et," diyorlar. Onlar da biraz uyumak istiyorlar. Gözlerim çok küçükmüş gibi iyice beleriyor. "Sen uyumadıkça biz sarkacağız bu göz çukurlarından," diye beni tehdit ediyorlar. En zavallısı da sırtım. Çok mahzun ama sesini çıkaramıyor, korkak biraz, sinmiş senelerdir yük taşımaktan. Belini büktü iyice, ama gık demiyor, sanki razı her şeye...

Sinirlerim ise hormonal değişiklikle birlikte iyice sapıttılar. Ne desem söz geçiremedim şu on sekiz aylık süreçte (hamilelikle beraber). Bir halay çekerler, bir depresyona girer, hayattan soğurlar. Pek laf dinlediklerini de söyleyemem, hep burunlarının dikine dikine gidiyorlar.

Ev ve iş ise ayrı bir konu. Ev sürekli bir ergen isyanında. "Efendim ben yastıklarımı yere atarım, halılarımı kirletirim, kedilerin tüylerini her yana sıvarım, sana mı soracağım, istediğin kadar topla yine dağılacağım" isyanı. Hayır, hep de nazik yaklaşırım gönlünü kırmayayım, sinirlendirmeyeyim diye ama bana inat boyuna bulaşık, çamaşır ve asla düzene girmeyen bir hal... Birkaç ay sonra koyuverdim ben de. Şimdi koltukları istediği gibi kışkırtabilir, kablolar bir yerlerden pörtleyebilir, hiçbir düzen izan olmayabilir. Artık hiç gıcık olmuyorum, tek kriter Ali Yiğit için gerekli hijyen. O tamamsa, ev uzun yıllar ergenlikten çıkmayabilir.

İş ise andropozda. Bir garip haller, bir ilgi istemeler, bir gereksiz asabiyetler... Ayrıntısına girip de şimdi içimi şişirmek istemiyorum. Hep aynı terane anlayacağınız...

Tüm bu keşmekeşe rağmen ayakta durabilen ve hâlâ gülebilen bir canlıdır bence anne kadın. İşe gidecek, işte bir dünya patron kaprisi çekecek. İş arkadaşının çekememezliğini çekecek, bütün gün kafası beyni patlayacak, eve gelecek. Eve gelmesiyle daha üzerini bile değişemeden bakıcı kaçar gibi çıkıp gidecek. Çocukla ilgilenilsin, akşam yemeği yensin, çocuk yıkansın, yatırılsın, biraz nefes alsın derken saat olmuş gece yarısı! Hoop bir sonraki gün aynı koşuşturma yeniden başlayacak.

Üstelik evde sürekli temizlik yapan ya da hem çocuk bakıp hem ev işi yapan bir bakıcı yoksa evin tüm angarya işi kadında. Yıka, as, kurut, ütüle, kaldır ve ertesi gün aynı çamaşır faslı. Pişir, yap, yensin. Ertesi gün aynı pişirme faslı.

Yani bu ev işi asla bitmiyor, çocuktan sonra ise ev asla düzenli kalmıyor, kalamıyor. Kalsın diye ısrar etmenin de akıl kârı bir yanı yok. Çok da önemli değil evin nasıl kaldığı. Yoksa sürekli koşturmak zorunda kalıyor insan. Evde ürkünç seslerle çalışan beyaz eşyalar, balkonu kan gölüne çeviren çamaşırlardan damlayan sinsi damlalar... Zor vesselam.

Asıl trajedi ise kadının sürekli mükemmel olma isteği ve olamadığında duyduğu üzüntü. Ben mükemmel değilim, açıkça söyleyeyim. Mükemmel olmaya da çalışmıyorum. Ali Yiğit de üstün zekâlı ya da yaşıtlarına göre fevkalade ileri bir çocuk değil. Normal bir çocuk. Eşim de normal bir adam. Yaşadığımız hayatın mükemmel olması gerektiğini ya da her şeyin eksiksiz tastamam olması gerektiğini düşünmüyoruz. Benim evim sürekli toplu değil, Ali Yiğit önüne konanla oynayan, geceleri deliksiz uyuyan bir çocuk değil. İşlerimden tıkır tıkır para kazanmıyorum, bir gün var, öteki gün yok. Eşim de çok yoğun çalışıyor, "Hayır, ben çalışmam," diyemiyor. Aslına bakarsanız mutluyuz böyle.

Dünyada mükemmel, eksiksiz, dertsiz tasasız haneler olduğunu da sanmıyorum. Sosyal medyada inanılmaz bir algı kırılması var. Kadınların takip ettiği ve hayranlık beslediği incecik kadınlar, güzel çocuklar, lüks bir yaşam, para pul, şan şöhret hepimizi yanıltıyor. Hep öyle bakımlı, hep öyle janti dolaşmamız gerektiği hissine kapılıyoruz. Sunumlardan sunumlara koşmayıp, her gün en az beş aktivite yapmayınca mutsuz oluruz sanıyoruz. Hatta belki bazen, "Neden havuzunda meyve kokteylimizi hüpletebileceğimiz bir villamız yok?" diye üzülüyoruz.

Televizyon, sosyal medya, abartılı magazin dergileri, tüketim ağının başını çeken bebek dergileri (bilimsel makale yayınlayanları tenzih ederim) kadınları sürekli bir en iyisine sahip olma, mükemmel olma arzusuna itiyor ve olamadığı için de kadın mutsuz oluyor tabii. Aslında hayatta mükemmeliyet diye bir şey olmadığını anlasa insan...

Bunu hep rezil olma olgusuyla eş tutarım. Mesele bir insan neye göre rezil olur? Giydiğiniz bluzun yakası kaymış olsa size göre rezil mi olursunuz? Ben yakası kayık bir bluzu sırf kendim diktim diye, diktiğim ilk bluz diye göğsümü gere gere giyiyorum. "Bunun yakası mı kayık?" diyenlere de, "evet," diyorum. Mesela koltuk altı kıllarınızı uzun süre tıraş etmeseniz ve bir yerde üzerinizi çıkarmanız gerekse rezil mi olursunuz?

Fransa'da kadınlar bu vaziyette askılılarla geziyor ve hiç de rezil oluyor gibi durmuyorlar.

Demem o ki mükemmel olmak ve rezil olmak göreceli kavramlardır. Kişinin kendi algısından doğar ve kendisine öğretilmiş olanlarla şekillenir. Başkalarının ne yaptığından bana ne. Onların gece çocuğa uyanmaktan gözaltları şişmiyorsa, ben benimkiler şişti diye niye kendimi üzeyim ki... Ben böyleyim. Ben eksikliklerimle, tam olarak yapamadıklarımla, yarım kalan işlerimle, yarısı kalkmış ojeli tırnaklarımla, zaman zaman kusmuk kokan bluzlarımla benim. Ben her işi yapabilen, her şeye koşturabilen bir kadın değilim. Ben kendimi olduğum gibi kabul ettiğim ölçüde mükemmelim, varsın beğenmesinler.

> "Hintli bir yaşlı usta, çırağının her şeyden sürekli şikâyet etmesinden bıkmıştı. Bir gün çırağını tuz almaya gönderdi. Yaşamındaki her şeyden mutsuz olan çırak döndüğünde yaşlı usta ona bir avuç tuzu bir bardak suya atıp içmesini söyledi. Çırak yaşlı adamın söylediğini yaptı, ama içer içmez ağzındakileri tükürmeye başladı. 'Tadı nasıl?' diye soran yaşlı adama öfkeyle, 'Acı,' diye yanıt verdi. Usta kıkırdayarak çırağını kolundan tuttu ve dışarı çıkardı. Sessizce az ilerideki gölün kıyısına götürdü ve çırağına bu kez de bir avuç tuzu göle atıp, gölden su içmesini söyledi. Söyleneni yapan çırak, ağzının kenarlarından akan suyu koluyla silerken usta aynı soruyu sordu: 'Tadı nasıl?' 'Ferahlatıcı,' diye yanıt verdi genç çırak. 'Tuzun tadını aldın mı?' diye soran yaşlı adamı, 'Hayır,' diye yanıtladı çırağı. Bunun üzerine yaşlı adam, suyun yanına diz çökmüş olan çırağının yanına oturdu ve şöyle dedi:
>
> 'Yaşamdaki acılar tuz gibidir; ne azdır ne de çok. Acının miktarı hep aynıdır. Ancak bu acının acılığı, neyin içine konulduğuna bağlıdır. Acın olduğunda yapman gereken tek şey, acı veren şeyle ilgili duygularını genişlet-

mektir. Onun için sen de artık bardak olmayı bırak, göl olmaya çalış.'"[1]

### Uçan Bebek Arabası

Mahalleliye ayıp olmasın, aman artist gibi gözükmeyelim diye güneş gözlüğümüzü gözümüzden çıkartıp sakladığımız; alamayan vardır diye kasap poşetini öteki pazar torbalarına sıkıştırdığımız ve annelerimizin sıra arkadaşımız belki yiyemiyordur diye beslenmemize muz koymadığı zamanlardan, sahip olduğumuz her şeyi birbirimizin gözüne soktuğumuz zamanlara geldik.

Bu geçiş çok hızlı oldu sanki. İlkokulda beslenmemi paylaştığım Sinemlerden üniversitede çanta ayakkabı yarıştırdığım Selinlere geçiş yaptım. Aradaki süreçte mi evrildik, bir anda o noktaya mı sıçradık, hiç hatırlamıyorum. Fakat korkarak görüyorum ki ayakkabı, araba, ev yarışı bir süre sonra çocuk yarışına dönüyor. İşte o noktada ben sinirlerime pek hâkim olamıyorum.

Her şey reklamlarda, mağazalarda ve alışveriş merkezlerinde başlıyor. O mağazalarda satılanlar, her gün tedavüle giren ve bir öncekinden daha iyi, daha sağlam, daha bilmem ne testini geçmiş ürünler başımızı döndürüyor ve kendimizi kötü hissettiriyor. Evet, tam olarak yaptığı bu. Eğer bir ürünün birinci ikinci ve üçüncü kademesi var ise ikinci ya da üçüncüyü alıp da birinci derecedekini almayınca insan vicdan azabı çekiyor. Çocuğumdan kıymetli mi, ne var ki biraz daha paraya kıyayım, en iyisini alayım diyoruz. Düşünüyorum, belki bize bir, iki, üç diye kakalanan ürünlerin çoğu aynı kalitededir de bir satış pazarlama tekniğidir maruz kaldığımız. Ama bizi vicdanen sömü-

---

1 Anonim hikâye.

rüyorlar. Cüzdanlarımızı boşalttıkları yetmiyormuş gibi, bir de bizi çocuğumuza duyduğumuz sevgi ve bağlılıkla vuruyorlar. En iyisini alırsan en iyi anne-baba sensin gibi hissettiriyorlar.

Ben bu bebek mağazalarına girdiğim zaman ayrıntılarda boğuluyorum. Kendi kendine sallanan beşikler, çeşit çeşit emzikler, biberonlar, hijyen malzemeleri, kameralar, telsizler, oyuncaklar, milyon çeşit tekstil ürünü, kendinden şarjlı bilmem neler, kendinden steril bir şeyler, kendinden ayarlı saatler... Allahım, kendinden doğan bebek yapmazlar umarım.

Sonuç olarak çok gerekli diye satılan ve çoğu kez kullanılmayan gereksiz eşyalar...

Bebek bakımını, çocuk eğitimini kolaylaştıran güzel ürünler ve hayatı kolaylaştıranlar yanında birçoğu da para tuzağı.

Düşünsenize poponuzu silip attığınız tuvalet kâğıdı için bile, "daha iyisini iste, en iyisini iste, en iyisi, of en süperi" minvalinde reklamlar yapıyorlar. Reklamlarda Charlize Theron bozması kadınlar lüks otomobillerde boy gösteriyor, "Siz," diyor, "daha iyisini istemez misiniz, zirveye çıkın, zirvede kıçınızı silin." Böyle anlamsız ve gereksiz imalar. Yani alt tarafı poponu sileceksin. En iyisi olsa ne olur, olmasa ne olur. İnsanoğlu zamanında taşla siliyormuş, yaprakla örtüyormuş edep yerini, şimdi sıçmak için bile para istiyor. Ciddi bir iş neticede.

Yetişkinlerin popoları bile bu kadar narinleşmişken, bebeklerin ve çocukların bu kadar hassaslaşması, kırılganlaşması da olağan tabii. İşte bunlar hep bilinçaltımıza işleniyor bizim. Bebekler narindir, kırılgandır, en ufak şeyde hasta olurlar, kötü etkilenirler. Her şeyin en iyisini almak lazım, en antibakteriyelini, en pahalısını, en şahanesini...

Beynimize ve ruhumuza işliyorlar bu düşünceleri. Manyak ediyorlar bizi. Gereksiz şekilde paramızı harcatıyorlar. Asla kullanmayacağımız şeylere para döküyoruz. Hal böyle olunca, bu bizim hareketlerimize de yansıyor. Yani o kadar para döktüğümüz şeyi kendimizi iyi hissetmek, verdiğimiz parayı meşrulaştırmak için konuşur hale geliyoruz. Kendi kendimize telkin ediyoruz aslında.

"Ya siz araba koltuğu ne aldınız?"

"X markasının bir koltuğunu aldık. Fiyatı da uygundu, 600 TL'ydi. Çok da güvenlikli bir koltuk. İnternette falan yorumlar da olumluydu, o yüzen onu tercih ettik."

"Emin misin canım ya? Moralini bozmak gibi olmasın da hani, en güvenlikli bizimkiymiş, o fiyata olan koltuklar o kadar da sağlam olmayabiliyormuş."

"Nasıl yani?" (Annenin moral şu an yerlerde)

"Yani biz Y markasının hoppala-paşam-malkara-keşan modelini aldık. **Bin beş yüz tele**'ye. En iyisi oymuş. Bütün testleri geçmiş. O yüzden valla kıydık paraya. **Bin beş yüz tele** verdik. Kendi etrafında dönüyor koltuk. Çocuk sıkılınca dönme dolap gibi oynayabiliyormuş, çocuk biraz daha büyüyünce eve de alabilirsin, berjer olarak kullanılıyormuş aynı zamanda. Çok amaçlı yani. O yüzden **bin beş yüz tele** verdik. **Bin beş yüz!**"

"Anladım, güle güle kullanın. Bizim bütçemizi aştığı için şey yapamadık yani, bunu aldık. Bu da iyidir inşallah güvenlikli olsun da."

"İnşallah cınım, bi bin beş yüz lira etmese de güvenliklidir sonuçta. Moralini bozma."

Her sene yeni model bebek arabaları çıkıyor. Kaldırımlardaki sallantıyı tolere edebilen tekerlekler, sarsıntılara karşı bebeğin omurgasını koruyan pusetler... Fakat kaldırıma park eden araçların üzerinden zıplayabileni icat edilmedikçe bence hepsi birbirinin aynısı. Sonuçta değişik renkler, çeşitli aksesuarlar, istisnasız her kesime, her zevke hitap eden bir sektör. Çok ciddi paralar dönen büyük bir sektör. Üstelik tüketicisini en kolay ikna edilebilen, her şekilde her miktar para dökülebilecek bir sektör. İşte bu "bebek mağazaları lobisi" bizi çok fena maniple ediyor, bilinçaltımıza yanlış kodlamalar yapıyor. Bizi, ebeveynliğimizi çocuklarımıza aldıklarımız ile ölçer hale getiriyor. Pek çok ebeveyn de bu sarmalda kayboluyor.

> "Tüketim mallarının yeni üreticileri başlangıçta elit sınıfı hedeflemekteydi ve popüler modanın yaratılması için bu kitlenin desteği gerekli idi. Ama daha sonra, bu malların çoğaltılarak ortalama tüketiciye ulaşması ve pazarlanması yoluyla çok büyük kârlar elde edilir oldu. Bu süreç içinde diğer etkenlerle birlikte, kast toplumunun savurganlığı önleme kanunlarının tutucu özelliği aracılığıyla da sürdürülen görünüş ve yaşam dünyasındaki katı farklılıklar eski netliklerini kaybettiler. Moda, reklamcılık ve diğer pazarlama tekniklerinin ticarileştirilmesi ortalama tüketici gruplarının oluşturulması süresince çok önemli roller oynadılar.
>
> Bu yüzden McKendrick kitabında, yeni sergileme metotlarından, modanın yapay bir demodelik kavramı aracılığıyla yönlendirilmesinden, yeni satış ortamları ve satış araçlarının gelişmesinden ve toplumsal rekabetin ustaca kullanımıyla insanların eskiden 'gereksinim'lerini satın alırlarken, daha sonra *'kalite ve beğeni'* satın almaya, 'kalite ve beğeni' satın alırlarken, şimdi nasıl *'lüks peşinde koşmaya'* başladıklarından söz eder."[1]

Bugüne kadar çocuklarla ilgili duyduğum ve en sevdiğim söz, "çocuğun yediği helal, giydiği haram"dır. Bebekler ve çocuklar o kadar çabuk büyüyor ki bazen aldığım bazı kıyafetler giydiremeden küçülüyor. Ben de harcadığım parayla kalıyorum.

---

1 David Chaney, *Yaşam Tarzları*, çev. İrem Kutluk, Ankara, 1999. Dost Yayınevi.

Ali Yiğit için kullandığım pek çok şey ikinci eldi. Eşten dosttan aldığım, onların çocuklarından kalan eşyalar. Kullandığımız bebek arabası bir akrabamızın bebek arabasıydı ki bugün itibariyle dört sene öncesinin modeli. Dört senede neredeyse vites değiştiren bebek arabaları çıktı, ama biz eski arabamızla çok mutluyduk. Ve o araba şimdi başka bir bebeğin kullanımında.

İşte, bu değişim ve tüketim çemberine insan bir kere dahil olunca paçasını kurtarması zor oluyor. Ben böyle vıcık vıcık değişimi, sürekli gelişimi takip edemiyorum. Biraz geri kafalı olmayı seviyorum.

Hayat bence böyle daha güzel.

Ne zaman en son bu çıkmış diye yeni telefon alsam, beş ay sonra en eski model telefon benimki oluveriyor. Ne zaman bir şey beğensem, onu birileri almış, beğenmiş, kullanmış ve tüketmiş oluyor. O yüzden bıraktım. Ben ne modayı ne de teknolojiyi takip ediyorum. 50'lerle 80'ler arası bir yerlerde dolanıp duruyorum. "Telefonuna bilmem ne indirince telefon kendinden takla atıyor," dediklerinde gözlüklerimi takıp, telefonu sağ elimle biraz uzaklaştırıp, "nasıl oluyor ki bu, anlamam ben, sen yapıver," demeyi seviyorum. Haliyle bu bebek mağazası lobisine de fazla kafamı takmıyorum. Bence Ali Yiğit de takmıyor. Ona ne zaman en son moda oyuncaklardan birisini alsam bir iki ağzına sokup kenara koyuyor. Plastik su şişesi, tahta kaşık, elektrik süpürgesinin hortumu, kavanoz, kap kaçak, kova, yemek kaşığı ve hatta ev terliği gibi şeyleri daha çok seviyor.

Belki de içten içe benimle dalga geçiyordur, belki de sitem ediyordur, "Salak kadın o parayı koy kenara, ileride bir Interrail yaparım ben o parayla müsrif şey," diyordur. Olabilir, bu bebek milletinden her şey beklenir. Bu da bebek lobisi neticede.

Ne zaman ki bunları fark ettim, rahatladım. Her şeyin en

iyisini almak zorunda değilim, her şeyin ancak param yettiği kadarını alabilirim. Bir şeyi moda olduğu için değil, ihtiyaç duyduğumuz zaman alabilirim. Her şeyin gerekliliği benim ve eşimin mantığına, aile bütçemizde edinebileceği yere göre belirlenir. Almamamız ya da alamamamız bizim kötü ebeveynler olduğumuzu göstermez. Biz çocuğumuza satın aldıklarımız ölçüsünde değil, ona verdiğimiz sevgi ve huzur ölçüsünde iyi birer ebeveyniz.

Benim sevgim ve ilgim ile aldığı puseti yarıştıran kişi maalesef kaybetmeye mahkûmdur.

İşin tüketim boyutu bir yana, bir de dünyanın değiştiği gerçeği var. Bugün artık neredeyse üniversite okumayan yok. Her yerde üniversite var. Herkes tıp, hukuk, mühendislik gibi bölümlerde okuyabiliyor. On sene önce çoğunlukça bilinmeyen birtakım çocuk eğitim öğretileri artık elimizin altında. Kitaplar basılıyor, eğitimler veriliyor. Özellikle son yirmi yılda dünyada teknoloji patlaması yaşandı. Tüplü televizyonlar yerini plazmalara, çevirmeli telefonlar yerini cep telefonlarına, bugün de cep telefonları yerini akıllı telefonlara bıraktı. Artık telefonunuz ekrana baktığınızı algılayabiliyor, ona göre ekranı açıyor, sesinizden sizi tanıyor. Sanki Jetgiller gerçek oldu.

Kadınların giyimleri, konuşmaları, toplumdaki yerleri değişti.

Erkekler değişti; tavırları, arabaları, takım elbiseleri değişti.

Tıp değişti, hastalıklara çareler bulundu, yeni hastalıklar türedi. Hukuk kuralları değişti. Doğru bilinen şeylerin yanlış olduğu ortaya çıktı.

Dünyada o kadar çok şey değişti ki haliyle hamilelik, doğum, bebek ve çocuk konularındaki algımız ve anlayışımız da değişti. Ve bu konulardaki sonsuz kaynak, internet sayesinde elimizin altında.

Çocuklarının lüks eşyalarını birbiriyle yarıştıranların yanı sıra bu bilgilerini de etrafına caka satmak için kullananlar var elbette.

Çok okuyan ve bilgisi geniş anneler artık çok heyecandan mı, "bu kadar boşuna mı okudum, birazcık bilgimi göstereyim" anlayışından mı bilmiyorum ama, fazla eleştirel ve müdahaleci olabiliyorlar. Hatta ileri gidip kendi dayattıklarını yapmayan anneleri kötü anne de ilan edebiliyorlar. Bir de tam tersi, hiçbir şey okumayıp okuyanlarla dalga geçenler var ki onlarda da bu kitapları yalayıp yutanlara içten içe bir sinir olma durumu var diye düşünüyorum. Özellikle ilk çocuğuna hamile, idealist, umutlu ve heyecanlı anneleri geri püskürtmek üzerine yüksek lisanslılar.

Bu rekabet önce anneliğini yarıştırma, daha sonra da çocukları yarıştırma şeklinde gelişiyor. Kim kimden daha iyi, en son süper teknikleri kim uyguluyor, kim en çok aktiviteyi yapıyor, kim en organikçi, kim en sağlıkçı şeklinde uzayıp giden bir "en"ler listesi.

Geçen ay, Ali Yiğit için bir çocuk dergisine abone oldum. Her ay bir set gönderiyorlar. Setin içinde de o ayki gelişimine göre bir aktivite kitabı bulunuyor. Aboneliğin ilk ayında gelen seti büyük bir hevesle açtım. Fakat Ali Yiğit aktivitelerle zerre ilgilenmedi. Sesli düşündüm: "E, bu ayda bunları yapabilmesi gerekirken bizimki yüzüne bile bakmıyor, bir sorun mu var?" Hemen çocuk gelişimci arkadaşımı aradım.

"Pınar, n'aber? Ali Yiğit küpleri üst üste koymuyor."

"Merhaba canım, nasılsın?"

"Ben iyiyim, fakat Ali Yiğit değil. Küpleri üst üste koymuyor."

"Ne küpü Feyzacığım, bir açıklar mısın?"

Durumu anlattım:

"Pınar bu çocuk aktiviteleri yapmıyor. Yiyor, yiyor. Aktiviteleri yemeye çalışıyor. Küpleri yalıyor, aktivite kitabının da tellerini sökmeye çalışıyor. Yaaa Pınar, yapması gerekmez mi?"

Pınar kahkahayı patlatıyor. Ve bana Ali Yiğit'in ilgisinin dağınık olmasının normal olduğunu ve sakin olmam gerektiğini söylüyor.

Evet, bir aktiviteyi yapmak için önce çocuğun keyfinin gelmesi gerekiyor. Sonra o aktivitenin kendisinin ilgisini çekmesi ve bundan zevk alması. Bu aktiviteleri çok yapan çocuklar daha zeki olmuyor, bunlarla uğraşan anneler de daha iyi anne olmuyor. Yapmayan, işten geç gelen, hali kalmayan da kötü anne olmuyor.

Bazen düşünüyorum, ben küçükken Montessori falan yoktu. En azından bizim mahallemizde yoktu. Öyle ince, kaba motor becerilerini geliştiren oyuncaklar, zekâ geliştirici aktiviteler, işlenmemiş kâğıttan yapılmış bezler, envaı çeşit krem, şampuan, hikâye ve masal kitapları, oyun grupları, dil eğitimleri, dil eğitim oyuncakları vs. yoktu. Hiçbir şey yoktu. Yok dediğim, mahallede de yoktu. Annelerimizin haberi var mıydı ondan da şüpheliyim. Hepimiz bir mahalle okuluna giderdik. Sokakta oynardık. Amcamlar, babaannemler bir yerde oturur; bahçede kedi, köpek beslerdik. Şimdi çimlere çocuk bırakıyorsun diye kıyameti koparanlar o zamanki hallerimizi görse, herhalde annelerimizin üzerlerine yürürdü.

O zamanlar annem evde olmasa yengem, yengem olmasa babaannem, o evde olmasa komşu, komşu olmasa neredeyse dedemin tüm köyünün göç ettiği ve konuşlandığı mahallede birinin uzaktan akrabası alır, yedirir, su verir, elimize sigara böreği sıkıştırırdı.

O zaman Montessori oyuncakları hak getire. Gazetelerin verdiği kâğıt bebekler ve bebeklere giydirdiğimiz kâğıt kıyafetler vardı. Her resimde donu gözüken Ayşegül ve kendisine sürekli emredilerek iş yaptırılan emekçi Cin Ali kitapları vardı.

Biz yine mahalledeki çocuklara göre şanslıydık, babam gümrükçüydü. Bir müşterisi oyuncak ithal etti mi, bir parti numune oyuncak bize gelirdi.

Capitol yeni açılmıştı, ilk alışveriş merkezi. Babamlar bizi oraya götürür, en üst kattaki Müjdat Gezen Çocuk Merkezi'ne bırakırlardı. Oraya girerken ana babalara sorarlardı:

"Bir şeyler yiyip içmesine izin veriyor musunuz?"

"İzin veriyoruz."

"Çikolata, cips falan da yesinler mi?" diye ayrıca sormazlardı. O zamanlar bunlar daha annelerin hedefinde değildi.

Annemle babam bize bakıyor, bizde dili dışarıda köpek yavrusu suratı.

"Evet, izin veriyoruz."

Dünyalar kardeşimle benim oluyor. Tiyatro da var burada müzikli sandalye kapmaca oyunu da oynuyoruz. Sonra palyaçolar var. En çok güldüğümüz palyaço Şafak Ağabey. Sürekli o çıksın, bizi güldürsün istiyoruz. Şafak Ağabey dediğim, Şafak Sezer. Hem tiyatro izleyip, hem oyuncaklara binip, hem palyaçolarla oynayıp bir de çikolata yenerek geçirilen bir gün, bir çocuğun geçirebileceği en güzel gün.

Biz çikolata yiyoruz diye ölmüyoruz, annem eksilmiyor, zekâmız gerilemiyor. Aksine, içi patlaklı karamelli o abuk sabuk marka çikolata kadar güzelini yediğimi de hatırlamıyorum.

Artık çocuk merkezlerine bırakılamayacak kadar büyüyünce, annem sosyal aktivite olarak bizi tiyatro kursuna yazdırdı. Atatürk Fen Lisesi sahnesinin kullanıldığı Bil-Oy Çocuk Tiyatrosu, çocukluk hayatımın en keyifli anlarının geçtiği yer. Hocamız bugün kuantum ile ilgili kitap yazmış, program yapmış, tanınan biri. Bir gün şöyle demişti: "Feyza, eğer ayağını arı sokarsa ve sen şişmeyecek (!) dersen ayağın şişmeyecek." O zaman ilkokul dördüncü sınıfta hayata bakış açımı değiştiren bir adam, Rıdvan Hoca.

Bunu ilk söylediğinde annemler, diğer arkadaşlarımın anneleri falan var. Dikkatle Rıdvan Hoca'yı dinliyoruz. Herkesin ağzı açıldı, o zaman kimse vücuduna ses geçirebileceğini, vücudunun kendi kontrolü altında olabileceğine ihtimal vermiyor. Bize göre vücut dediğin bizim ruhumuzun sahibi, hasta olmak isterse olur, istemezse olmaz. Herkes anlamsızca gözlerini kırpıştırıyor, eline ayağına bakıp böyle bir şeyin mümkün olup olmadığını düşünüyor. E haksız değiller, sene 1996. Anlatılan şey en çok benim kafama yatıyor. Beyin taze. Daha imkânsızlar, kalıplar, olanaksızlıklar ele geçirmemiş ki beynimi. İşte o günden sonra ayağım şişmeyecek dedim mi şişmiyor!

İşte annem, babam, kardeşim, ben, hep beraber öğrendik kuantumu. Bizim kuantumumuz tecrübelerden oluştu. Acı tatlı hatıralarımız, kavga dövüşlerimiz oldu ama temelde birbirimizi sevdik. İçimizden birisi zor durumda olsa ötekimiz koştu. Öyle şahane bir aile hayatımız olmadı. İşte herkesinki kadar normal, herkesinki kadar iyi, herkesinki kadar kötü... Ama sonuçta biliyorum ki hepimiz birbirimizi sevdik. Annem evlendiğinde on yedi, babam ise yirmi yaşındaymış. O zaman ne bloglar var, ne kişisel gelişim kitapları. Bebek doğurup büyütmek bugünkü kadar abartılmamış... Sonuçta herkesin çocuğu oluyor, çocuklar büyüyorlar bir şekilde. Kimse kimseye parmak sallamıyor. Kadınlar Zeynep Kamil'de doğurup geri geliyorlar.

## Sanki Katır Doğuracak

Kardeşim ben iki yaşımdayken doğdu. Salonun ortasına mavi bir leğen koymuşlardı. Bir kazanla bir maşrapa, Özge'yi yıkıyorlar. Göbek bağına takılıyor gözlerim. "O ne ki acaba?" diye düşünüyorum. Annemler hastaneden gelirken Özge'nin kundağına çikolata koymuşlar, "Bak kardeşin sana tatlı getirdi," demek için, kıskanmayayım diye. İtiraz etmeden çikolatayı almışım, birkaç saat Özge'nin sevilmesine müsaade edip sonra, "E hadi, sevdik yeteri kadar, bunu geri götürün," deyince basmışlar kahkahayı.

O gün Serpil Yengeme gitmişim, "Annemin artık başka çocuğu var Bepil, ben senin çocuğun olayım," demişim. Yengem hâlâ anlatır bunu. O zaman pedagog, psikolog falan da yok. Olsa da bizde o kadar para yok. Ben kardeşimi kıskanmışım, onlar dilleri döndüğünce anlatmışlar. Sonra onun altı bezleniyor diye çişimi söylemeyi bırakmışım, beni de bezlesinler diye. Annem sabretmiş işte. Sevmiş beni hep. Annem de babam da kardeşim geldi diye beni sevmeyi bırakmadıklarını göstermeye çalışmışlar. Zaman içinde de geçmiş bu kıskançlığım.

Çocuklar kardeşlerini kıskanıyorlar. Annem hiçbir blog, kitap okumadan kendi mantığınca içgüdüleriyle olayı çözmeye, durumu normalleştirmeye çalışmış. Bence başarılı da olmuş. Kardeşim bugün en çok sevdiğim insanlardan biri. Hatta bana oğlumun kesinlikle bir kardeşi olması gerektiğini düşündüren tek insan. İki gün görmeyince özlediğim, bazen günde beş on kez arayıp, "Biliyor musun bugün arabayla tümsekten geçtim, Ali Yiğit kustu, pişik oldu, ay bana baktı güldü," diye arayıp sürekli taciz ettiğim canım arkadaşım.

Dedemin cenazesinde dedemin kardeşi Adalet Halamla sohbet ediyorum. Yedi çocuğu var. Merakla soruyorum, "Yedi çocuk nasıl bir şey? Yedi tane doğurunca daha mı az doğum sancısı çekiliyor, yedi çocuğa nasıl bakılıyor?" diye.

"On bir tane doğurdum ben, dördü öldü."

Benim gözlerim daha da büyüyor. "Nasıl yaa?" diyorum.

"Birinde ağacın tepesindeydim. Meyve topluyordum, birden bacaklarımdan bir sıcaklık aktı. Anladım doğuracağım, hemen indim aşağı, çömeldim oraya, doğurdum işte."

Arkada bizi dinleyen başka bir kadın, "Ne var ki," diyor "Benim kayınvalidem tarlada yalnız doğurmuş, taşla kesmiş göbek bağını."

İster istemez dişlerimi kenetliyorum, böyle içimden bir şey akıyor sanki dinlerken.

Halam sözü alıyor ve İç Anadolu şivesiyle aynen şöyle diyor: "Ne yani, ne abartıyonuz gızım, şimdi benim gız hamile galdı, anam iki aydır bas bas, 'hamileyim de hamileyim,' ağnamadım neyüdür sankim gatır doğuracak."

Önce bir şaşırdım, sonra kahkaha attım tabii. Katır, halam için kıymetli bir hayvan.

Yani, bazı şeyleri şimdi ne kadar abartıyoruz. Biraz içgüdülerimize, hislerimize güvenerek yol almak bizi rahatlatacak. Sorunlar karşısında kitlenip kalmayacağız.

İçten içe bir şeyi hep hissettim; çocuklar sevgiyle büyür. Onlar annelerinin onlara ne giydirdiğinden çok onlarla ne kadar oynadığına, ne kadar sarıldığına, hatta ne kadardan çok nasıl sarıldığına bakarlar. Bakmaz, hissederler.

Bilimin, gelişen çocuk eğitim tekniklerinin faydalarını asla yadsıyamam. Ama tüm bunları uygulayıp benimseyenlerin kendilerini diğer annelerden, çocuklarının da diğer çocuklardan daha üstün olduğunu düşünmesini de adaletsiz buluyorum. Çocuğun en temel ihtiyacı anne babasının sevgisi ve evdeki huzur. Ben böyle düşünüyorum. Her şeyden önce Ali Yiğit'e bunu vermek istiyorum. Eminim büyüdüğünde oyuncaklarının markasını hatırlamayacak. Beraber koltuk yastıklarından yapacağımız çadırı, mutfağı berbat etmek pahasına pişireceğimiz kurabiyeleri hatırlayacak. Gittiği kreşin yıllık ücretini değil, kreşteki arkadaşlarıyla olan güzel anılarını hatırlayacak. Bu konuda kimse benimle bir şey yarıştıramaz ki. Herkesin sevgisi ve ilgisi sonsuzdur çocuğu için. Kimse kimseden daha az ya da çok değil bu konuda.

Kim daha çok, kim daha az biliyor yarışı bir yana, doğa ve çevre kirlendikçe bizler de daha endişeli oluverdik. Her yıl çıkan bir virüs, bir hastalık, bunlara karşı geliştirilen aşılar, ilaçlar, hızla yayılan otizm, sebebi bilinemeyen tuhaf alerjiler, rahatsızlıklar bizi çocuklarımızı aşırı derecede sakınır hale getirdi.

Doğadan uzaklaştıkça hayvanlardan da uzaklaştık ve dünyayı sadece kendimizin ve doğurduklarımızın sahip olduğu bir yer belledik. Bunun sonucunda tabii sokak hayvanlarına, genel anlamda hayvanlara, hayvan besleyen insanlara katlanamaz olduk. Üstelik ülkemizde parkların durumları da içler acısı. Şehir merkezine yakın doğal ortam yok. Doğa ile iç içe olan her yer hafta sonları tıklım tıkış. Özellikle İstanbul'da kapana kısılmış vaziyette yaşıyoruz.

İşte ben bu kötü koşullar içerisinde oğluma biraz toprak, biraz doğa, biraz hayvan ile iç içe olabilme serbestisini tanımak istiyorum. Sokaklarda ve ağaç tepelerinde geçen çocukluğumun hiç değilse onda birini yaşayabilsin istiyorum. Ne var ki bunun karşısında da başka kadın ve annelerden tepki görüyorum.

Geçenlerde Ali Yiğit'i parkta çimlere bıraktım diye, hiç tanımadığım bir kadın döndü, "Daha gençsin, cahilsin, bak çocuğunu yere bırakma," dedi. Böyle boynumdan yukarı, resmen cildimi kazısam o an pul pul dökülecek bir tas sinir hücum etti. Hanımefendi çocuğumu düşündüğü için beni ikaz etmiş, köpekler pislermiş, yer çekermiş... Bunu söyleyen kadının elinde sigara fosur fosur çocuk parkında sigara içiyor...

Sonuçta tüketim, bilgi dezenformasyonu, çevresel faktörler, anneliğin allanıp pullanması üzerine biraz da ego serpilmesi sonucu etrafımız abartılı anneler ile doldu taştı.

Halbuki doğurduğumuz çocuklar ne ilk ne de son. Milyar yıldır insanlar doğup ölüyor, analar beşer altışar çocuk doğuruyor. Köylerde, kırsalda yoktan var ediyor çocuklarını, seviyorlar. Bizler varlık içinde yokluk çekiyoruz, bir türlü tatmin olamıyoruz. Çocuklarımızdan kendi yapamadıklarımızı yapmalarını bekliyoruz. Hepsi ikişer üçer dil bilsin, piyano çalsın, acayip bölümlerde okuyup afili meslekler edinsin. Hemen hasta olur, hemen psikolojisi bozulur, hemen darmadağın olur sanıyoruz. Çok para dökmezsek kötü anne baba oluruz sanıyoruz. Çocuklarımızı seneliği otuz bin lira olan okullara gönderemedik diye kendimizi paralıyoruz.

Kanserojen gıdalar, GDO'lu yiyecekler, artık hiçbir surette çocukları koruma olanağımız olmayan elektromanyetik dalgalar, baz istasyonları, her tür besin maddesi ile ilgili sınırsız bir bilgi alanı. O kadar çok şey var ki hepsini bilmek mümkün değil. İnsan her gün yeni bir şey öğreniyor. Fakat bunları en başından peşinen öğrenmeye çalışmak ya da bilmediğimiz şeyler için kendimizi paralamak anlamsız. Ayrıca az biraz yan etkisi olan her şeyi tüketmeyi bırakırsak aç kalacağımız da kesin.

Ben, önümden hızla akıp giden bu kargaşada derin bir nefes alıp sakince davranmaya çalışıyorum ve yarışmayı uzaktan izliyorum.

Bilimde en çok araştırılan konulardan bir tanesi anne ve bebek arasındaki bağ. Bu alanda binlerce çalışma yürütülüyor. Beni en çok etkileyen ise mikrokimerizm denen çok ilginç bir olay. Mikrokimerizm, bir canlıya ait DNA yahut bir grup hücrenin başka bir canlıda bulunmasıymış ve en sık gebelikte görülürmüş. Fetüsün DNA'sı ya da bir grup hücresi en basit anlatımla, plasentayı aşarak annenin dokularına, organlarına ya da kanına yerleşiyormuş. Farelerde bu hücrelerin beyne dahi yerleştiği tespit edilmiş. Bu transfer anneden bebeğe doğru da olabiliyormuş. Yani gebelikte anne ile bebek arasında hücre ve DNA alışverişi oluyormuş. İşte, duygusal boyutundan öte bilimsel olarak somut bir şekilde kurulan bir bağ keşfedilmiş bile.

Çoğu zaman ne kadar kalabalık ve gürültülü olsa bile içeride yatan Ali Yiğit'in sesini duyabiliyorum. Bazen birbirimize bakarak konuşabiliyoruz. Düşündüklerimi anladığına yemin edebilirim. Uzakta olsa bile bir şeylerin ters gittiğini hissedebiliyorum.

Çok kötü bir şey olduğunda beni önce arayan annem oluyor. O da beni hissediyor. Ondan da bana geçmiş hücreler var mıdır? Ya da Ali Yiğit'ten geçip beynime girmiş kök hücreler? Bu hislerimin sebebi bunlar mı? Bu duygusal bağı bana gözle bile görünmeyen hücreler mi yaşatıyor, yoksa başka bir şey mi? İlahi bir bağ mı? Ben onun mızıldanmasının bile ne demek olabileceğini nasıl anlıyorum? Bunlar sadece bana bahşedilmiş üstün güçler mi?

San Francisco, Kaliforniya Üniversitesi'nde nöropsikiyatr olan ve kadın-erkek beyni üzerine çalışmalar yapan Dr. Louann Brizendine yazdığı *Kadın Beyni* adlı kitabında aynen şöyle diyor:

"Memeliler dünyasında doğumun yarattığı beyin değişiklikleriyle ilgili hiçbir şey garip değildir. Örneğin koyunları ele alın. Yavru kuzu annenin doğum kanalından geçerken oksitosin[1] koyunun beyin devrelerine dakikalar içinde yeniden dolar ve onu yavrunun kokusuna son derece duyarlı hale getirir. Beş dakikadan kısa bir sürede, doğumdan hemen sonra yavrusunun kokusunu tanıyabilme yeteneği kazanır. Bundan sonra yavrusunun sadece kendisinden beslenmesine izin verecek, kokusunu tanımadığı diğerlerini uzaklaştıracaktır. Doğum eylemi, koyunda hızlı nörolojik değişimleri tetikler ve bu değişiklikler koyunun beyninde, nörokimyasında ve davranışlarında gözlemlenebilir.

İnsanlar için de benzer bir durum geçerlidir. Yeni doğan bebeklerin kafasının, teninin kokusu, tükürdüğü sütün, kakasının ve üzerine dökülen diğer vücut sıvılarının kokusu annenin

1 Özellikle doğumda önemi olan, rahmin kasılmasını ve süt salgısını sağlayan bir memeli hormonu.

beynine kimyasal olarak kazınacaktır. Anne kendi bebeğinin kokusunu diğer bebekler arasından %90 isabetle seçebilir hale gelecektir. Aynı durum bebeğin ağlayışı ve vücut hareketleri için de geçerlidir. Bebeğin teninin dokunuşu, el ve ayak parmaklarının görünüşü, kısa ağlamaları –hepsi beynine kazınmıştır. Saatler, günler içinde aşırı korumacılık anneyi ele geçirir. Annesel saldırganlık yerine oturur. Gücü ve zihni bu küçük varlığı korumak adına üzerine gelen bir kamyonu tek eliyle durdurabilecekmiş gibi hisseder. Beyni değişmiştir, gerçekliği de. Bu, bir kadının hayatındaki en büyük algı değişikliğidir."

Ayrıca yazar kitabında sadece biyolojik annelerin değil, duygusal olarak anne olmayı isteyen ve buna hazır olan kadınların da doğum yapmasalar dahi beyinlerinin nörolojik değişime uğradığını yazmış.

İşte hepimiz, anne olmak isteyen hepimiz, o çocukları doğal şekilde de doğursak, sezaryan da olsak, evlat da edinsek hep bir ortak paydada birleşiyoruz: Çocuklarımızın mutluluğu! Çocuklarımızla bağ kurup kendi bilgi ve görgümüzce onları şekillendiriyoruz. Bu ne bir yarış ne de bir kendini ispatlama savaşı. Üstelik anneliğimizi böylesine abartır ve yere göğe sığdıramazken hamile kalamayan kadınları, çocukları farklı gelişim gösteren kadınları, geçim derdiyle çocuğuna gönlünce para harcayamayan kadınları kim bilir ne kadar kırıp üzüyoruzdur.

Prof. Dr. Atalay Yörükoğlu onlarca kez basılan *Çocuk Ruh Sağlığı* kitabının 22. basımına önsöz olarak eşine ithafen aynen şunları yazmış:

"Seni, yıllar boyunca bir eş ve bir Çocuk Ruh Sağlığı uzmanı olarak izledim; anneliğinin gizini bulmaya çalıştım. Çocuklarımıza karşı öyle sevecen ve doğal bir tutum içindeydin ki seni uyarmak gereğini pek duymadım. Eleştirsem de sen sezgin ve sağduyunla doğru bildiğini yaptın. Sevgiyle eğitimi senin gibi ustaca dengeleyen pek az anne tanıdım. Küçük oğlumuzun 'Anne, bana ceza verdiğin zaman neden sana kızamıyorum?' dediğini hiç unutmam. Topluluklar önünde çocuk eğitimini tartışırken senden örnekler verir, sana takılmadan edemezdim. 'Çocuklarımı eşim Emel yetiştirdi, ben de onu gözlemyerek kitap yazdım,' derdim. Bu sözü şaka olsun diye söylemediğimi şimdi daha iyi anlıyorum."

Yörükoğlu Hoca'nın koca kitabından aklımda en çok kalan satırlar bunlar desem yalan söylemiş olmam. O kadar içten ve samimiyetle yazmış ki işte, en iyi annenin sezgileriyle hareket eden anne olduğunu daha kitabının başında özetlemiş.

Ben de birçok kadın gibi çocuğumun mutluluğu için onun hislerine, karakterine, mizacına ve talep ettiklerine şefkatle yanıt vermeye, iyi bir anne olmaya çalışıyorum. Okuduklarımı içgüdülerimle birleştiriyorum. Fazla bir iddiam yok anlayacağınız.

## HEP DAHA FAZLASINI İSTEMEK Mİ LAZIM?
### Pırlanta Ebediyen Yaşar

*"Önemli olan hayatta en çok şeye sahip olmak değil, en az şeye ihtiyaç duymaktır."*
Platon

Tüketim, abartılmış annelik derken, abartılmış kadınlığa ve abartılmış ilişkilere de değinmek lazım.

Kanımıza kanımıza işlenen sürekli iyiye ve güzele sahip olma güdüsü ile sahip olduklarıyla yetinemeyen bireylere dönüşüyoruz.

Bir kere her şeyi bir şekle bağladık. O şekilleri, merasimleri çok önemsiyor ve işin özünü kaçırıyoruz.

Büyük Buhran döneminde elmas sektörü çökünce De Beers bu işten bir çıkış arıyor ve 1947'de reklam yazarı Frances Gerety ile anlaşıyor. Gerety çok güçlü bir slogan buluyor ve "A Diomand is Forever" (Bir Pırlanta Ebediyen Yaşar) sloganını reklamlarında etkili biçimde işliyor. Reklamlar öyle bir noktaya geliyor ki reklam şirketi De Beers'in patronlarına, "Artık pırlanta almadan bir kızla nişanlanmak mümkün değil," diyor. Bunu 1951'de diyor ve bu sektör o günden bugüne daha da kuvvetleniyor, pırlanta evlilik teklifinin söz ya da nişanın ayrılmaz unsurlarından oluyor.[1]

Ayakta alkışlanacak bir reklam ve pazarlama harikası olduğu gerçeğini es geçemem. Fakat bu pazarlama öyle bir nok-

---

1 *Tarih* dergisinden alıntı.

taya geldi ki pırlantayı bir sevgi sembolüne çevirdi. Üstelik büyüklüğü, inceliği, kalınlığı, parlaklığı gibi unsurlar kadınların sosyal statülerini gösterir oldu.

Aynı çocuklarımız gibi, ilişkilerimiz ve kişiliklerimiz de sahip olduklarımızın maddi değerleri ile sınıflandırılmak isteniyor.

Ziynet eşyasına karşı olduğumdan değil, bu sektörün insanlarda yarattığı baskıdan ve bu telkinlere kapılan kadınların mutsuzluğundan şikâyet ediyorum.

Hayır, hep daha fazlasını istemek zorunda değilsiniz. Hep daha güzeline, daha iyisine sahip olmak zorunda değilsiniz. Sosyal medyada takip ettiğiniz, çok sıradan hayat yaşadığını iddia eden entelektüel anneler para karşılığı afili markaların reklamını yapıyor diye o markaları kullanmak zorunda değilsiniz.

Solcu geçinip kapitalist markaların reklamlarında oynayan ünlülerin kullandığı şeyleri satın almak zorunda değilsiniz.

Bunların size mutsuz etmesine izin vermeyin.

## Sevmek Erkeğe Mülkiyet Hakkı Verir

İnsan karşısındakine sevgisini nasıl ispat eder ya da sevgisini en iyi şekilde nasıl gösterebilir? Ya da sevgi illa ispatı lazım gelen bir şey midir?

Yaşar Kemal'in *Kimsecik* üçlemesinin ilk kitabında İsmail Ağa Van'dan Adana'ya göç ederken yolda ölmek üzere olan, kokmuş bir çocuk bulur. Çocuk İsmail Ağa'yı o kadar çok sever ki ağanın kendi oğlu olunca kendisini gözden düşürdü diye ondan nefret eder ve onu öldürmeyi düşünür. Ancak ağanın evlatlığı Salman, babasını o kadar sevmektedir ki ona bir şey olmasına gönlü razı gelmez. Bu yüzden başkaları babasına bir şey yapmadan babasını kendisi öldürür.

Bu kitap beni öylesine etkilemişti ki ne zaman, "Çok seviyordum, öldürdüm," diyen erkek görsem aklıma Salman gelir. Kültürümüzdeki sevmek anlayışı, klişe olacak fakat, "ya benimsin ya kara toprağın" anlayışından öteye gitmiyor.

Erkekler sevdikleri kadının başkasıyla olmasına dayanamadığı için onları öldürüyorlar. Çünkü onlar için sevmek sahip olmak demek. Sevmek erkeğe mülkiyet hakkı veriyor adeta.

Bir gün Amerika'da bir arkadaş grubuylayız. Erkek bir arkadaşımız sevgilisinin kendisini aldattığını, en yakın arkadaşlarından biriyle yattığını anlattı. Ben de kendisinin bunu sakince anlatmasına şaşırarak, nasıl tepki verdiğini sordum.

"Sonucunda özür diledi ve pişman olduğunu söylediği için affettim, ancak tekrar aldatınca beni sevmediğine ve onunla mutlu olamayacağıma karar verdim."

Ben heyecanla sordum, "Sonra ne yaptın?"

"Hiiç, üzüldüm ama görüşmeyi kestim."

O kadar sakin, mantıklı anlatıyor ki... Ego sorunu haline getirmemiş. Kadına hakaretler, küfürler yağdırmıyor, nefret etmiyor. Öldürmeyi tahminimce aklının ucuna bile getirmemiştir. Sorun onun değil, kızın sorunu. Ne yapacağını bilmeyen bu hikâyede kadın.

O anlatırken ben bunun Türkiye'de anlatıldığını düşünüyorum:

"Vay kepazeee! Vaaaay pis karı!"

"Aşşşağılıkk şerefsiz kadın!"

"Orospu!"

Şimdi, Türkiye'de, çok eminim, bir erkek kendisini aldatan bir kadına bu kadar sakin tepki verse derhal aklımıza şu gelir: "Demek ki yeterince sevmiyormuş."

"Başka ülkeler çok medeni, biz vahşiyiz," demek istemiyorum. Bu tür olaylara verilen tepkilerde bireysel özellikler çok önemli elbette. Türkiye'de her aldatılan, her eşi tarafından terk edilen erkek insanlık dışı tepkiler göstermiyor, ama maalesef kadın cinayetlerinde göz ardı edilemeyecek şekilde dünyada ilk sıralardayız.

Söylemek istediğim, bu tür bir maçoluk ve şiddet/hiddet gösterisi bile çoğu kadının hoşuna gitmekte ve bir sevgi ölçütü olarak kabul edilmekte.

Kaldı ki erkekler de birbirlerine karşı bu hususlarda çok acımasızlar ve adeta birbirlerini kışkırtıyorlar. Bazen erkeklerin verdiği bu tür abartılı tepkilerin bir kısmının kendi erkek arkadaşlarına gövde gösterisi yapmak olduğunu düşünüyorum. Zaten bu kışkırtıcı tipler genelde karı koca ya da sevgililer arasını sürekli, "Ahmet'in odasına da bugün bir kadın geldi, böyle uzun bacaklı..." gibi kendince çok üst düzey esprilerle bozmak gibi hobilere sahip kişilerdir. Genelde karılarından da acayip tırsarlar.

Bizler de çocuklarımıza benzer seviyede sevgi gösterilerinde bulunuyoruz. Isırma, içine sokma, sıkıştırma gibi fiziksel üstünlük kurmaya dayanan bu hareketler bilinçaltımızdan mı geliyor acaba?

## MAHALLE BASKISI

Başını açana, kapa diyoruz, kapayana aç diyoruz; okuyana, okuma diyoruz; okumayanın psikolojisini bozuyoruz. Öyle kahkaha atma, çocuklu kadınsın, diyoruz; ay hiç kaç çocuk annesi kadına yakışıyor mu, bak türban takmış ama bir ton makyaj, şuna bak kırmızı ruj sürmüş saçı da sarı, o pantolon şimdi hiç olmuş mu, biraz kilo ver bari, diyoruz. Kilo verene, ıyyy hasta mısın, biraz kilo al, diyoruz. Üniversiteyi bitirene yüksek lisans yap, onu yapana doktora yap, bunları yapana oku oku nereye kadar, diyoruz. Hiçbir şey yapmayana evlen, evlenene çocuk yap, onu yapana ikinciyi yap, hepsini yapana o çocuğa öyle bakılmaz, böyle bakacaksın, diyoruz. E artık çocuğun var, alış bunlara, diyoruz. Bakıcıya çocuk bırakana vicdansız diyor, evde oturup çocuk bakanı hakir görüyoruz. İşte her an herkesi fütursuzca yargılıyor ve infaz ediyoruz. Bunlara isyan edene ukala, çokbilmiş diyoruz. Kimsenin kendisi olmasına, mutlu olduğu gibi yaşamasına izin verilmeyen bir toplumda yaşıyoruz. Hepimiz mutsuzuz.

Özellikle bu mutsuzluğu etrafımdaki evlilik serüvenlerinden çok yakından izliyorum. Kızın ve oğlanın ailesi, niye bilmiyorum, bir güç savaşına giriyor. Senin mi istediğin olacak, benim mi istediğim olacak derken, bu iki insanın hayatlarını birleştirme serüvenini kâbusa çeviriyorlar.

İnsanlar evlenirken istedikleri düğünü yapamıyor, çünkü aileleri karışıyor.

İnsanlar evlerine istedikleri mobilyaları alamıyor, çünkü aileleri karışıyor.

İnsanlar çocuk yapmaya korkuyor, çünkü kayınvalideleri karışıyor.

Abartıyor muyum? Kaç kadının ilk önce bunu düşündüğünü biliyor musunuz?

Ve asla haksız değiller. Kayınvalide, gelin çekişmesi uzay çağında hâlâ devam ediyor.

Geçmişte yaşayamadıklarını kocaman kadın ve adamlara yaşatmaya çalışan aileler, büyüklerini kırmamak için kahrolarak en güzel ve en özel anılarını ve anlarını feda edenler, kendininkiler yerine başkasının tercihlerini yaşamak zorunda bırakılan insanlar...

Beni gören herkes öncelikle eşimin tüm bu "medyatik" olma sürecine nasıl tepki verdiğini soruyor. "Eşin kızmıyor mu, nasıl izin veriyor, neden izin veriyor?" soruları sürekli soruluyor. Yakın çevremizde eşime dönük aptal imalar, sırtlan gibi sırıtmalar ya da eşimi bana karşı çıkması için doldurmaya çalışmalar... oluyor maalesef. Bunu bizim yakın çevremiz dahi yapıyor. Benim ufak çaplı bir popülarite sahibi olmamı bir kenara bırakın, tüm bunlardan önce bile eşim oğluyla vakit geçiriyor diye eşimi alaya almaya çalışmışlardır. Belki sizin de etrafınızda vardır ailesiyle ilgili, karısı ve çocuğuna alakalı erkekleri münasebetsizce aşağılamaya çalışanlar. Hatta bazı erkekler de olabildiğince –öyle olmamasına rağmen– kendisini ilgisiz göstermeye çalışıyor. Ne kadar acınası bir hal değil mi?

## BEBEK GELİYOR, AHALİ NE DİYOR?

Evlendiğimizde eşimle ikimiz de yoğun tempoda çalışan insanlardık, özellikle serbest çalıştığım için ben. Evet, işin patronu benim, ama aynı zamanda SGK'sı öden(e)meyen gariban işçisi de benim. Parasını ben kazanıyorsam cefasını da ben çekiyorum. O yüzden de çok çalışmam gerekiyor. Ofis masrafı, BAĞ-KUR primi, gecikme zamlı vergi borçları, piyasaya kendini ispatlama çabası, hele hele kadın olarak düzgün bir çizgide ilerleme uğraşı oldukça yorucu ve vakit alıyor.

Buna rağmen evlendikten iki sene sonra evde olduğum her gün sıkılmaya ve bir bebeğim olsa daha az sıkılacağıma, hayatımın anlam bulacağına inanmaya başladım. Sonradan "biyolojik saat" olduğunu öğrendiğim bu hissiyat bizi bebek konusunu ciddi ciddi düşünme noktasına getirdi. Sonuçta ikimiz de hemfikirdik bir bebek istediğimizden, ama her çift gibi bize de zor gelen, gözümüzü korkutan tarafları vardı.

Özellikle etrafımızda gördüğümüz aileler, laf dinlemeyen çocuklar, bozulan karı koca ilişkileri, yerle bir olan cinsel hayata yapılan üstü kapalı göndermeler, uykusuz geceler, işlerinden vazgeçmek zorunda kalan kadınlar...

Uzun uzun bunları konuştuk. "Öyle olmak zorunda değiliz, bize olmaz, başımıza gelmez, onlar beceriksiz ondan öyleler, sen ve ben asla öyle olmayız," diye birbirine verilen sözler. Tanıdık geldi mi?

Olur mu olmaz mı, olur mu olur, olmaz mı olmaz ikilemlerinde gerekli tıbbi işlemler için doktorumla görüştüm, testlerimi yaptırdım ve vitaminlerimi kullanmaya başladım. Her şeyden önce sigarayı ve alkolü bıraktım. Yogaya başladım... Ah, yüzyıllık felsefesi olan yogayı bir hamilelik sporu olarak gören Türk kadınlarından biri de benim ne yazık ki...

Neyse, etrafımıza bebek isteğimizi açmaya başladık. Yavaş yavaş kendimizi telkin ediyorduk aslında. Kendimizi sınıyorduk, sesli dile getirince duygularımız ve isteklerimiz değişecek mi, bunu anlamaya çalışıyorduk.

Fakat çok az insan benim beklediğim "ouuyy canıııııııım" kıvamında tepki verdi. Ben adeta nesli tükenen insan soyuna bir Âdem, bir Havva doğuracağım için göklere çıkarılacağımı, duyanların sevinçle havalara zıplayacağını falan düşünürken arkadaşlarımız, akrabalarımız ürkütücü tepkiler veriyordu.

Hiç unutmuyorum, bir gün eşimin geniş ailesiyle kahvaltı ediyoruz. Sigara yerine süt içen beni görünce kuzeni büyük bir keyifle eşime dönüp, "Bugüne kadar biz çektik, biraz da sen çek," dedi. Hani Sezercik filminde Şişko Nuri vardı. Babası açık artırmada Sezercik'in eşeğini alıyordu da o da gıcık gıcık, "Vurucam kırbacı, vurucam kırbacı," diye Sezercik'i ağlatıyordu. İşte aynı o ifadeyle söyledi.

Eşiminse yüzünden kara bir gölge geçti gitti. Ben de irkilmedim desem yalan olur.

O kadar olumsuz şey duydum ki etrafımdan, bir ara insanların çocuklarıyla mutsuz olduğunu düşünmeye başlamıştım. Çocuğum olduktan sonra bu serzenişlerin kadınların yaşadıkları zorluklardan kaynaklandığını anlasam da bazılarını hâlâ abartılı buluyorum.

Sonuçta pek çok kadın bu zorlukları yaşayıp çare üretmeye, sorunu çözmeye odaklanıyor.

Bir keresinde biri, "İnanır mısın on senedir kitap okumadım," demişti. O kadar korkmuştum ki kitap bile mi okuyamayacağım diye. Artık hayatımın sonu demek olur bu herhalde. Sonra fark ettim ki kadın zaten kitap okumuyormuş...

Başka bir örnekte de çocuğunun asla laf dinlemediğinden dem vuran biriyle tanıştım. Biraz izledim ilişkilerini. Çocuk ne isterse yerli yersiz hayır diyor annesi. Sonra çocuk yaygarayı kopartıyor. Anne hemen "evet"e dönüyor ve istediğini yapıveriyor. E bu çocuğun bir de laf dinlemesini bekliyor...

Öyle bir şey ki bu, insanlar olumsuzlamayı çok seviyorlar. Doğsun görürsün, hareketlensin görürsün, yürüsün görürsün, okula başlasın görürsün... Bitmiyor göreceklerimiz: "Kıymetini bil, bol bol uyu, bol bol gez, bunlar son günlerin, bol bol ye, ben hamile kaldığımda 49 kiloydum, sen daha dur, doğurunca göreceksin, bunlar güzel günlerin göreceksin, göreceksin, GÖRECEKSİN!" demeleri bitmiyor.

Allahım, "göreceksin" dediklerinde içime nasıl bir korku salınıyor. Ürküyorum, neyi göreceğim, ne göreceğim, nasıl göreceğim, çocuk vücuduna bomba sarılı mı doğacak, pimi çekip hastaneyi mi patlatacak, dünyaya telafisi olmayan virüs mü yayacak, neyi göreceğim!

"Görürsün!"

"Göreceksin!"

Şu görürsün lafı hamilelikten beri sinirimi hoplatır. Sevmiyorum. Bir gözdağı veriyorlar bana. Çok istediğim, mutlu hayaller kurduğum bir şeyi sevimsizleştiriyor, hevesimi kırıyorlar. Görmeyeceğim ben!

Neyse, bu "doğunca görürsün"ler "hele bir hareketlensin görürsün, hele bir yürüsün görürsün, hele bir okula başlasın görürsün, sonra hele bir evlensin görürsün" şeklinde uzayıp gidiyor.

"Bunların hepsini atlattım, ben güvendeyim," demeyin, "İkincide görürsün," diyecekler.

Geçenlerde bir takipçim bir anısını yazdı, vallahi içimden "ya sabır" çektim kadının yerine. Parka gidiyor bebeğiyle. Oradaki teyzeler başlıyor, "Yüzünü ört, üstünü ört, vs..." İçlerinden birisi diyor ki, "Bunlar çocuk büyütecek de biz göreceğiz." Anne de dönüp, "Benim üçüncü çocuğum, öteki iki tanesinin bir eksiği yok çok şükür," deyince teyzeler çevir kazı yanmasın yapıp, "aman, şimdiki gençlik de çok alıngan canım," diyor.

Bunları okurken yaşadığınız benzeri olayları aklınızdan geçiriyorsunuz, biliyorum. Evet, yalnız değilsiniz. Hepimize yapıyorlar. Hatta bazen biz bile başkasına yapıyoruz.

Ben bunu hayatımda bir kere yaptım ve o an kendime söz verdim: Kimsenin anneliğine, kimsenin çocuğuna asla karışmayacağım. Eğer bana fikrim sorulursa kimseyi kırmadan uygunca söylerim. Bir gün bebek eşyaları satan bir mağazada ıslak mendillere dalgın dalgın bakan bir kadının yanında durdum. Ben de onunla beraber mendillere bakmaya başladım.

"Bulamadınız mı?" dedim.

Gülümseyerek, "A markasının yeni doğanı kalmamış, onun muadili de hangisi bilmiyorum," dedi.

Arabadaki çocuğa baktım, bir bir buçuk yaşlarında vardı.

"Ben şu markayı kullanıyorum," dedim.

"Onun yeni doğanı iyi değil ama," dedi.

Çocuğa baktım, "Eşek kadar olmuş bu artık, ne yeni doğanı," diye geçirdim içimden. Sonra da dışımdan:

"E, artık geçiverin canım normal mendile, yeni mi doğmuş ki bu?" diyerek çocuğa hebele hübülü yapmaya başladım. Hiç çekinmeden çocuğa yaptığım şebeklikler arasından da kadına laf yetiştiriyordum. Israrla, kadın benim dediğim markayı alsın istiyordum.

Kadın bir hışım çocuk arabasını çeke çeke gitti, ben de anlamsız anlamsız baktım arkalarından. Birkaç saniye sonra dank etti kafama ne yaptığım. Haklı ya da haksız, benim bu kadının çocuğu için ne kullandığına karışmaya hakkım var mıydı ki?

Bir gün beni cidden çok sinirlendiren bir olay oldu. Ali Yiğit arabasında uyuyor. Parktayız. Ben de kitabımı okuyorum. Meraklı teyzenin teki geldi, eğildi arabanın içine. Gülümsedim nezaketen. "Aaa ama olmadı şimdi, emzik mi veriyorsun, yazık," diyerek çocuğun ağzından emziği çekmesiyle cokur cokur emziği emen oğlumun dudaklarıyla emzik arasındaki o vakum sesini duydum. Çocuk korkuyla gözlerini açtı. Bunlar o kadar hızlı oluyor ki şok içerisinde izliyorum. "Aaaaa uyandı!" diye bağırmasın mı bir de. Güya sevimlilik yapıyor çocuğa. Çocuk bir başladı ağlamaya. O an gözüm karardı tabii ki. Bu ne dedim ya, ne cüret!

Başka bir gün apartmandan dışarı çıkıyorum. Bir kamyon eşya boşaltıyor. Bir adam kamyondan sırtladığı berjerle yanımdan geçiyor. Başını yana çevirdi, durdu, "Abla, elini ört de üşümesin," dedi. Doğru mu duydum diye başımı çevirip adama baktım. Sırtında koca koltuk, üşenmedi, yorulmadı, durdu, arabanın içine baktı, beni uyardı. Boş boş baktım önce, sonra "Tamam," dedim, "örterim," dedim, örttüm. E artık bu adamı kıramazdım.

Fakat anlatmak istediğim, insanımızın bu konuda derin bir ilgi, merak ve azminin olduğu. Kesinlikle kötü niyetli değiller, fakat bir şeyleri söyleme üslupları, verdikleri akıllar zaman zaman dayanılacak gibi değil.

İlk başlarda, "Aman bana neden böyle dediler, aman bana niye böyle ettiler," diye kendimi hırpalarken, bir baktım ki ince giyindiğimde bana bile üşürsün diyorlar. İnsanların geninde var üşütürsün diye korkmak. E kaderde varsa üşütmek, neye yarar üzülmek... Üzülmüyorum, onlar konuşuyor ben ciddiye almıyorum.

## Her Kadın Anne Olmak Zorunda Değildir

Her kadın anne olmak zorunda mı?

Önce evlilik, sonra çocuk şaşmaz bir sıra mı? Adım adım izlenmesi gereken bir kural mı bu cidden?

Neden uzun süre evli olmalarına rağmen çocuk yapmamış insanlara karşı kaşlarımızı kaldırıp gözlerimizi belertiyoruz? Herkes çocuk büyütmek zorunda mı?

Yakın arkadaşlarımdan Gizem, geçen gün bana biraz endişeli, biraz kararlı, aynen şöyle dedi: "Feyza, ben galiba çocuk istemediğime emin oldum. Acaba çocuk mu sevmiyorum?" Gizem hayvanları o kadar çok sever ve öyle güzel anlaşır ki çocuk sevmemesi mümkün değil. Zira Ali Yiğit'le de güzel anlaşıyor. Sadece kendini çocuğa hazır hissetmiyor. Benim duyduğum o kahramanca duygulardan, hırsımdan, azmimden eser yok. Kız en basit haliyle, anne olmak istemiyor. Kapıları da kapamıyor, "Belki sonra farklı hissederim," diyor. Hissetmeyebilir de. Bu gerçeği de biliyor.

Bir kadın anne olmak istemeyebilir.

Bir anne çocuğuna iki günde bir yemek pişirebilir, öteki her gün. Biri iki saat oynayabilir, biri yarım saat. Biri manikür, pedikürlü gezebilir, biri bakımsız... Tercihtir bu. Annelik yarıştırılır mı yahu?

Bir kadının çocuk sevip sevmediğini sorgulamasının temel sebebi yine toplumun baskısı. Çocuk istemiyorsan, çocuk sevmiyorsun demektir. Ne alakası var? İşte milyonlarca ana baba var ülkemizde, görüyoruz. Her boşaldığı çocuk olan adamlar, her yumurtladığı döllenen kadınlar çocukları çok seviyor olsaydı, ülkemiz biraz farklı olurdu.

Kızına bütün köy tecavüz ediyor, anası kızı suçluyor. Doğuruyor, ölsün diye boğup çöp kutusuna atıyor; doğuruyor, bütün sinirini, hırsını çocuktan çıkarıyor, döve döve aptal ediyor çocuğu.

Sadece çocuk doğurmakla olsaydı bu iş, her yumurtlayana madalya takmak gerekirdi.

Bırakın, istemeyen çocuk sahibi olmasın. Çocuksuz evliliklerin yavan olduğu, evliliğin çocukla anlam bulduğu gibi iddialarla insanları boğmayın. Keşke herkes çocuk isteyip istemediğini sorgulasa.

Evlilik ve çocuk insanların özgür seçimi olmalı.

Ben çocuğumu isteyerek doğurdum, iyi ki de doğurdum. Bundan on tane olsa yine doğururum. E şimdi benim herhangi birine çocuk sevmiyorsun diye baskı yapmaya hakkım var mı?

## FARKLILIKLARIMIZ ÖZGÜRLÜKLERİMİZDİR

Anam babam bile garipsedi beni.
Bazen kendim bile garipsedim kendimi.
Ben küçük bir ayrık otuydum, kesildikçe gürleşen.
Sonra hepimiz alıştık, sevdik beni.

Amerika, İngiltere, Fransa, Japonya ve Çin'in ortak olarak yürüttüğü İnsan Genomu Projesi'ne göre dünyadaki insanların DNA'sı %99,9 aynı olmakla birlikte, yaklaşık yedi milyar insanın birbirinden farklı olmasını DNA'nın sadece%0,1'lik kısmı sağlıyor. İnsan genomu yaklaşık 3,2 milyar DNA kodundan oluşur. Bunun %0,5'i yaklaşık 16 milyon harf eder. Kod 4 harften oluştuğuna göre olası kombinasyon sayısı 4 üzeri 16 milyondur. Bu da muazzam çeşitliliktir. Sonuç olarak bizimle aynı genoma sahip başka bir kişinin bulunma olasılığı sıfırdır.[1]
Kimsenin kimseye benzemediği milyonlarca sterlin dökülen bir araştırma ile ispat edilmişken, ülkemizde istisnasız herkesi herkesle kıyaslamayı, huyumuz kurusun, çok severiz. Ömrümüz boyunca hep kıyaslandık birileriyle. Yan komşunun çocuğuyla, kuzenlerle, evlenince öteki gelinlerle, öteki damatlarla, işyerindeki iş arkadaşlarımızla, müşterimizce diğer satıcılarla... Her alanda, her şekilde kıyaslandık. Bence bu bizde eksiklik/yetememe duygusu yarattı.

Geçen gün Ali Yiğit'e, "Oğlum bak Behlül ne güzel uyu-

1 (http://web.ornl.gov/sci/techresources/Human_Genome/project/index.shtml)

yor, sen de uyusana," diyerek oğlumu kedimle kıyaslarken buldum kendimi. Ciddi ciddi yaptım bunu ve derhal silkelendim. Umarım o, oğlumu son kıyaslayışım olur.

> "Halife Leyla'ya dedi: O sen misin?
> Mecnun senden dolayı mı perişan oldu ve kendini kaybetti?
> Sen diğer güzellerden üstün değilsin!"
> Leyla dedi: 'Sus! Zira sen Mecnun değilsin.'"
> Hz. Mevlânâ, *Mesnevi*

Yani, %0,1'lik bir farkla yedi milyar insan hiçbir surette birbirimize benzemiyoruz. Parmaklarımızdaki çizgiler, iç organlarımız, beyin kıvrımlarımız, duygularımız, gülüşümüz, düşünüşümüz, sevdiklerimiz, sevmediklerimiz, sesimiz hep birbirinden farklı. Yedi milyar kombinasyon... Hepimizin hamileliği farklı, hamilelik evresinde yaşadıklarımız ve eşlerimizin tutumu, doğum şekillerimiz, doğan çocuk bambaşka.

Aynı kadının iki gebeliği bile birbirinden farklıyken, farklı kadınların hamileliklerini aynı şekilde geçirdiğini düşünmek, istisnasız tüm anne ve babalardan aynı tavırları beklemek bence son derece acımasız bir beklenti.

Bir kadın hiç yemezken çok şişebiliyor, biri koyveriyor gönlünce yiyor, biri dokuz ay kusabiliyor, biri düşük tehlikesiyle aylarca yatmak zorunda kalıyor, biri tatlı aşeriyor, biri ekşi... Biri çok neşeleniyor, biri hüzne kapılıyor, biri doğuma kadar son gaz çalışabiliyor, biri sürekli yorgun hissediyor, biri ezelden anneymiş gibi hissediyor, biri bir türlü alışamıyor, biri her toplu taşımada yer verilmesini istiyor, biri, "Ben ayakta dururum," diyor. Birinin libidosu tavan yapıyor, birinin eşinin kokusundan midesi bulanıyor... Biri çok isteyerek hamile kalmış oluyor, biri hazırlıksız yakalanıyor. E haliyle koşulları uygun olan ile uygun olmayanın iç dünyası da tepkisi de farklı olabiliyor.

## Herkes Aynı mı Olmalı?

"Dünya bir anlama sahip midir? Eğer sahipse ne tür bir araçsal rasyonalite içinde var olur? Gerçekten de dünya anlamsızlığa karşı bizi bir 'yer'e, bir 'yurt'a bağlayabilecek bir dile sahip midir? Dünyayı anlamlandırma süreci içerisinde karşılaştığımız tüm bu sorunlar gerçekte bize ne kadar yardımcı olmaktadır? Belki de hiçbir faydasını görmediğimiz, tamamen gündelik hayatın karşımıza çıkardığı sorunlardan yalnızca birkaçından başka bir şey değildir. Ama her şeye rağmen insan kendince anlamlı bulduğuna inandığı yollarla dünyayı anlamlandırmaya çalışır."[1]

İşte herkes bir anlam arıyor hayatına. Bir sakinleşme enstrümanı, bir mutluluk aracı, bir huzur durağı… Herkes kendisi için, çocuğu için, ailesi için en iyisini istiyor. Herkes kendi duyduğu ve anladığıyla anlamlandırıyor okuduklarını. Ne ben en iyiyim ne de bir başkası. Ne ben en kötüyüm ne de bir başkası. Sadece birbirimizden farklıyız. Farklı şeyleri seviyor, farklı şeyleri istiyoruz. Bu bir linç sebebi mi olmalı?

Ben mesela, hep biraz farklıydım.

"İyiydim, harikaydım," diye söylemiyorum.

Sadece farklıydım.

Kimsenin dikkatini çekmeyen şeyler dikkatimi çekerdi. Farklı şeyler ilgimi çekerdi.

Haksızlığa hiç dayanamıyordum. Çok zorluk çektim. Başarısız insanlarca alay edilmeye, küçük düşürülmeye çalışıldım,

1 Ahmet Bozkurt, *Unutma Zamanı*, İnkılâp Kitabevi, İstanbul, 2015.

fakat hiçbir zaman umursamadım. Doğru bildiğim neyse söylemeye devam ettim.

İlkokuldayım. Daha çıkış saati gelmeden, sırtımda montum, eve gelmişim. Annem çantasız, beslenmesiz beni görünce şaşırmış. Ben tam hatırlamıyorum mesele neydi, ama annem şöyle anlatıyor:

Bir gün sınıf öğretmenimiz hasta olmuş ve bizim sınıfın öğrencilerini iki sınıfa bölüştürmüşler. Gönderildiğimiz sınıf öğretmeni parmak kaldırmama rağmen bana, "Sus!" diye bağırınca çantayı mantayı almadan sinirlenip çarpmışım sınıfın kapısını, eve gelmişim.

Annem önce bana kızmış, ertesi gün okulda başka bir öğretmen, "Feyza'ya kızmayın, o haklıydı," deyince annem tavrını değiştirmiş.

Başka bir anımı ise ilkokul arkadaşım Fatma anlatıyor: "Hâlâ gözümün önünde, öğretmenin soruduğu soruya cevap vermek için parmak kaldırdın. Öğretmen sana söz hakkı vermeden konuyu değiştirdi ve yerinden fırlayıp, 'Öğretmenim, az önce söz almak için parmak kaldırdım, sanırım görmediniz,' dedin. İnternette paylaşımlarını okudukça sırada ayağa kalkmış, mavi önlüklü, atkuyruklu kız konuşuyor gibi geliyor."

Yani ben söylemek istediklerimi ta küçüklüğümden beri söylemek istemişim. Susturulmak, yok sayılmak, söz alamamak en sevmediğim şeylerdenmiş o zaman da.

Tabii benim de hatırladığım komik anılarım var.

Örneğin, Emrah diye bir arkadaşım vardı okulda. Emrah çok çalışkan, efendi bir çocuk ve ben de saygı duyuyordum ona. Benim yapamadığım matematik sorularını bir çırpıda yapıyor, ben de imreniyordum. Ben sınıfın en çalışkanı olma yolunda hırslı bir öğrenciydim; o ise sakin mizaçlıydı, Allah vergisi bir zekâya sahipti.

Neyse, bir gün bir baktım Emrah'ı sıkıştırmışlar. Ön sıra geri itmiş, arka sıra ileri itmiş. Çocuk sıklım tıkış oturuyor sırada. Efendi çocuk, ses çıkarmıyor. Belki demek istiyor da diyemiyor. Sinirim tepeme çıkıyor. Göz var izan var canım, hemen müdahale ettim. "Ne sıkıştırıyorsunuz çocuğu?" dedim. "Açın şu sıraları." Hemen sıraları düzelttiler. "İyi misin Emrah, sıkıştırırlarsa gel bana söyle," dedim. "İtmeyin sıranızı," dedim ötekilere de. Ayrıldım oradan.

Hep başkalarınca üzerime vazife görülmeyen işlerle uğraşırken buldum kendimi. "Sen mi bitireceksin?" diye dalga geçenler de oluyor, "Sana mı kaldı?" diyenler de. Ben de, "Evet, bana kaldı!" diyorum. En azından pek çok insan gibi ikiyüzlü değilim. Doğrularımın peşinden koşuyorum. İçim rahat.

Bir de bana, "Çatlak, korkulur senden," falan derler. Halbuki sıradan bir insanım. Manyak falan da değilim yani. Susmamak ne zamandan beri çatlaklık oldu? Yazı yazdığım gazetenin editörü bana diyor ki, "Feyza Hanım, yanlış anlamayın, biraz sivri dillisiniz, ondan çok okunuyor yazılarınız. Yani herkes cesaret edemez bunları yazmaya." "Ya," dedim, "cesaret mi? Yazık, doğruları söylemeye kimsenin isteği yok demek ki."

Can Yücel'in şu meşhur sözü var ya, işte onu çok severim: *"Bizim köyde göte göt derler hâkim bey."*

Bazı anlarda o kadar zorluk çektim ki, "Bende mi bir sorun var acaba?" diye düşündüm defalarca. İnsanlara söylediklerim neden bu kadar çarpıcı geliyor, neden bana saldırıyorlar, neden sindirmeye çalışıyorlar diye sorguladım. Fakat bende sorun yok. Ama başkalarında da sorun yok. Sadece farklıyız. Hem de o kadar farklıyız ki! "Ben de güce teslim olsaydım her şey daha kolay olurdu," diyorum. Ama olamam ki! Nasıl kabul ederim bu kahhar düşünceleri?

Gel zaman git zaman birilerinde sorun aramayı bıraktım böylelikle.

Bir davamda adam karısıyla aldığı evi gizlice annesinin üzerine devrediyor, sonra da boşanıyorlar. Kadın bir bakıyor ki gayrimenkul kayınvalidesinin üzerine tescil edilmiş. Dava açtık tabii. Karşı tarafın avukatı diyor ki, "Efendim biz mal kaçırmıyoruz, bu evi aile aldı, oğlanın üzerine yaptı onu onurlandırmak için. Biliyorsunuz, Türk toplumunun örf ve âdetlerinde vardır erkek çocuklarını kayırmak."

"Olmaz olsun öyle örf âdet," dedim duruşmada sesimi yükselterek.

Hâkim döndü suratıma baktı, şaşkındı.

"Yalan mı hâkim bey," dedim. "Böyle ilkel âdet mi olur?"

Dayanamıyorum işte, söylüyorum. Halbuki sen avukatsın, taraf değilsin. Yürü işine bak, niye şahsileştiriyorsun?

Belki başkalarının da başka yanları vardır. Başka farklılıkları, başka zayıf noktaları. Utanıyorlar mıdır acaba onlar huylarından? Çok farklıdırlar belki, hani insanlar garip garip bakıyorlardır.

Baksınlar. Sıradan, zincirlenmiş bir insan olmak daha mı iyi? Düşündüğünü söyleyemeyen, söylemekten korkan, yargılanmaktan, eleştirilmekten korkan biri olmak?

Varalım farklı olalım, farklılıklarımız özgürlüklerimizdir.

Peki, yapılan hatalar? Gerçekten hiç hata yapmamış insan var mıdır? Mümkün mü sizce böyle bir şey? Hatalarımızla var oluyoruz. Ders çıkarıyor, öğreniyoruz.

İngiltere King College'da bir eğitim uzmanı olan Guy Claxton, okullarda silginin yasaklanması gerektiği görüşünü öne sürmüş. Çünkü silginin çocukları hatalarından utanmaya şartladığını, "Bakın ilk seferde doğru yaptım," demeye zorladığını belirtmiş. Bir de çok şahane bir laf etmiş; "Bizim 'ilk seferde doğru cevaba ulaştım, çok zekiyim' ispatında olan kültüre değil, 'hata yaparak doğruya ulaştım, doğrularımı deneyimleyerek öğrendim' kültürüne ihtiyacımız var."

Hem hata yapmaktan korkmak bizi yapacağımız işlerden de alıkoymuyor mu? Ya yapamazsam, ya olmazsa. Bazen hissediyorum, iki liraya aldığım kumaşı bile kesmekten korkuyorum, "Ya yanlış kesersem?" diye. Sonra, "E yanlış kesersen iki lira kaybetmiş olacaksın, ama hiçbir zaman bir kumaşı düzgün kesebilmek becerisine sahip olamayacaksın. Hadi yap şu işi!" diyorum kendime.

Bazen bir şey talep edecekken çekindiğim anlar oluyor. Sonra kendime soruyorum; "Neden çekiniyorsun ki?" Olabilecek en kötü şey, talebinin karşılanmamasıdır. E mevcutta zaten talep ettiğin şeye sahip değilsin. En kötü mevcudunu korursun.

Bir takipçim mesaj attı bana:

"Feyza Hanım, bizim okulumuzda kreş yok. Neden yok diye düşündüm, hiç istemedik ki! Gittim müdüre söyledim, 'Kreş açalım,' dedim. Müdür de, 'Tamam, açalım,' demesin mi?"

Mesajı okurken gülümsüyordum. O kadar mutlu oldum ki... Evet biz kadınlar hakikaten şikâyet ettiğimiz şeyler için herhangi bir talepte bulunuyor muyduk? Ya da neden aldığımız ilk ret cevabında hemen pes ediyorduk? Birisinin başarısızlığından yılmak yerine neden başkasının başarısından güç almıyorduk? Mesela gittiğimiz alışveriş merkezinde emzirme odası yoksa veya yeterli büyüklük ya da hijyene sahip değilse neden hemen müdüriyete gitmiyorduk? Ya da neden boykot etmiyorduk?

Yahu Allah'tan bile istemek gerekiyor. Yalan mı? Dua edip bir şeyler istiyoruz O'ndan. Sesimizi duysun istiyoruz.

"*Bana dua edin ki size karşılık vereyim.*" (Mümin, 40/60)

Talep etmekten ve hata yapmaktan korkmuyorum. Bugüne kadar ne hata yaptıysam daha iyi bir insan olmamı sağladı. Yanlışlarım da doğruyu bulmamı sağladı. Ve biliyorum ki hayatım hatalar yapmakla, hatalardan doğruları öğrenmekle, başarılı olmakla ve başarısız olmakla geçecek.

Başarısız olmaktan da korkmuyorum. Hiçbir şey ölüm kalım meselesi değil. Hiçbir şey ve kimse vazgeçilmez değil. Üstelik çok korktuğum ve istemediğim bir şeyin benim için daha hayırlı olmayacağını kim bilebilir ki?

Bu konuda çok hoşuma giden bir hikâye aktarayım. *#tarih* dergisinin Haziran 2015 sayısında emektar fotoğrafçı Ozan Sağdıç bir anısını anlatmış. Okurken kahkahalara boğuldum. Kısaca özetleyeyim. Sağdıç, o zamanlar Yapı Kredi Bankası'nın çıkardığı bir dergi olan *Hayat*'ta işe başlamış. Bankanın kurucu sahibi zamanın cumhurbaşkanı Celal Bayar'a jest olsun diye Bursa, Gemlik'e bağlı Umurbey köyünde Bayar'ın doğduğu evi satın alıp restore etmiş ve kendisini eve davet etmiş. Bu ziyareti de *Hayat* dergisi özel bir sayı olarak verecekmiş. Haliyle fotoğrafları çekmek de Sağdıç'a kalmış. Heyecanla o günü bekleyen Sağdıç önünde duran ciplerden inen insanları görünce heyecanlanmış, ama Allah'tan arabadan bir de fotoğrafçı inmiş. Arabadan inen fotoğrafçı başlamış hızla çekim yapmaya. Sağdıç'a da dönüp, "Neredensin?" diye sormuş. O da, "*Hayat* dergisi," deyince, "Oo, bizdensin," demiş.

Sağdıç'ın yazısında fotoğrafçı ağabey dediği bu kişi Celal Bayar'a sürekli, "Baba buraya bakar mısın, baba şurada bir poz çekeyim," gibisinden sesleniyormuş. Sağdıç da içinden bir oh çekmiş. Çünkü kara kara Celal Bayar'a nasıl hitap edeceğini düşünüyormuş. Muhterem reisicumhur hazretleri mi dese ya da filmlerdeki gibi ekselans ya da majesteleri mi dese, ne dese bir türlü bilemiyormuş. Baba diye seslenmekse asla aklına gelmezmiş. "Eh," diye geçirmiş içinden, "ne de olsa bunlar medeni demokrat adamlar." Başlamış o da Bayar'a baba diye seslenmeye. Bayar önce duraksayınca fotoğrafçı ağabey, "Baba bu bizden," demiş.

Sağdıç daha da rahatlamış ve almış sazı eline, "Baba şu senin sünnet yatağınmış, otur üstüne de çekeyim; şu rahlenin önüne otur da Kur'an-ı Kerim'i aç," gibi direktifler veriyormuş. Merdiven köşesinde yere serilen sediri görünce, "Baba uzat bacaklarını otur şuraya," demiş.

Fotoğrafçı ağabey de, "Beni de çek babayla beraber," demiş. Sağdıç da çekmiş.

Çekim bitip aşağı indiklerinde evin restorasyonunu yapan Kenan Özbel, Sağdıç'a şöyle demiş:

"Turgut Bayar da çok beyefendi bir insanmış."

Sağdıç onun kim olduğunu sorunca, "Celal Bayar'ın oğlu," cevabını almış.

"E çekseydik bir fotoğrafını," diye hayıflanırken Özbel, "E yerdeki sedirde çektin ya," deyince Sağdıç'ın suratını varın siz düşünün. Nasıl bir hata yaptığını o an fark etmiş ve kara kara akıbetini düşünmeye başlamış.

Dergiye döndüğündeyse haber müdürü Sağdıç'a, "Bayar'ın gözüne girmişsin," demiş. Sağdıç ise şaşkınlıkla "Nasıl olur?" diye sormuş. Meğer Turgut Bayar dergiyi çıkaran anonim şirketin murahhas üyesiymiş –kendisine bizdensin demesinin sebebi de buymuş. İstanbul'a dönünce Sağdıç'ın patronunu aramış ve aynen şöyle demiş: "Yahu, nereden buldunuz bu harika çocuğu? Canavar gibi bir muhabiriniz var. Babamın ağzından girdi, burnundan çıktı. Bu kadar medeni cesaret sahibi bir genç görmedim. Bizzat şahit oldum, helal olsun."

Korkmayın, bir hata belki de hayatınızın akışını değiştirir.

Özellikle sosyal medyada buna canlı canlı tanık oluyorum. Pek çok kadın, benden güç alıp bu zamana kadar dile getirmediklerini konuşmaya, talep etmeye başladı.

Fakat bazıları hâlâ kurtarıcı bekliyor.

Bazen profilimde yayımlamam amacıyla resimler yollanıyor. Fotoğraf gönderen biriyle aynen şöyle bir diyalog yaşadık:

"Feyza Hanım, bu araç kaldırıma park etmiş, belki profilinizde yayımlarsınız."

Cevap verdim:

"Merhaba, 155'e ihbar ettiniz mi?"

Cevap geldi:

"Hayır."

Devam ettim:

"Tamam, lütfen 155'e aracın çekilmesi için ihbar edin. EGM'nin internette sitesi var. Bu resimleri oraya yükleyip şikâyet formunu doldurun, şikâyetiniz haklı görülürse ve ihlal ispat edilirse trafik cezası kesiliyor bildiğim kadarıyla. Fotoğrafı da kendi profilinizde plakası gözükmeyecekse #kaldırımmagandası, plakası gözükecekse #rampavekaldırımasaygılıol hashtag'i ile paylaşın."

"E ama ben siz paylaşırsınız diye yollamıştım, vaktim yok benim."

Mesajı iki kez okudum yanlış mı anladım diye. İşte bu ve benzeri pek çok durumla karşı karşıya kalıyorum. Başka bir gün Kadıköy Belediyesi ile ortak proje yürütmek için gönüllü kişiler aradığımı söylediğimde birisi bana, "Ay ne harika, ne güzel işler yaparsınız şimdi siz, merakla bekliyorum," diye mesaj attı. Hani katılsaydınız daha güzel olurdu...

Bazen hiç "sadece şikâyet ettiğiniz duygusu"na kapılıyor musunuz? Ben de yapıyorum bunu. Bir bakıyorum, sadece şikâyet ediyorum. Hiçbir şey yapmıyorum ve hep bir şeyi başkalarından bekliyorum. İşte o anlarda kendi kendimi dürtüyorum. Eğer siz de o duyguya kapılıyorsanız ve bunun farkındaysanız harekete geçin.

"Sorunları nasıl çözerim, ne yapabilirim, nereye başvurabilirim?" soruları dönsün kafanızda. "Dünyayı esir alan kapitalizmi yerle bir edip devrim yapalım," demiyorum. "Kendi hayatımızda, çevremizde karşılaştığımız sorunlara çözüm getirmeye çalışalım," diyorum.

"Benim yapmamla mı düzelecek?" diyerek hiçbir şey yapmamak ise çok acınacak bir durum. Kusura bakmayın, bence böyle bir insan hayatında da mutlu olamaz kimseye de faydası olmaz. Mutsuzluğa da mahkûmdur.

Çünkü çözüm odaklı yaşamak hayatı kolaylaştırır, bireyleri mutlu eder.

O kadar iyi anladım ki kimsenin gelip beni kurtarmayacağını. Kendi kendime ya batacağım ya çıkacağım. Doğrularımı yanlış bulanlar olacak. Belki bazen doğru eleştiriler yöneltecekler. Dinleyeceğim, işime yarayanı alıp yaramayanı kulak arkası edeceğim.

Ve batmaya hiç niyetim yok.

## KALIPLARI KIRIN

*"Gördüğün her alaca şeyi av sanma
Belki uyumuş bir kaplandır."*
Sadi Şirazi, *Gülistan*

Onca baskı, onca laf, onca akıl... Öyle ki bazen bu dikta rejimi birbiriyle bile anlaşamıyor. En basit örnek, biri, "Çocuğun yüzünü ört," diyor, örtüyorsun, yüz metre ileride başkası, "Açsana yüzünü, havasız kalır çocuk," diyor.

Ben üniversite sınavına hazırlanırken herkes benim yerime bölüm seçiyordu. Türkçe-matematik öğrencisi olmama rağmen "Tıp seç tıp," diyen oldu.

"Boş ver hukuku ne yapacaksın, ev ekonomisi oku," diyen oldu.

Çoğu üniversite okumamış insanlar üniversite bölümleriyle ve üniversite yaşantısıyla ilgili bazen destekleyici, bazen moral bozucu yorumlar yaptılar.

"Hemen evlen çocuk yap, boş ver işi mişi," diyen oldu.

"Avukat olursan mafya avukatı ol," diyen yarım akıllılar, "Deniz ticareti yap çok para varmış," diyenler oldu.

"Uluslararası hukuk yap," (ne demekse) diyen oldu.

"Lisan öğren, lisan," diyen oldu.

"Aaaa İngilizceyi anadilin gibi öğrendin mi ki neden ikinci lisanı öğreniyorsun? Olmaz öyle, önce her kelimeyi ezberle," diyen sıfır lisanlılar oldu.

"Yurtdışına git," diyen oldu.

"Ofis açma, kaparsın," diyen oldu.

"Yapamazsın," diyen oldu.

"Edemezsin," diyen oldu.

"Beceremezsin," diyen oldu.

"Olmaz," diyen oldu.

"Senden mi öğreneceğiz ukala!" diyen oldu.

"Çok bilmiş," diyen oldu.

"Görürsün gününü," diyen oldu.

Ne kadar yapamazsın dedikleri şey varsa yaptım.

İnadına yaptım. İnat ettim, yapamayacaklarım varsa da hırsımdan yaptım.

Sonra, "Çocuk olsun o zaman göreceksin," dediler.

"Ben çocuğu ofise de adliyeye de götürürüm," dedim.

"He he," dediler.

Yani ne desem, bana olmaz çektiler.

"Olur," dedim.

"Görülmemiş şey," dediler.

Sayemde gördüler.

Daha görecekleri bitmedi. Benim gibi milyonlarca kadın var bu ülkede.

Biliyorum; insanların hayatta kendi başaramadıklarını ya da başarmaya yeltenmedikleri şeyleri başkasına yaptırmaya çalışmak, bazen sadece akıllarına gelen ilk şey olduğu için, sırf laf olsun diye söylemek gibi huyları var.

Bazı insanlar için bir konuda telkinde bulunmak, baskı yapmak, bunaltana kadar konuşmak hobi gibi bir şey.

Hiçbir dayatmadan hoşlanmıyorum. İstemediğim, hoşlanmadığım şeyleri yapmaya zorlanmaktan nefret ediyorum.

Ben bu dünyaya başkalarını mutlu etmek için mi geldim? Başkalarının hayallerini gerçekleştirmek için mi geldim? Başkasına hizmetçi olmak için mi geldim?

Sayılmamak, sevilmemek, ezilmek, susturulmak, tecavüz edilmek öldürülmek için mi geldim!

Ev işi yaparak mı öleceğim ben?

Hepsine meydan okuyorum. Her şeye karışan topluma, katil ve tecavüzcü devlete, hepsine!

Tek derdi saat beşte servise yetişmek olan iyi hal indirimcisi hâkim ve savcılara;

İşini iyi yapmayanlara;

Saygısızlara;

Küfürbazlara;

Kaldırımlara araba park edenlere;

Bebek arabalarına doğru sigara üfleyenlere;

Asansörleri gasp edenlere;

Sokağa çöp atanlara;

Hayvan sevmeyenlere ve onlara eziyet edenlere;

Çocuğuna duygusal ve bedensel şiddet uygulayanlara;

Kalbinde sevgi olmayanlara;

Hepsine!

Ben, olmak istediğim insanım. Ya da olmak istediğim insan olmaya çalışıyorum diyelim. Birileri de ben bunu başarmayayım diye var gücüyle çalışıyor.

Size de tanıdık geliyor bu durum değil mi?

Peki, siz neden vazgeçiyorsunuz? Neden onların istediklerini elde etmesine izin veriyorsunuz?

## KAYINVALİDE TERÖRÜ

Daha başlamadan, gelinlerini kızları gibi benimsemiş, e hadi benimsemese de hürmet göstermekten gocunmayan, saygılı ve sınırlarını bilen kayınvalideleri tenzih edeyim.

Kayınvalidelerimiz de annelerimiz gibi büyüğümüzdür. Nasihat vermeye hakları vardır. Öyle her söylediklerine alınıp darılmak olmaz. Tabii ki bizler kayınvalidelerimizi büyüğümüz olarak kabullenmiş, seven sayan insanlarız.

"Anneni mi daha çok seviyorsun beni mi?" anlayışında değiliz, yeterli olgunluğumuz var diye düşünüyorum.

Lakin, Türkiye'de yadsınamaz bir kayınvalide terörü var. Bu kadınlar, kendilerini oğullarının yegâne sahibi gibi görüp, oğlunun evlendiği kişiye de "hiç" muamelesi yapmaktan çok zevk alıyor.

Benimkini çok merak ediyorsanız, çok net bir şekilde söyleyebilirim ki eşimin sülalesinin bana göre en bilge insanı kayınvalidemdir. Daha ilk tanıştığım anda sevdim kadını. Akıllı, çalışkan, dürüst. Zaten herkes hürmet eder kendisine.

Fakat ben biraz hayranlık duyarım ona.

Yedi çocuk doğurmuş, iki tanesi Hakkın rahmetine kavuşmuş, beş tane pırıl pırıl çocuk yetiştirmiş.

Kayınpederim varlıklı bir ailenin tek oğlu. Tek oğul olduğu için de gözlerinden sakınıyorlar. Kayınvalidemse kendi sülalesinin güzel kızlarından biri. Varlıklı bir aileye gelin gidiyor, fakat çocuklar üniversiteye gidesiye ne mal kalıyor ne mülk. Çok yoksulluk çekiyor sonrasında. Hep der ki, "Allah'tan çocukların hepsi okudu da para öyle bitti."

Tam kırk beş sene kayınvalidesi ve kayınpederi ile birlikte yaşamış ve onlara bakmış. Tek başına, kendisiyle beraber tam sekiz kişinin işini yapmış. Bir gün anlattı bana, şaşkınlıkla dinledim.

"Her çocuğun arasında bir buçuk yaş var. Sabah kalkardım beşte, önce tandıra ekmeği koyar, çamaşırları yıkar, asar (o zaman makine yok), evi temizlerdim. Önce kayınpederimle kayınvalideme kahvaltı hazırlar, sofrayı kurar, kaldırır, bulaşıkları yıkardım. Sonra önce en büyüğü uyandırır, yıkar, giydirir, geri yatırırdım. Sırayla hepsini yıkayıp, saat yediyi bulunca hepsini uyandırır, onları yedirirdim. Okula giden okula, gitmeyen sokağa çıkardı. (Bu arada hâlâ aynı evde oturuyorlar. Bu yaz benim oğlum da oynadı o sokakta.) Ben sofrayı kaldırır, bulaşıkları yıkar, evi temizlerdim. Öğle yemeğini pişirir, önce büyükleri sonra küçükleri yedirir, bulaşık yıkar, diğer işleri yapar, akşam yemeği hazırlardım. Gece her birini temizler, giydirir, uyuturdum. Arada triko makinesinde kazak dokudum, para kazandım. Boş zamanda mağazaya (kayınpederimin kumaş mağazası) giderdim."

Benim ağzım açık tabii.

Bir gün de şunu anlattı: "Bir tanesini doğurduğumda ebe gösterdi göbek bağını nasıl keseceğimi. Bir daha yalnız doğurursan kendin kesersin göbek bağını diye."

Gözlerim belerdi.

"Ben Orhan'ı (kayınbiraderim) banyoda doğurdum."

Ben, "Nasıl!?" diye haykırdım istemsizce.

"Anladım doğum yapacağımı, girdim banyoya. Yan tarafta kayınbabanın halası vardı, sesimi duyup gelmiş. Kapıyı çalınca Ali (kayınpederim) kalkmış kapıyı açmış, uykulu uykulu bakmış, "Niye geldin hayte (Arapça kız kardeş)?"

Kadın çıkışmış, "Duymuyor musun, Azize (kayınvalidem) doğuruyor."

Ali Babam şaşırmış tabii, dünyadan bihaber...

Üstelik Allah rahmet eylesin, eşimin dedesi sonradan yumuşasa da "kız çocukları okumaz, kız çocukları sesli gülmez" ekolünden biriymiş ve görümcelerime olduğunca müdahale etmeye çalışmış. Fakat kayınvalidem asla izin vermemiş ve kızlarını da okutmuş. Hiçbir zaman çocuklarını kavga unsuru yapmamış.

Vallahi hepsini anlatsam ayrı bir kitap olur. İşte buraya yazdıklarım ve yazmadıklarımdan dolayı Azize annemi hem çok seviyorum hem de ona hayranlık duyuyorum. Güçlü ve ne istediğini bilen, akıllı bir kadın. Üstelik kız çocuklarını herkese karşı korumuş ve eğitimlerine önem vermiş.

Tabii o da herkese karşı son derece saygılı ve ölçülü bir insan. Evime geldiği zaman çay bardağını alıp dolaba koymadan bana sorar, "Feyza bunu yeri neresi?" diye.

İşte bunu soruyor ya, "Anne istediğiniz yere koyun," diyorum. Evi altüst etse –mecazen– kızmam. Çünkü kadın bana saygı duyuyor, amacı beni huzursuz etmek değil, biliyorum. Bizim evimize geldiğinde oğlundan önce bana soruyor, "Şuraya gidelim mi?" diye. Şimdi ben bu kadına gitmeyelim der miyim?

Demem tabii. Çünkü karşımda oğlunu bana silah gibi doğrultmuş bir kadın yok. Beni seven, bana saygı duyan, oğlunun mutlu olmasını isteyen bir kadın var. Çok akıllı bir kadın o bana göre. Hayatı yaşayarak tecrübe etmiş bu bilge kadın, on üniversiteye bedeldir.

Şimdi böyle kayınvalideler var.

Bir de gelinlerine savaş açan akılsızlar var. Kendilerince haklı sebepleri de var bazılarının. Ama haksızlar.

Sürekli onlara kendisini yetersiz hissettiren, sürekli bir kıyaslama halinde olan ve karşısındakine sürekli "oğluma layık değilsin"i empoze eden kayınvalideler var.

Bu kadınlar, tahminim, mutsuzluklarına ve tatminsizliklerine ya da hayatlarındaki başarısızlıklarına tek teselli olarak oğullarını görmekteler ve onu da başkasıyla paylaşmak (insanı paylaşmaktan bahsediyorum, evet) zorlarına gidiyor. Bu sebeple sürekli bir rekabet ve gerginlik ortamı yaratıyorlar.

Bir arkadaşımın kayınvalidesi kızın evine habersizce kalmaya geliyor ve 50 metrekare eve on on beş kişiyi misafir çağırıyor. Üstelik misafir hazırlığını da geç saatlere kadar çalışan arkadaşımdan bekliyor. Hani küfür gibi.

Bir gün bir takipçimin yorumunu okuduğumda şok oldum.

"Feyza Hanım, kayınvalidem bebeğimi bana vermiyor, 'Sen bakamazsın,' diyor."

Şaka olmalı bu, değil mi?

Başka birisi ise şöyle bir mesaj attı: "Kızıma 'Çağla' adını koyacağım dedim, kayınvalidem, 'Iyy, iğrenç bir isim,' diyerek karşı çıktı."

Bir arkadaşım kayınvalidesinin yerli yersiz eşinin eski karısından kendisine bahsettiğini, bir seferinde, "Onu sevmemiştim, meğer ne hata etmişim, beterin beteri varmış," dediğini anlattı.

Bunu anlatınca, ne yalan söyleyeyim, güldüm. Söylenen sözdeki şeytansı mağduriyet komiğime gitti. Ve de hayret ettim.

Benim gibi kayınvalidesiyle iyi ilişkileri olan arkadaşlarım var tabii, ama genele baktığım ve bazen anlatılanları, bana yazılanları okuduğum zaman şok geçiriyorum. Nazi subayı gibi temizlik kontrolü yapan mı ararsınız, sürekli eleştiren mi, karı koca arasını bozmaya çalışan mı, gelinine karşı şiddet uygulayan mı...

Her şeyin bir sınırı var. Büyüklerimizin de bize müdahale etme ve nasihat verme kotası olmalı.

Biliyorum şimdi bunu okurken aklınızdan kendi kötü anılarınızı geçirdiniz ya da şükrettiniz iyi bir ilişkiniz olduğuna. Fakat ben şu noktayı yine vurgulamak isterim: Erkek annesi olan kadınlar da benzerlerini gelecekte başka kadınlara yapmamalı, benzeri hareketlerden kaçınmalı. Bunlardan şikâyet edip gelecekte benzerlerini yapmak ya da şimdiden "şunu yaparım, bunu yaparım" diye ahkâm kesmek biraz riyakârlık oluyor.

## HER ŞEYE YETİŞMEK

Bana çok sık sorulan bir soru var. Nasıl yetişiyorsun? Bir de sayıyorlar; işe, eşe, eve, çocuğa ve hobilerine... Böyle sayınca çok korkutucu geliyor. Ne kadar çok şey yapıyormuşum ben ya diyorum. Ama fiiliyatta öyle değil halbuki.

Mesela eve yetişmiyorum. Yetişmeye çalışmıyorum. Oğlum için gerekli asgari hijyen sağlanıyor mu? Tamam, dağınık kalsın önemli değil.

İşim; işimi severek yapıyorum. Kendimi buluyorum, işe yarar hissediyorum, para kazanıyorum. İşyerim oflayarak gidip, mesai bitsin diye saati gözlediğim bir yer değil. O yüzden yetişmem gereken bir şey değil.

Eşim ise hiç yetişilesi bir şey değil. Adı üstünde eş bu, insan! Niye yetişeyim? Birlikte vakit geçirmekten keyif aldığım bir insan, sevdiğim adam. Onun için ekstra bir vakit ayırmaya çalışmama gerek yok ki...

Çocuğum ise zaten hayatımın odak noktasında. Her şey onun etrafında dönüyor. Ama ben ondan bağımsız bir hayatı da devam ettirmeye çalışıyorum akıl sağlığım için. Arta kalan her zamanda hobilerime vakit ayırıyorum. Yazar, çizer, okur, diker, örerim. Televizyon izlemem.

Hayatımda yer eden her şeyi seviyorum. Her şeye yetişmemin sırrı burada. Olayı şu şekilde ele alalım. Benim üzerimden değil, kendi üzerinizden düşünün. Hayatınızı en çok meşgul eden şeyler neler? Bunun bir listesini yapın.

Bu listede en fazla vaktinizi alan ve yapmayı en çok sevdiğiniz şeyleri numaralandırın nedenleriyle beraber.

Bu liste size farkında olmadığınız bir bakış açısı kazandıracak.

Sonra bu listeye uzaktan bakın. Mesela, en az sevdiğiniz şey olan işiniz en çok vaktinizi alıyorsa bir sorun var. Huzursuzluğun sebebi bu olabilir mi? Peki, değişimler olabilir mi? Örneğin işinizi sevmiyorsanız iş değiştirebilir misiniz? Çoğu kişi bu soruya "mümkün değil" diyecektir eminim, peki, işi sevdiğimiz bir hale getirebilir misiniz?

Mesela sorun yaşadığımız amirimize, neden rahatsız olduğumuzu çözüm odaklı bir dille anlatabilir miyiz? Unutmayın, her eleştiri, her memnuniyetsizlik ifadesi kavgaya yönelik olmak zorunda değil, yapıcı da olabilir. Bazı sorunların üstesinden gelmek için çözüm beklemek yerine çözüm üretebilir miyiz?

İş hayatı acımasız, insanlar saygısız biliyorum; ama önce denemek gerek. Denemeli, denemeli insan. Denemeli ve net olmalı.

Ben kendi listemi yapayım:

**Vaktimi ayırdığım iş ve kişiler / sevdiğim / sevmediğim / neden**

1- Ali Yiğit / 10 / 0 / Kuzum o benim.

2- İnternet / 5 / 5 / Neredeyse en çok vaktimi alan şey. Dikkat etmeye çalışsam da engel olamıyorum. Yararlarından dolayı çok seviyorum. Her bilgiye çok rahat ulaşıyorum, ama inanılmaz vaktimi alıyor. İnternette geçirdiğim vakti okumaya verseydim en az elli kitap okumuştum.

3- Yazmak / 10 / 0 / Kendimi ifade ediyorum.

4- Hobilerim / 10 / 0 / Muhakkak vakit ayırıyorum, yapmam gerek, rahatlıyorum, sinirlerim gevşiyor.

5- Eşim / 10 / 0 / Yeterince vakit ayıramıyorum, çünkü işten geç geliyor ve yorgun oluyor.

6- İş / 6 / 4 / Bazen aşırı derecede stresli oluyor, stresi kaldıramıyorum.

7- Ev işleri 0 / 10 / Sevmiyorum, yap yap aynı. Nefret ediyorum, boşa kürek çekmek gibi geliyor.

8- Gezmek / 5 / 5 / İstanbul çok kalabalık, kalabalığı sevmiyorum. Güzel havalarda doğada olmak mutlu ediyor.

9- Arkadaşlarım / 7 / 3 / Herkes çok yoğun çalışıyor, sık görüşemiyoruz. Varlıkları beni mutlu ediyor, ama bazen çok insandan da bunalıyorum. Yalnız olmak istiyorum.

10- Tatil / 10 / 0 / Maalesef tatil yapmadım uzun zamandır, çok ihtiyacım var.

Listeyi temsili yaptım.

Listeyi muhakkak deneyin, faydası olacak göreceksiniz. Bende her şeyi planlama ve listeleme hastalığı vardır.

Sürekli 4-5 senelik kalkınma planları yaparım. Hesap kitap, bütçe, tatil gibi şeyleri planlar; yazar, çizerim. Hoşuma gidiyor bu işler. Gözlüğü takar, hesap makinasını alırım elime. Kaç para borcumuz var, kredinin bitmesine ne kadar var, kaç seneye düzlüğe çıkarız, Ali Yiğit'i hangi okula kaç paraya göndeririz, kaç para kazanmam lazım, ne kadar kârdayım, ne kadar zarardayım...

Böyle seneleri planlarken, günleri hayli hayli planlarım. Kaçta kalkılacak, Ali Yiğit ne yiyecek, öğün saatleri kaçmayacak, kaç saat dışarıda gezecek, kaç saat çalışayım, kaç saat dikiş dikeyim, dışarıda kaç saat kalayım, bir sürü plan...

Böyle söyleyince takıntı gibi dursa da değil, katı değilim bunlarda. Ben planlarım, mücbir sebepten planlarım bozulursa akışa ayak uydururum. Engel ortadan kalkınca kaldığım yerden devam ederim.

Mesela Ali Yiğit doğduğundan beri her gün eve aynı saatte gelip, onu aynı saatte yıkayıp, oynatıp, emzirip uyuttum. Ancak bakan biri olduğu zaman dışarı çıkarız. Asla onu alıp akşam gezmesine gitmedik. Haliyle bu düzene alıştı Ali Yiğit. Tabii uyumadığı günler oldu, sabahlara kadar uykusundan uyanıp oyun oynamaya çalıştığı anlar oldu. Ama her gün belli bir saatte uyudu ve uyuduktan sonrası bana kaldı.

Biliyorsunuz, çocuk konusunda atılıp tutulması, sürekli nasihat verilmesi hiç sevmediğim bir şey. Bunları da neye nasıl yetiştiğimi anlatabilmek için belirttim. Ali Yiğit düzenini benimsedi, sevdi ve değiştiği anda bocalıyor. Haliyle biz de sersemleşiyoruz o bocalayınca.

Çocuk varsa, düzen şart bana göre. Kurallar katı değil, net. Mesela ben ve eşim, başta akrabalarım olmak üzere herkese akşamları hiçbir yere misafirliğe gitmeyeceğimizi sebepleriyle açıklayıp; kırılmamaları gerektiğini, bizim de belirli saatler dışında misafir ağırlamayacağımızı söyledik.

Bu zor bir şey mi? İnsanlar bu tür kurallara darılmamalılar. Bebek olan eve ve ailelere bu ihtimam ve tolerans gösterilmeli.

Mesela birkaç arkadaşımla bu konuda farklı düşünüyoruz. "Hayatımı çocuğa göre odaklayamam," ya da "Biz bunu yapamıyoruz, evde oturamıyoruz, hep beraber mutlu mesut geziyoruz," diyen arkadaşlarım da var. Amenna. Ama bu durumda çocuk gece yarılarına kadar ayakta diye de kimse şikâyet etmeyecek.

Tabii anne baba her şeyi denese de uyumayan, mizaç özelliklerine göre bin bir farklılık gösteren çocuklar var. Her çocuk keşfedilmeyi bekleyen ayrı bir dünya. Nasıl keşfedeceği, keşfettikleri karşısında nasıl tepki vereceği de anne ve babaya kalmış. Herkesin bu keşfe gönülden hevesli olmasını dilerim.

# 2. BÖLÜM

# KADININ YASAYLA İMTİHANI

# KADININ YASAYLA İMTİHANI

## "Tecavüz Kaçınılmazsa Kabul Edeceksin"

Bizde kadın erkek ilişkileri "kimse duymazsa sorun yok" minvalinde ilerliyor. Türk Ceza Hukuku dersi alırken cinsel suçların anlatıldığı kısımda aynen şu cümleyi okumuştum: (bunu bir hukuk kitabında okumuş olmaktan üzüntü duysam da toplumsal algımızın birebir yansıması): "Şüyuu vukuundan beterdir." Yani, tecavüzün duyulması olmasından beterdir.

Bir gün bir ağır ceza reisi ile tecavüz davaları hakkında konuşurken bana şunu söyledi: "Kızım, hiçbir kadın durup durmadık yerde kendi namusuna leke sürmez."

Yani, tecavüze uğrayan ve bunu dile getiren kadın, hukukumuzda dahi namusu lekeli kadın olarak kabul ediliyor. Gerçi, hukuk kurallarının örf ve âdetler ile iç içe olduğu ve birbirinden bağımsız yaşayamayacağını göz önüne alırsak, bu duruma hiç şaşırmamak gerekiyor.

Bugün, gençlerin özgürce cinselliklerini yaşadıkları, fakat yaşamıyormuş gibi yaptıkları, kadınların hâlâ "sen ikincisin" yalanını söyledikleri, erkeklerin de herkesle birlikte olmak isteyip bakire kızla evlenmek saplantısının olduğu bir zamanda, duyulmasının olmasından daha kötü karşılanması şaşılmayacak şey değil.

Tüm bunlar bir bütün olarak düşünüldüğünde, bu uğurda kaç kadın öldü, kaç genç kadın infaz edildi? Birçoğu bilinmiyor bile... Üstelik amca ve teyze oğullarının, amcaların, eniştelerin, hatta bazen öz baba ve dedelerin gazabına uğrayan genç kadınlar dahi yaşadıkları kendi suçlarıymış gibi ortadan kaldırılmışlardır!

Ben kadınların her şeyi istekleri doğrultusunda özgürce seçebilmesi ve yaşayabilmesi taraftarıyım. Ahlakçı beden politikaları benim psikolojimi bozmasın, bedenimden utanmayayım, tercih benim olsun. Suçlamalar, aşağılamalar, öldürmeler, işkenceler bitsin!

Bitsin bitmesine de bu tür haykırışlar hiçbir yerde yankı bulmuyor. "Klasik feminist tepkisi" olarak algılanıyor ve bir şekilde değersizleştirilerek unutturuluyor.

Öncelikle, kanunun eril düzenlemeleri ve adaletsiz içtihatları bir son bulmalı. Tecavüz Türk Ceza Kanunu'nda Cinsel Dokunulmazlığa Karşı İşlenen Suçlar başlığı altında incelenmiştir. Kitabın sonunda madde metinlerini kısaltma yapmadan verdiğim için burada sadece özetleyeceğim. Kanuna göre, yetişkin bir kişinin kendi hür iradesi ile cinsel ilişki kurması suç değildir. Suç olması için rıza dışı bir zorlama olması gerekir. Bu suçun kanunda belirtilmiş kişilerce işlenmesi halinde ceza artırılır. (Ayrıntı için bakınız s. 247.)

Çocuklar (18 yaşını doldurmamış herkes) açısından ise kademeli bir düzenleme mevcut. On beş yaşını doldurmamış çocuğu cinsel olarak istismar eden kişi 8 yıldan 15 yıla kadar cezalandırılır. Bu suç, şikâyete bağlı değildir. Ancak, 15 ile 18 yaş arasındaki çocukların cinsel istismarı şikâyete bağlanmıştır. Bu suçun arasında evlenme yasağı bulunan kişilerce –yani ensest dediğimiz vakalar– ve çocuğun evlat edinme öncesi bakımını üstlenen veya koruyucu aile ilişkisi çerçevesinde koruma, bakım ve gözetim yükümlülüğü bulunan kişi tarafından işlenmesi halinde ise ceza artırılır.

Cinsel taciz ise şikâyet halinde üç aydan iki yıla kadar hapis cezası veya adli para cezası ve çocuğa karşı işlenmesi halinde altı aydan üç yıla kadar hapis cezası ile cezalandırılır.

Bu açıdan bakıldığında cezalar gayet yeterli gibi gözükse de neden haberlerde izlediğimize göre tecavüzcüler kuş kadar ceza alıyor ve bir iki sene yatıp çıkıyor?

Yine Türk Ceza Kanunu'nun 62. maddesindeki takdiri indirim nedenleri başlığına göre hâkim sanığın hal ve tavırlarına bakarak cezaları 1/6 oranında indirebilir.

Nedir bu nedenler? Kanunda, "Failin geçmişi, sosyal ilişkileri, fiilden sonraki ve yargılama sürecindeki davranışları, cezanın failin geleceği üzerindeki olası etkileri gibi hususlar göz önünde bulundurulabilir," diyor.

Hepimizin en iyi bildiği iyi hal indirimi (bana göre takım elbise indirimi) suçlular tarafından "kafadan" elde edilmiş bir hak gibi kabul edilmekte. İşlediği suçun vahşet derecesi ne olursa olsun takım elbise giydikleri, duruşmalarda boyunlarını büküp mağdur gibi duygu sömürüsü yaptıkları her halde verilmektedir. Daha doğrusu iyi hal indirimi verilmediği zaman Yargıtay dosyayı geri göndermekte ve mahkemeye neden iyi hal indirimi vermediğini sormaktadır. Bununla uğraşmak istemeyen mahkemeler de ezberden iyi hal indirimi vermektedir.

İyi hal indirimi verilmeyebilir mi? Ceza hukukunun temel ilkelerinden biri hangi madde sanık lehineyse o maddenin uygulanması gerekliliğidir. Kadının yaşama hakkına, vücut bütünlüğünü koruma hakkına karşı suç işleyen birinin lehini neden düşünüyoruz ki? Devlet yine erkeği koruyor, suçlu olduğu halde bile lehine kullanacağı her maddeyi altın tepsiyle kendisine sunuyor.

Halbuki her halde iyi hal indirimi verilmesi gerekliliği yerine, ancak belli durumlarda iyi hal indirimi verilmesi ve bu hallerin gerekçelendirilmesi daha adil. Tecavüz ve kadın cinayetlerinde derhal bu içtihatlar değiştirilmeli ve kadınların mağduriyetini giderici uygulamalara geçilmelidir. Takdiri indirim nedenlerini değerlendirirken sanığın zararı giderme amacı, samimi pişmanlığı gibi hususlar göz önüne alınması gerekirken takım elbisesine bakarak indirim yapmaya son verilmelidir.

Bir de tahrik indirimi var ki evlere şenlik. Kanunun 29. maddesi der ki, "Haksız bir fiilin meydana getirdiği hiddet veya şiddetli elemin etkisi altında suç işleyen kimseye ağırlaştırılmış müebbet hapis cezası yerine on sekiz yıldan yirmi dört yıla ve müebbet hapis cezası yerine on iki yıldan on sekiz yıla kadar hapis cezası verilir. Diğer hallerde verilecek cezanın dörtte birinden dörtte üçüne kadarı indirilir."

Yani erkeğin cinayeti işlemesinde yahut tecavüzünde onu kışkırtacak, cezasında indirime sebep olacak hallerin neler olduğunu üç aşağı beş yukarı yaşanmış olaylara ve dava sonuçlarına bakarak anlayabiliriz:

- Sizinle sevişmeyen kocanıza, "Ne biçim erkeksin," derseniz ve o size öldürürse yüksek ihtimalle tahrik indirimi uygulanır.
- Kocanıza başkasına âşık olduğunuzu söylerseniz ve o size öldürürse tahrik indirimi uygulanır.
- Kocanız bir porno film izlerken filmdeki kadını size benzetir ve sizle bu yüzden kavga eder, siz de sinirlenip, "Daha ne filmlerim var onları görmedin," der ve öldürülürseniz tahrik indirimi uygulanır.
- Kızgınlıkla ayrılmak istediğiniz kocanıza, "Yanıma erkek alır, önünden geçer, seni rezil ederim," der ve öldürülürseniz tahrik indirimi uygulanır.

Yani erkeklerin erkekliklerine laf etmemeniz, namuslarına halel getirmemeniz gerekli.

Benim asla anlamadığım ise kadınlar orospulukla itham edilince, dayak yiyince, hayatları tehlikeye girince, bin bir eziyet ve rezalete maruz kalınca bunlar olmuyormuş gibi göz ardı edilmesi kimsenin kadınlık onurundan ve gururundan söz etmemesi. Bunlar "normal" karşılanıyor. Onur, şeref ve haysiyet de sadece erkeklerin sahip olduğu şeyler mi?

Mesela kendisine tecavüz edenin kafasını kesip köy meydanına atan Nevin Yıldırım, ifadesinde aynen şöyle demiş: "'İşte namusumla oynayanın kellesi, benim arkamdan konuşmayın', tarzı laflar ederek eve döndüm. Nurettin sürekli beni, 'Elimde çıplak fotoğrafların var,' diye tehdit ediyordu. Hatta Ramazan ayında eve gelen misafirler, 'Nurettin'in oğlu senin resimlerini internete verecek, doğru mu?' diye sorular sordu. Nurettin'le ilişkiye tehdit ve şantajlar nedeniyle girdim."

Bu kadın dava süresince suçlandı, anlattıklarına itibar edilmedi. Tecavüze yeterince direnmediğine göre iki yıl boyunca gönüllüce ilişkiye girdiği, aşkına karşılık bulamadığı için tasarlayarak cinayet işlediği iddia edildi. Tahrik, şeref, namus, onur kavramları konuşulmadı bile ve Nurettin ile ilişkiye rızası ile girdiğine kanaat getirildiği için müebbet hapis cezası aldı. Nevin Yıldırım erkek egemen adaletin asla kabul edemeyeceği bir iş yapmış, bir erkeği öldürmüştü. Öldürülen erkek olunca birden kanunlar uygulanmaya başladı, tahrik indirimi rafa kalktı, iyi halin esamisi okunmadı!

Eğer kanunda herhangi bir sebep birinin başka birini öldürmesi için hafifletici sebep olabiliyorsa, bu sebep nasıl oluyor da kadına başka, erkeğe başka uygulanıyor?

Başka bir trajedi ise Yasemin Çakal'ın yaşadığı. Evlendiğinden beri –hamileliğinde dahi– kocasından şiddet gören, hakarete uğrayan bir kadın. Yaşadıkları sonucunda kocasını öldürüyor. O geceyi ise şöyle anlatıyor: "Emziremiyordum, çocuğun maması, bezi yoktu, oğlum avaz avaz ağlıyordu açlıktan. Buna rağmen o bira içiyordu. Dua ediyordum. Oysa televizyonun sesini sonuna kadar açmış, bizi odaya kitlemişti. Sabah ezanına doğru oğlum uyuyakaldı, ben de uyumuşum. Bir uyandım, oğlum yok. Paniğe kapıldım. Baktım dışarıdan geliyor oğlumla. 'Nereye götürdün?' dedim. Yemek masasını yıktı, bana saldırdı. Emindim, beni ve oğlumu öldürecekti. Boğuşmaya başladık, bıçak buldum, bıçakladım."

Bu kadın aylardır oğluyla beraber hapishanede. Genelde ceza davalarında deliller toplandıktan sonra savcı mütaalasını verir. Mütalaada sanık adına beraat talep edilir ya da sanığın cezalandırılması istenir. Davayı takip eden feminist avukatlardan öğrendiğim içler acısı gerçek ise daha deliller toplanmadan savcının müebbet hapis istemiyle mütalaa vermeye çalışması.

Bu ne demektir biliyor musunuz? Dayağı çekeceksin, hakareti çekeceksin, tacizi tecavüzü küfrü çekeceksin, uysal olacaksın, efendi olacaksın, edepli olacaksın. O an o senin boğazına bıçak da dayasa çocuğunu öldürmeye de yeltense kendini korumayacaksın! Bir erkeği öldürmeyeceksin. Öldürürsen hangi sebep ve gerekçeyle bu işi yapmış olursan ol, daha deliller bile toplanmadan hakkında müebbet hapis isteriz. Sonra da ne yaşadığına bakmaksızın hakkında müebbet hapis veririz. Tahrik mi edildin, kendini meşru müdafaa mı ettin, bakmayız.

Eyyyy erkekler, edep yahu!

İşin komiği ne biliyor musunuz? Ölen kocanın kadın avukatı şu savunmayı yapmış: "Müvekkilimiz maktul Özkan nihayetinde bir erkektir, kendisine şiddet uygulayan karısına karşı bir tepki vermiştir. Yargılamayı uzatmak adına feminist avukatların yaptıkları savunmalar anlamsız ve gereksizdir."

Nihayetinde erkeklerin böyle hakları vardır değil mi! Asar, keser, tecavüz eder, öldürürler. Çünkü nihayetinde onlar erkekler ve bu çok normal. Zaten burada şiddet uygulayan erkek değil, kucağında bebesiyle genç ve çaresiz bir kadın. Evet, gerçekten, ülkemizde çok sık gördüğümüz bir tablo bu.

Size daha korkuncunu anlatayım:

Diyarbakır'da berdel usulü 12 yaşında evlendirilen G.G. erkek çocuk doğuramadığı için baskı görmeye başlıyor ve bunun üzerine kocasından ayrılmak istiyor. Ayrılık talebinin akabinde töre gereği çeyiz sandığına konup kalaşnikofla taranarak öldürülüyor.

Ailenin pek çok üyesi töre saikiyle cinayetten ağırlaştırılmış müebbet istemiyle Diyarbakır Ağır Ceza Mahkemesi'nde yargılanmaya başlıyor. *Milliyet* gazetesinin haberine göre sanık avukatlarının yaptığı savunmayı aynen aktarıyorum:

"Tabiri caizse, ölen kafeste bir kuştur. Yirmi avcı olmaz. Bir silah yakalanmıştır. O silahı kullanan suçunu itiraf etmiştir. O da M. Ş. T.'dir. Diğer sanıklarla ilgili dosyada çelişkiler vardır. Sadece bizim bölgede değil, dünyanın neresine gidilirse gidilsin, bu durumlar vardır. Bu, vatan aşkı gibi, Allah aşkıdır. Burada bazı kesimler namuslarını candan öte görür. Bu kadının öldürülmesi de basit bir namus cinayeti değildir. Bizim de bir yere kadar dilimiz dönmektedir. Bazı şeyler bunun da ötesinde. Ama şunu söyleyebiliyoruz: Ölen kadın masum değildir. Bu nedenle B. G. ve H. T.'nin tahliyelerini, olmazsa kefaletle serbest kalmalarını talep ediyoruz."

Haber şu şekilde devam ediyor: "Avukatın savunması karşısında kadın müdahil avukatlar şaşkınlıklarını gizleyemedi. Kısa bir ara veren mahkeme, sanıkların tutukluluk hallerinin devamına karar vererek duruşmayı erteledi."

Bunun üzerine bizzat tanıdığım pek değerli üstadım Av.

Habibe Yılmaz Kayar, Diyarbakır Barosu'na bu savunmayı yapan avukat hakkında şikâyette bulunuyor. Baro ise savunmanın "kaba" olduğunu, ancak disiplin cezası verilmesini gerektirmeyen bir savunma olduğunu söylüyor.

Avukat hanım karara itiraz ediyor. Türkiye Barolar Birliği ise Diyarbakır Barosu'nun kararını bozuyor. Diyarbakır Barosu da Barolar Birliği'nin bu kararına karşılık avukata uyarı cezası veriyor.

Başka bir davada ise Antalya'da kendisini aldattığını ileri sürdüğü yedi aylık hamile eşini beş yerinden bıçaklayarak öldüren sanık S. D.'nin karar duruşmasında savunma yapan kadın avukat, aynen şöyle savunma yapıyor: "Ben erkek değilim, ama erkek olsaydım, yatağımda başka bir erkeği affetmezdim. Siz de Türk erkeğisiniz. Kararı siz erkeklere bırakıyorum. Ben bir kadınım, bu dava benim değil, sizin davanız."

Bunun üzerine yine bu avukat hakkında baroya şikâyette bulunulsa da bu sözleri tutanağa geçirilmediği için hakkında işlem yapılamıyor. Ne var ki avukat bu savunmasını da tekzip etmiyor. Sanık ise ağır tahrik indirimi uygulanarak 20 yıl hapis cezasına çarptırılıyor.

Yani 7 aylık hamile bir kadını, karnındaki canlı bebekle bıçaklayarak öldüren bir erkek sadece aldatıldığı gerekçesi ile tahrik indiriminden faydalanabiliyor.

Güzel Özgecan'ın katlinden sonra görülen ilk duruşmasına bizzat katılan feminist Avukat Serap Akkuş ile duruşma sonrası bilgi almak için görüştüğümde hâlâ sesinin sinirden titrediğini fark ettim. Avukat hanım aynen şunu söylüyor: "Feyza, katillerin avukatı kalktı, 'Yolcular şoförlere cinsel tekliflerde bulunurlar mıydı?' diye sordu. Katil dahi hayır deyince yerine oturdu. Bu nasıl bir savunmadır? Katillerin dahi böyle bir iddiası yokken, maktul nasıl gösterilmeye çalışılıyor? Ne demek isteniyor?"

Kaç gün geçmesine rağmen sinirini hâlâ çıkaramamıştı ve çok haklıydı.

Hakikaten, avukat ne yapmaya çalışıyordu bu soruyla? Özgecan şoföre sarkıntılık mı etmişti? Tecavüze davetiye mi çıkarmıştı? Üstelik katilin kendisi tecavüzü toptan reddederken avukatın bu sorusu ne demek oluyordu? Teknik olarak müvekkilinin aleyhine bile olan bu soru, aslında ataerkil savunmaların da daniskasıydı.

Yapılmak istenen açıkça şuydu: Rahmetli Özgecan'ın şoförü baştan çıkarmaya çalıştığına dair birtakım deliller uydurmak ve tecavüzü hak ettiğine dair bir algı yaratmak. Bu temsilidir. Genel kabul gören düşünce şudur: Tecavüze uğrayan kadın bir şekilde buna davetiye çıkarmıştır, açık saçık giyinmiştir, davetkâr bir kahkaha atmıştır, ne bileyim kaşınmıştır.

Bugün tecavüz davalarında, kadın avukatlar dahi bu minvalde savunma yapmaktadır. Peki, savunma hakkı bu değil midir? Benim anlayışıma göre değildir. Avukatlığım kadınlığımdan ileri geçmez benim. Ben İnsan Hakları Sözleşmesi'ne aykırı bir savunma yapamam. Hiçbir avukat yapamaz. Kadının ölümünü ve tecavüzünü haklı göstermeye çalışan bu tür savunmalar benim gözümde hukuk tarihinin yüz karasıdır.

Burada çok önemli olan bir konu "makbul mağdur" konusudur. Yani Özgecan makbul bir mağdurdur. Öğrenci, genç bir kız, güzel, kılığı kıyafeti düzgün! Mesela Özgecan o gün mini elbise giyip de minibüse binseydi ya da Özgecin sıfır kollu bir tişört giyseydi ya da Özgecan arkadaşlarıyla birkaç kadeh alkol almış ve öyle minibüse binmiş olsaydı tüm Türkiye onun için yollara dökülecek miydi?

Ve unutmayın ki Özgecan kardeşimiz namusunu korumak uğrunda savaşırken ölmüştür. Bu da ahlaki normlarımıza uygundur. Zira silah zoruyla, şantajla, tehditle tecavüz edilen kadınlardan da bu beklenmektedir. Tecavüze uğruyorsanız ya uğramayın (!), ya susun ya da izin vermemek uğruna ölün. Hem ölmemek için tecavüze ses çıkarmıyorsunuz hem de konuşuyorsunuz. Lütfen erkekleri uğraştırmayın!

Peki, tecavüze sadece başı açık kadınlar mı uğruyor? Türkiye'de mahkemelere yansımayan yüzbinlerce, belki milyonlarca tecavüz ve ensest vakası var. Bunların pek çoğunun mağduru örtülü kadınlar. Onlar, erkeklerce daha kolay hedef görülmekteler. Çünkü onlara göre, maruz kaldığı tecavüzü dile getirmesi daha zor ve mahkemeye gitmesi daha az olasıdır örtülü bir kadının. Yaşadığı dindar çevre bunu kabullenmeyebilir, dayak, küfür, sosyal linç olası sonuçlardan. Ve sonu ölüme kadar gidebilir. Peki, bu örtülü kadınların tecavüzünü ne ile meşru gösterecekler? Dekolte yok; alkol yok; şuh bakışlar, kahkahalar yok; edepsizlik yok!

Tecavüzü hiçbir şey meşru kılamaz. Kime karşı işlenirse işlensin.

Bari indirimli ceza verseydiniz dediğim, ağzınızı açık bırakacak beraat kararları da var.

Bir avukat bey anlattığında hayretten hacıyatmaz gibi sallandım durdum. İnsan hayretten ve öfkeden sallanır mı? Sallandım.

Zihinsel engelli bir kız. Zihinsel engelliler okuluna gidiyor servisle. Servis şoförü kıza tecavüz ediyor. Ediyor yani. Olay ortaya çıkıyor, kızılca kıyamet kopuyor, yargılama başlıyor. Sonra adli tıp raporunda bekâretin bozulmadığı, ancak başka birtakım emarelerin (anüste zorlama, çatlak vs. gibi) olduğu ortaya çıkıyor. Mahkeme ne ceza veriyor biliyor musunuz? Bekâret bozulmadığı için beraat. Üstelik bu kadın zihinsel engelli. Kendisine ne yapıldığından haberi yok. Anlamıyor. Kendini savunamıyor. Hâkim daha sonra avukata, "Sonuçta bekâret bozulmamış, neden zorluyorsunuz ki?" diyor. Lakaytlığa bakar mısınız?

Başka yerde bekâreti bozulmasa bile bir erkekle bir şekilde fiziksel yakınlık yaşayan kadını bir erkek infaz etse, muhtemelen tahrik indirimi alır. Ama bir erkek bir kadını bekâretini bozmadan ellese, soysa, sürtünse üzerine boşalsa, kendini o kadının bedeni ile rızası hilafına tatmin etse beraat eder. Ne var ki canım! Bekâret bozulmuyor ya!

Türk yargısının ikiyüzlü, ayrımcı ve adaletsiz kararlarını tanıyın, bilin. Öğrenin ki başkaldırın kadınlar!

Başka bir davadaysa, bir kadın evli bir adam tarafından kaçırılıp dağ başında bir yere kapatılıyor. Yaklaşık iki sene özgürlüğü kısıtlanıyor ve devamlı tecavüze uğruyor. İki sene sonunda kadın kaçmayı başarıyor ve şehir değiştiriyor. Birkaç sene sonra bu adam kadını tesadüfen bir yerde görüyor ve uluorta kadını tekrar kaçırıyor. Bu kaçma kovalama sonucunda kadın tekrar kaçmayı başarıyor ve savcılığa başvuruyor. Yargılama başlıyor. Adam ceza alıyor, fakat temyiz ediyor. Ve dosyada tecavüzün, darpın her türlü fiziksel ve ruhsal şiddetin raporu var. Hani havada kalan bir dosya değil. Yargıtay Başsavcılığı ise şöyle bir mütalaa veriyor: "Kimse iki yıl bir yerde zorla kalmaz. Bu yüzden bu adam beraat etmeliyken ceza alması hukuka aykırı." Hani bu kadın kaçırıldı ya hocam. Zorla tutuldu. Kaçtı. Bir daha kaçırıldı. Kadının genital bölgesi olmak üzere vücudunun pek çok yerinde işkence izleri var, vajinası darmadağın olmuş, anüsünde kalıcı yırtıklar oluşmuş. Ruh durumu bozulmuş. Zevkinden mi yapmış bu kadın bunları?

Bunlar, erkek hâkimlerin erkek kayırmacı tavırlarını, kadın hâkimlerin erkek egemen yargıya boyun eğici anlayışlarını size bir nebze olsun özetlemiştir.

Ve şu gerçeğin görülmemesini ya da görmezden gelinmesini asla anlamıyorum: Tecavüze uğrayınca her zaman dışlanan, itilip kakılan kadın oluyor. Bu nedenle kadınlar yaşadıklarını anlatmaya korkuyorlar. Canlarına tak ettiği noktada sesini yükseltiyorlar. Buna rağmen mahkemeler ve insanlar nasıl, "E iki sene niye susmuş kiii?" diyebiliyorlar? Sanki bir kadın bunu anlattığında kendisine sahip çıkıyor ya da yüreklendiriyorlar da kadınlar yaşadıklarından zevk aldığı için susuyor. İkiyüzlülük paçalarımızdan taşıyor.

Daha o kadar çok, o kadar çok hikâye var ki... Dinlerken, yaşarken içimin ezildiği. Duruşma salonu çatısıyla başıma yıkılacak sandığım...

Dünyada da erkekler bir şekilde tecavüzü meşru kılmayı başarıyorlar. Erkekler için tecavüz normal ya da aslında kadınların istediği bir şey.

Diana Scully 10 yıl boyunca tutuklu tecavüzcüler üzerinde yaptığı araştırma sonunda çalışmasını, *Tecavüz, Cinsel Şiddeti Anlamak* adıyla kitaplaştırıyor ve kitabında tecavüzcülerle yaptığı görüşmeleri aktarıyor. Bir tecavüzcünün beyanı var dikkatimi çeken, komik mi diyeyim, içler acısı mı diyeyim, bilemedim. Soygun için girdiği dükkânda elindeki bombayla satıcı kızı korkutarak tecavüz ediyor ve aslında kızdan nazikçe kendisiyle yatmasını istediğini, kızın da kendisine direnmediği için yaptığının tecavüz olmadığına inandığını, bunun tecavüz olduğunu kabul edebilmesi için tam beş sene bu konuda kitaplar okuması gerektiğini anlatmış. Neyse ki beş sene sonunda kızın kendisine direnememesinin sebebinin elindeki bomba olduğunu anlamış.

Scully konuştuğu tecavüzcülerin %69'unun, kurbanlarının istekli olmaktan öte, bu işten zevk aldığını düşündüğünü aktarıyor. Hatta bazılarınınsa kadınların bu gizli fantezisini tatmin ettikleri için böbürlendiklerini ekliyor. Scully bunları, yaptıklarının tecavüz olmadığını iddia eden "inkârcılar" olarak niteliyor.

Kitapta tecavüzcülerin %22'sinin ise eylemlerinin suç olduğunu kabul etmekte olduğu; ancak kadının rahat biri olması, evlilik dışı bir çocuğunun olması ya da daha önce de başka erkekler ile birlikte olmuş olması sebebiyle tecavüzü meşru görmekte olduğu belirtiliyor.

Buradan anlaşılacağı gibi, dünyada da bir kadın eğer kendisine biçilen toplumsal cinsiyet rolünün dışına çıkar ise tecavüze kendisinin zemin hazırladığı düşünülüyor. Bu belki sesli dile getirilmiyor, ama ne yazık ki kadınlar bile bunu düşünüyor.

Özellikle Amerika'da, kurbanbilim (*victimology*) adı altında kurban ile suçlu arasındaki ilişki irdelenerek, bazı kişilerin giydikleri kıyafet ya da tehlikeli olduğunu bilmesine rağmen o mekâna gitmesi ile kendisini bazı suçların kurbanı haline getirip getirmediği incelenmektedir ve bu alan feministlerden tepki çekmektedir.

Kurbanbilimci tavrını ilk ortaya koyan kriminolog Hans von Hentig, bazı kurbanların suçluyu suça kışkırttığını söylüyor. Sosyolog Menachem Amir, Littner gibi 1940 ve 1970 yılında bu konuda araştırma yapan erkeklerin bir kısmı, kadınların aslında mazoşistçe iğdiş edilmek istendiğini çekinmeden yazmışlardır.

Bana en acı gelen araştırma ise şudur:

"Örneğin Abrahamsen cinsel travmanın genellikle çocuk tarafından bilinçdışı olarak istendiğini ve bunun çocukluk dönemi cinsel etkinlik biçimlerinden birisi olduğunu savunmaktadır.

(...)

Bu bakış açısını benimseyen araştırmalar, kendilerini taciz eden yetişkinlerin davranışları için çocukları suçlamakta ısrar etmektedir. Örneğin sık sık atıfta bulunulan, yetişkinler tarafından taciz edilmiş kız çocuklarıyla ilgili bir ilişkiyi başlatma ve sürdürmede etkin rol oynayan' 'katılımcı' kurbanlar ayırımı yapılır (Wiess vd. 1955). Bu araştırmada katılımcı olarak adlandırılan kurbanların yarısı ya da 44'ten 23'ü 10 yaşından küçüktür ve bazıları ancak 4 ya da 5 yaşındadır. (...) Bu konudaki başka çalışmalarda da tecavüz ya da ensest kurbanı kız çocukları çok sevimli, çekici, boyun eğen ve baştan çıkarıcı olarak anlatılmaktadır."[1]

Bu araştırmaların çoğunda küçük kız çocukları taciz ve tecavüze kendileri sebep olmakla suçlanırken, taciz ve tecavüze uğrayan erkek çocuklardan ise hiç bahsedilmiyor.

Bu araştırmalar her ne kadar eski olsa da Amerika hâlâ dünyada çocuk pornosu sektörünün en büyük payına (%50'den fazlası) sahiptir ve pedofili konusunda da çok sert yasalar çıkarmıştır.

Ne var ki kız çocuklarını hâlâ böyle görenler olduğuna eminim: Çekici ve davetkâr.

---

1 Diana Scully, *Cinsel Şiddeti Anlamak*, çev. L. Aytek-Ş. Tepeli, Metis Yayınları, İstanbul, 2013.

## FEMİNİZM NE DEĞİLDİR?

Türkiye'de "feminist" kelimesi bazen bir hakaret, bazen bir aşağılama sıfatı, bazen de küçümseme kelimesi olarak kullanılır. Erkekler –kadınlar dahil– kadın haklarını savunan kişiye hemen, "Feminist misin sen?" der. Bunu ise bilinçli ya da bilinçsiz, kötü bir algı yaratmak için yaparlar.

Feminizm erkek düşmanlığı değildir. Feminizm cadalozluk, şirretlik, edepsizlik değildir. Bu algı bilerek yaratılıyor ki söylenenler, söylenecekler değersizleştirilsin ve daha baştan dinlenmesi engellensin. Feminizm, Fransızca kökenli bir kelime olmakla birlikte Türk Dil Kurumu'nun tanımına göre, "*Toplumda kadının haklarını çoğaltma, erkeğinkiler düzeyine çıkarma, eşitlik sağlama amacını güden düşünce akımı, kadın hareketidir.*"

Feminizm illa ki erkeklerden nefret etmeyi gerektirmez. Mesela feminist bir kadın evlenebilir, kocasını sevebilir, çocuk doğurabilir. Vakti var ise ev işi yapabilir. Yemek pişirebilir. Feminist olmak bunların hiçbirine engel değildir ya da feministlik evlenene kadar değildir.

Feminizmin temel savunusu, kadınların erkekler ile bir sayılması ve maruz kaldığı haksız muamelelerin son bulmasıdır. Kısa, net, anlaşılır. Feminizm der ki; kadınlar, erkeklerden daha aşağı yaratılmış değildir. Kadın, erkeğin kum torbası gibi kullanacağı bir eşya değildir. Kadın, stres topu değildir. Kadın, kuluçka makinesi değildir. Kadın, hizmetçi değildir. Kadın, bir erkekle kurduğu müşterek hayatını zevkle, keyifle ve istediği gibi yaşamalıdır.

Siz de böyle mi düşünüyorsunuz? Demek ki siz de bir kadınlık davası savunucusu ve ateşli bir feministsiniz.

Türkiye'de kadınların çok ses çıkarmasından hoşlanmayanlar feminizm olgusunu ve savunularını aşağılamakta, toplum gözünde küçültmeye çalışmaktadır ki ses bulmasın, önem kazanmasın ve kadınlar arasında yayılmasın.

Peki, bir kadın evinde oturmaktan hoşlanamaz mı, ev hanımı olmaktan, kocasıyla mutlu olmaktan, 4-5 çocuk doğurmaktan, ev işi yapmaktan, kurabiyeler pişirmekten hoşlanamaz mı? Feminizm bunları aşağılıyor, feminist kadınlar bu kadınlarla dalga geçiyor! Hayır tabii ki!

Aksine, feminizm her kadının mutlu olduğu ve kendi tercihi olan hayatı yaşadığı bir dünyayı savunur.

Eğer bir kadın evde oturmak istiyorsa feminizm önce o kadına şu soruyu soruyor: "Seni evde zorla mı oturtuyorlar? Kocan çalışmana izin vermiyor mu?"

Kadın diyor ki, "Hayır, ben çalışmak istemiyorum." Feminizm diyor ki, "Tamam, bizdensin."

Bir kadın örtünüyor mu, feminizm şu soruyu soruyor. "Baban mı zorluyor, kocan mı?"

Kadın diyor ki, "Yok, okudum, inandım, Allah'ın emridir! İsteyerek örtündüm."

Feminizm diyor ki, "Tamam, bizdensin."

Dünyadaki tek feministler sol tandanslı, laik kadınlar mı? Büyük yanılgı.

Konca Kuriş'i tanıyor musunuz? Belki pek çoğunuz biliyor. Bilmeyenlere anlatayım: Orhan Kuriş'e âşık oluyor ve evleniyor. Ne var ki kayınpederi örtünmesini istiyor. Kuriş aşkını tercih ediyor ve örtünüyor. Sonra okumaya başlıyor, başörtüsünü seviyor. İran'a gidiyor. Hizbullah ile tanışıyor. Fakat Hizbullah'ın kendi inancına ters uygulamaları olduğuna karar verip Hizbulah'tan kopuyor. Düşüncelerini dile getirmeye başlıyor. "*Kur'an'ı erkekler yorumluyor, Kur'an'da kadını geri plana iten hiçbir ayet yok,*" diyor. Medyanın ilgisini celp ediyor. Başörtülü bir kadının kadın haklarını savunması dikkat çekiyor. Üstelik Konca Kuriş birbirinden şahane beş çocuğun annesi, kocasıyla beraber ticaret yapan neşe dolu bir kadın.

Kuriş'in sonu ne oluyor biliyor musunuz? Hizbullah bir gün kocasının başına silah dayayarak, onun yanından kaçırıyor Kuriş'i. Kaçırılışından on ay sonra bir evin altında domuz bağı yapılıp üzerine beton dökülmüş başörtülü bir kadın cesedi bulunuyor. Oğlu annesini hep masaj yaptığı ayaklarından tanıyor, diş kayıtları da oğlu doğruluyor.

Hizbullah ise Kuriş'in sorgusunda "kendisini genelkurmayın İslam'ı sulandırmak ile görevlendirdiğini beyan ettiğini" iddia ediyor o zaman ve şu açıklamayı yapıyor: "İslam düşmanı ve laik-feminist Konca Kuriş, Allah ve Kur'an-ı Kerim karşıtı fiilleri ve söylemleri nedeniyle, Hizbullah savaşçıları tarafından kaçırılarak üslerimizde sorgulanmıştır. Dinsiz, laik TC'nin resmi din söylemleri ile talimatları paralelinde hareket eden ve Siyonistlerce de kullanılan Konca Kuriş, Müslümanları şüpheye sevk edecek fiiliyatlara giriştiği için şeri hükümler gereği cezalandırılmıştır."

Kuriş ne işkencelere maruz kaldı bilinmiyor, ama Hizbullah üyelerinin zamanaşımı sebebiyle hiçbir ceza almadan tahliye edildiğini biliyoruz. Seneler sonra konuşan Kuriş'in oğlu ise daha sonra, annesini kaçıranların annesini infaz edemediklerini, infaz edilmediğinin örgütten saklandığını ve infaz için başka bir ekip çağrıldığını öğrendiğini açıkladı.

Anladığım kadarıyla kendisini kaçıranlar bile ona kıyamadılar. Ama sonunda, tek yaptığı "Allah ile kul arasına kimse giremez" demek olan bu kadın hakları savunucusunu dinsizlik ve Siyonizmle suçlayarak infaz ettiler. Ruhu şad, mekânı cennet olsun.

Çocukları Yahya, Sırma, Muzaffer, Cemal ve Sena'ya da selam olsun.

Örneğin, Kur'an-ı Kerim'in kadınlara ilişkin ayetlerini erkek egemen bir bakış açısıyla değil, kadın gözüyle yorumlayarak kadın ve erkeklerin hazır bulunduğu bir cemaate Cuma namazı kıldıran "mühtedi" Profesör Amine Wadud, İslam dünyasındaki pek çok kadın ve erkeğin hedefi haline geldi. Amine Wadud "Hz. Muhammed'in Ümmü Varaka Hanımefendiye kendi ev halkına imamlık yapması için izin verdiğini" söylese de pek çok kesim tarafından bu iznin o kişi ve duruma özel olduğu kabul edilmiş, kadının erkeklere imamlık etmesinin caiz olmadığı belirtilmiştir. Diyanet İşleri de bunun dinde olmadığını, bunu caiz görmenin dinde olmayan bir şeyi dine sokmak olacağını ve buna da bidat deneceğini açıklamıştır.

Dünyada ve Türkiye'de bu alanda çalışmalar yürüten kadınların pek çoğu kendisine feminist dememekte ya da İslami feminizm kavramını kullanmaktan imtina etmektedir.

Sanıyorum İslami feminizmi en güzel özetleyen Feyza Akınerdem'dir: "İslami feminizm, İslam'ın, Kur'an'ın öğüdünün ve normlarının ataerkil yorumları ve uygulamalarına karşı bir kadın hareketidir."

Dünyada ister kendine dindar kadın hakkı savunucusu desin, ister İslami feminist, ister İslamcı feminist desin, ister ben feminist değilim desin, bu alanda çalışan pek çok kadın varken Türkiye'de bu alanda birleşen ve çalışan gruplar oluşamadı. (Benim bizzat tanıştığım ve panellerine davet edildiğim "Kadına Şiddete Karşı Müslümanlar İnisiyatifi" de kendilerine feminist demiyorlar, ama bu alanda çok güzel söyleşiler düzenliyorlar.)

Feyza Akınerdem'e göre bunun en temel sebebi başörtüsü

yasağı nedeniyle başörtülü kadınların okumaması, çalışmaması ya da akademik olarak belli bir seviyeye gelememeleridir. Bu da ataerkil, gerici ilahiyatçılara karşı İslam'ı kadın gözüyle irdeleyecek bilim kadınlarının yetişmemesine sebep oldu.

Türkiye Cumhuriyeti'nin kuruluşunda nedense kadın hareketi görmezden gelinmiş ve okuduğumuz tarih kitaplarında bundan hiç bahsedilmemiştir. Mesela ben onca sene okuduğum tarih kitaplarında daha Cumhuriyet Halk Partisi yok iken Kadın Halk Fırkası'nı kuran Nezihe Muhiddin'in adını hiç duymamıştım.

Kendisi, tesadüfen rastladığım ve kendime idol bellediğim, şahane bir kadın. Haksız biçimde unutulmuş, unutturulmak istenmiş bir kadın.

Nezihe Muhiddin CHP kurulmadan Kadın Halk Fırkası'nı kurduğunu ilan etmiş ve resmi işlemler için İçişleri Bakanlığı'na başvurmuş, ancak reddedilmiştir. Parti resmi olarak izin alamayınca "Türk Kadınlar Birliği"ne dönüştürülmüş. 1925'te mecliste boşalan bir koltuğa kadın bir vekil sokmak için var gücüyle çalışsa da bu çabası nafile olmuştur. Daha sonraları Muhiddin'e karşı bilinçli olarak yapıldığını düşündüğüm bir karalama kampanyası başlatılmış. Hakkında pek çok yolsuzluk iddiası ortaya atılmış ve itibarı zedelenmiş. Tüm bu süreç boyunca da *Cumhuriyet* gazetesinde Yunus Nadi, Muhiddin'i yerden yere vurmuştur. Kadınlara seçme ve seçilme hakkının verilişinde bunlardan nedense hiç bahsedilmez.

Mor Çatı Kadın Sığınağı Vakfı, Türkiye'de başlayan feminist hareketi kendi sayfasında şu şekilde anlatıyor: "Kadın hareketinde 1987 yılının ayrı bir önemi var. Türkiye'de kadınların erkek şiddetine karşı ilk başkaldırısı bir grup feminist tarafından bu yıl içinde örgütlendi. Çankırı'da bir yargıç, 'Kadının sırtından sopayı, karnından sıpayı eksik etmemek gerekir,' diyerek bir kadının boşanma talebini reddetmişti. Bu karar bir dizi eylemin de başlangıcı oldu. Dayağa Karşı Kadın Dayanışması adı altında Türkiye'de egemen zihniyeti derinden sarsan eylemler gündeme getirildi.

(...)

Dayağa Karşı Kadın Dayanışması'nı başlatan Çankırı'daki yargıcın verdiği karar, adalet sisteminde de erkek egemenliğinin yaygınlığını açıkça ortaya koyuyordu. Kadınlar, erkek şiddetinin toplumda nasıl meşru görüldüğünü örnekleyen bu karara karşı önce protesto telgrafları çektiler, adliyeye gittiler, dava dilekçeleri verdiler. Hukuk sistemi, bu karara karşı ayaklanan kadınları 'muhatap' saymıyordu. Buna rağmen, karara ve dayağı meşru sayan sisteme karşı mücadele giderek genişledi. Kadınlar heyecanlı toplantılarda bir araya gelmeye devam ettiler. 17 Mayıs 1987'de Yoğurtçu Parkı'nda bir miting yapıldı ve mitinge katılan yaklaşık 2500 kadın, 'Dayağın çıktığı cenneti istemiyoruz', 'Haklı dayak yoktur', 'Kadınlar! Dayağa karşı dayanışmaya', 'Dayak aileden çıkmadır,' dedi. Kampanya 4 Ekim 1987'de Edirnekapı'daki Kariye Müzesi'nin bahçesinde o zamana kadar eşine pek rastlanmamış bir şenlikle sürdü. Şenlikte tartışmalar, şarkılar, oyunlar bir aradaydı. 8 Mart 1988'de Cağaloğlu'nda Geçici Modern Kadın Müzesi açıldı, bu müze küçümsenen ev işlerini, görmezden gelinen kadın emeğini, gizli yaşamaya zorlandığımız regl gibi kadınlık hallerimizi görünür kılıyordu. Aynı yıl kolektif biçimde hazırlanan ve kadın tanıklıklarına dayalı *'Bağır! Herkes Duysun!'* kitabı yayımlandı."

Bana göre neci, kimci, nereli olursa olsun, hiçbir kadın feminizmden kopuk olmamalıdır.

Ve hatta erkek feministler de vardır. Bu, seküler-dindar ayrımı yapmaksızın pro-feminizm altında incelenir.

Türkiye'de bu şekilde itibarsızlaştırılan, içi bilinçli olarak boşaltılan feminizmin doğru biçimde algılanmasını sağlamak gerekli.

Kavramların gerçek anlamlarını bilmek, feminist kadınlara, filozoflara, aktivistlere hak ettiği saygıyı göstermek kadın hakları adına çok önemli bir adım olacaktır.

Siz kendinize ister feminist deyin ister, başka bir şey, gelin kadınlık davasında birleşelim!

# SOSYAL MEDYADA ANNE MODELLERİ

İnsanlar, televizyonun esaretinden kurtulsa ve bu konuda bilinçlenmeye başlasa da sosyal medyanın tutkunu oldular (ben dahil). Yararı olduğu kadar zararı da var elbet. Bu yarar ya da zarar, kişinin sosyal medyayı hangi amaçla kullandığıyla doğru orantılı olarak değişiyor.

Kimileri, sahte hesaplar ve profiller açıp küfretmek, hakaret etmek suretiyle kendisini deşarj etmek için kullanıyor sosyal medyayı. Bu hınç alma, sinirini çıkarma seansı sonucunda son derece rahatlamış olarak dönüyor gerçek hayatına.

Kimileriyse alenen yasadışı iş yapıyor; hayvan ticareti, kadın ticareti yapıyor; yasaya aykırı şekilde pornografik görüntü yayımlıyor. (Sosyal medya aynı zamanda çok sık suç işlenen kontrolsüz bir mecra.)

Bizim gibi bir kesim de kendi çapında takılıyor, bilgileniyor, bilgilendiriyor.

Fakat bunlar dışında, benim ciddi anlamda dikkatimi çeken bazı profil tipleri var.

Belli sınırlarda anı ve tecrübelerini aktaranlar, konunun uzmanı olup temiz ve doğru bilgi aktaranlar, kendilerine andaç oluşturanlar bir yana; sadece çocuğunun fiziksel özelliklerinden faydalanmak suretiyle popüler olan, para kazanan ve işi ticarete döken profiller çok fazla dikkatimi çekiyor. Daha doğrusu bunu başaranlar ve başarmaya çalışanların fazlalığı beni daha çok şaşırtıyor.

Anne ve babalar çocuklarıyla ilgili her istediklerini yapabilir mi?

Velayet her ne kadar bir hak olarak adlandırılsa da aynı zamanda bir sorumluluktur da. Velayet hakkının kullanılması da kamuya ilişkindir. Yani bu sadece o çocuğun anne babasını değil, tüm kamuyu ilgilendirir.

Ebeveynler çocuğun sahibi değildir. Kendi iradesini kullanabileceği, madden ve manen ayakları üzerinde durabileceği, hareketlerinin sonuçlarını kavrayabileceği gün gelene kadar onu koruyup kollayan, öğreten ve yol gösteren, ona belli prensipleri aşılayan ve doğumundan ölümüne kadar ona sonsuz bir sevgi besleyen kişilerdir.

Bu nedenle her kadın ve erkek dünyaya getirdikleri çocuğa karşı tutunduğu tavırlardan, söylediği sözlerden mesuldür ve bunların hesabını vereceği günü beklemelidir.

O çocuk, çocuk olarak kalmayacak, bir yetişkin olduğunda geri dönüp bazı şeylerin hesabını soracaktır. Bizler nasıl ki anne babalarımızı bazı şeyler için suçluyor ya da merakla bazı şeylerin sebeplerini bilmek istiyorsak, bizim çocuklarımız da çok muhtemel, bu sorgulamaları yapacaklar.

Çocuğun kişilik hakları sağ doğumla birlikte başlar ve bu kişilik hakları aynı zaman da anne babanın da saygı duyması gereken haklardır. Bu bağlamda, sosyal medyada çocuğunu sürekli fotoğraflayan anneler; uyurken, yemek yerken, kaka yaparken, banyo yaparken, çıplak biçimde fotoğraflayıp internete koyarken çocuğunun kişilik haklarını ihlal etmiş ya da velayet hakkını kötüye kullanmış olurlar mı?

Bu konuda bulabildiğim hukuki bir çalışma yok. Tahminim, sosyal medyanın son senelerde bu kadar etkili hale gelmesi, bunun yeni bir alan olması sebebiyle bu konuda makaleler yazılmamış.

Bir çocuk dizide oynayabilir, bir markanın yüzü olabilir. Bunda hukuki bir kısıtlama olmamakla birlikte, insanların kendi özel hayatlarını hukuk sınırları içerisinde ve kendi arzularına göre teşhir etme serbestileri de vardır. Bunu sınırlayamazsınız.

Medeni Kanun'un 348. maddesinde velayetin hangi durumlarda kaldırılması gerektiğini belirtilmişse de tüm sebepler teker teker sayılmamış, bazı hususlar yoruma açık bırakılmıştır. Sosyal medyada sürekli fotoğraf yayınlamak velayetin kaldırılması için bir sebep değildir. (Velayetin kaldırılması çok ciddi bir mesele olduğundan öyle her durumda başvurulmaması gereken bir durumdur.) Ancak çocuğun pornografik görüntülerini yaymak bir sebep olabilir.

Ama benim şahsi fikrime göre, bu profillerde çocuğun kişilik hakları ihlal edilmektedir. Çünkü velayet, kelime anlamı, hukuki anlamı, dar ve geniş anlamlarıyla birlikte anne babaya çocuğun mallarını idare etmekten dini ve ahlaki eğitimin verilmesine, çocuğun temsil edilmesinden genel ve mesleki eğitiminin verilmesine kadar geniş bir yelpazede bazı yetki, hak ve ödevleri yükleyen bir kavramdır.

Buna çocuğu dış etkenlerden korumak da dahildir.

Meseleyi çocuğunun çıplak fotoğraflarını internete koyan bir anne üzerinden örnekleyeyim. Bu annenin bunu kötü bir niyetle yapmadığına eminim. Muhtemelen görüntüleri çok şirin bulmakta ve bu güzelliği herkes ile paylaşmak istemektedir. Ama bu anne bilmeden çocuğunun mahremiyetini ihlal etmektedir.

Çocuk Hakları Sözleşmesi de sözleşmeye taraf devletlerin "çocuğun özel yaşantısına ve insan haklarına" saygılı olması gerektiğini belirtirken, çocuğun da bir özel yaşantısı olabileceğini kabul etmektedir.

Üstelik işin hukuki ihlal kısmı bir yana, bazı gerçekler de göz ardı edilmektedir. Acı gerçeklerden bir tanesi, internete konan hiçbir şeyin yok olmamasıdır. Siz paylaştığınız şeyi daha sonra silseniz de yazdıklarınız ya da paylaştığınız fotoğraflar arama motorlarının hafızalarında varlıklarını korumaktadır.

Benim açımdan yaptığım her şeyin, üzerinden ne kadar zaman geçerse geçsin, internette depolanması; yazdıklarımın, fotoğraflarımın hiçbir zaman silinmemesi; hakkımda yazılıp çizilenlerin ben öldükten sonra torunlarımın torunları tarafından bile okunacak olması hem güzel, hem tedirgin edici bir durum. (Onca sene sonra teknoloji eminim bugünkünden on kat daha gelişmiş olacak.)

Pekâlâ, oğlum onunla ilgili paylaştığım bir fotoğraftan rahatsız olabilir, fotoğrafının altına yazdığım ve komik olduğunu düşündüğüm bir yazıdan hoşlanmayabilir.

Bu anlattığım nedenlerden dolayı 2012'de ortaya "unutulma hakkı"[1] diye bir kavram atıldı. 2014'te Avrupa Adalet Divanı bütün arama motorlarının, kullanıcılarının kendilerine ait bazı linkleri silinmesini istemesi halinde bu talebi yerine getirmesi gerektiğine karar verdi.

Google ve Bing "silmemek için belirli bir neden olmadıkça" talepleri almak için bir başvuru metni hazırladı.

Peki, unutulma hakkı nedir?

"Unutulma hakkını dijital hafızada yer alan, bireye ait fotoğraf, kimlik bilgisi, adres ve diğer kişisel içeriğin, yine bireyin kendi talebi üzerine bir daha geri getirilemeyecek biçimde ortadan kaldırılması biçiminde tanımlamak mümkündür."[2]

Unutulma hakkı AB üyesi ülkelerde (aday ülke sıfatıyla Türkiye'de de uygulanması gerekse de bildiğim kadarıyla şu an uygulanmıyor) uygulanmaya başladı.

Bir diğer gerçek ise çocuk pornografisi.

---

1 Right to be forgotten.

2 Serdar Gülener, *Dijital Hafızadan Silinmeyi İstemek, Temel Bir İnsan Hakkı Olarak Unutulma Hakkı, TBB* dergisi (2012/102).

TİB Başkanı'na göre dünyada en çok porno izleyen dördüncü ülkeyiz. Tamam, insanların fantezilerine karışamayız... Fakat Avrupa'nın çocuk pornosu tıkının % 67'sini Türkiye'den aldığını biliyor muydunuz?

CHP Ankara Milletvekili Aylin Nazlıaka mecliste yaptığı basın toplantısında 2012 istatistiklerine göre Türkiye'nin, Google'da "çocuk pornosu" kelimelerini en çok aratan ülke olduğu bilgisini paylaştı. (İstatistiklerin bilgisine ulaşamadım, o yüzden konuşmasını referans verdim.)

Peki, dünyada yüz bini aşkın çocuk pornosu sitesi olduğunu biliyor musunuz?

Bunun 20 milyar dolarlık bir sektör olduğunu?

Türkiye'de Eminönü ve Kadıköy'de alenen "yerli yapım" diye bu tür CD'ler satıldığını? Çoğunda dilenci çocukların oynatıldığını?

Başka ülkelerden insanların Türkiye'ye çocuk fuhuş turizmi için geldiğini?

Bu resim ve videolardaki çocukların %19'unun 3 yaş altı bebekler olduğunu?

Bir bebeğin çıplak videosunu çekerek parayla bu tür sitelere satanlar olduğunu?

Çocuk pornosu izleyenler içinde avukatlar, öğretmenler, çocuk doktorları olduğunu ve istatistiklere göre çoğunluğu eğitimli erkeklerin oluşturduğunu?

Peki, sizin tütüsünün altından bezi görünen masum bebeğinize bakarak kendini tatmin eden sapıklar olduğunu?

Kanlı kanlı yeni doğmuş bebeğinizin fotoğrafına bakarak fantezilerini süsleyenler olduğunu?

Instagram'da bebeklerinizin fotoğrafları altına yazdığınız o hashtag'lerden fotoğraflarınızı bulduklarını ve bunları porno sitelere aktardıklarını?

Tüm bu bilgiler ışığında çocuğun bu tür pornografik sitelerden ve kişilerden korunması ve hayatını internette paylaşmama hakkına saygı duyulması da velayet hakkına giren ödevlerdendir. Bu anlamda hukuken yasak olmasından ya da bir suç olmasından çok, durumu etik olarak değerlendirmek, internette paylaşılanların asla silinmediğini (silinme ve unutulma hakkının henüz yeni bir uygulama olduğunu) hatırlamak ve her zaman bu bilgiler ışığında hareket etmek gerekir.

## Kaderine Boyun Eğme

Meslek hayatım boyunca beni en çok sinirlendiren şey, kadınların maruz kaldıklarından çok, maruz kaldıklarına boyun eğmeleri ve tepkisiz kalmaları. Bu tepkisizlik çoğu zaman ne yapacağını bilmemekten, bazen şiddeti ve hakareti "yazılmış bir kaderin parçası" olarak görmekten geliyor. Fakat bence ne yapacağını bilmemek, çaresiz kalmak en kötüsü. Bu sebeple izlenecek yollar ile ilgili küçük bir rehber yaptım. Bu rehberin yol göstermesini umuyorum. Ancak "Ne olacak ki?", "Sonunda zaten bir şey çıkmıyor," diyerek vazgeçmeyin. Bu kişilerin yakasını bırakmayın, yaptıkları yanlarına kâr kalmasın.

Öncelikle çok önemli bir noktaya değinmem gerekir. İnsanların yaşadıkları acılar onlar için çok büyük acılardır ve bunun telafisini bazen şiddet içeren düşünceleriyle (bunları sallandıracaksın ibret olacak, bunlara işkence edeceksin gibi) dile getirmektedirler. Özellikle çocuk ve kadınlara reva görülen vahşette bu gibi duygular benim de içimde kabarsa da hiçbir hukuk devletinde bu tür maddi ya da manevi zararlar işkenceyle tazmin edilmez.

Güzel Özgecan'ın katlinde de pek çok örneğini gördüğümüz şekilde, devlet ileri gelenleri dahi hiçbir hukuk anlayışında yer bulamayacak, "Ben tüfeğimi alır bunları öldürürdüm," gibi beyanlarda bulundular. Bu gibi "ihkak-ı hak", yani hakkını kendin geri almak da yasaktır. Zira bu çok tehlikelidir. Kaç milyon insanın yaşadığı ülkemizde herkesin değer yargısı, ahlakı, aile terbiyesi, önemsedikleri farklıdır. Eğer cezaları yazılı kurallara göre değil de şahsi algılara göre vermeye ve her ihlali kendimiz cezalandırmaya kalkarsak inanın ülkede kan gövdeyi götürür. (Şu an farklı olmasa da hâlâ adalet arayan insanlar var.) Ne olursa olsun, hukuk sınırları dahilinde kalmak en doğrusudur.

Hak arayışınızdaki yegâne dostunuz avukatınızdır. Hukuki mesele ne olursa olsun doğru ve temiz bilgi için muhakkak bir avukatlık ofisinin kapısını tıklatmalısınız. Her sene internette Türkiye Barolar Birliği ve her ilin barosu, tavsiye niteliğinde avukatlık ücret çizelgesi yayınlamaktadır. Bu bilgilere internetten ulaşabilirsiniz. Bu tarifelerde "Büroda Sözlü Danışma" ücreti de belirlenmiştir. İnanın hiçbir avukat danışmanlık ücretini ödeyerek sorununu danışmak isteyen birisini kapıdan çevirmez. Size yardımcı olur ve ne yapılabilir, hangi yol izlenmelidir, sizi bilgilendirir. Siz de bu hukuki süreçte hem ne yapacağınızı bilir hem de davanızı ona verip vermek istemediğinizden emin olursunuz.

Hangi avukata giderseniz gidin, avukatlık ücret sözleşmesi yapın. Bir avukat bunu size teklif ederse korkmayın. Sizi kandırmaya çalışmıyordur. Bu sözleşmede hem anlaştığınız ücret hem de ne yapılıp yapılmayacağı yazacaktır. Bu, hem avukatınız hem de sizin için çok önemli bir sözleşmedir. Size sözleşme teklif etmeyen avukata siz sözleşme yapmayı teklif edin.

Eğer bu asgari ücreti ayıracak durumunuz yoksa barolar vatandaşa ücretsiz hukuki danışmanlık da sağlıyorlar. Hukuk davalarında "adli yardım", ceza dosyalarında da "CMK" denen bu hizmet aslında ücretsiz değildir. Avukatın ücretini vatandaş yerine baro öder. Başvurabilmek için muhtarlıktan fakirlik ilmühaberi almanız gereklidir. İstanbul'da her ilçede adli yardım bürosu bulunmaktadır. Bu bürolarda nöbetçi avukat da bulunmaktadır.

Adli yardımda bazı özel durumlar dışında ücret ödemezsiniz. Bu davalar "adli yardım talepli", yani harçtan ve gider avansından muaf talepli açılsa da bazı mahkemeler bunu reddetmektedir. Bu durumda da "dava masraflarını" avukatınız sizden isteyebilir. Adli yardım sadece avukata ödenmesi gereken avukatlık ücretini karşılar, dava masraflarını değil.

İnsanların düştüğü yanılgılardan biri, etraflarında yaşanmış benzer hukuki ihtilaflara bakıp kendi sorunlarıyla kıyaslamak ve süreçleri karşılaştırmaktır. Nasıl ki aynı hastalığa sahip iki kişiden biri kan grubu ya da alerji sebebiyle diğerinden farklı bir ilaç kullanıyor ve bu ilaç diğerine iyi gelmiyorsa; hukuki ihtilaflarda da dışarıdan bakıldığında aynı gibi gözüken, fakat farklı süreçler yürütülmesi gereken durumlar olabilir. Bu yüzden arkadaşınızın açtığı davanın aynısını açsanız da kaybedebilirsiniz. Usuli süreleri kaçırmak, şekli şartları sağlayamamak, çok haklı olsanız da davayı kaybetmemize neden olabilir.

Hani bir ara televizyonda kamu spotu yayınlanıyordu, teyzeler birbirlerine, "Şu ilacı kullan şu ilacı, vallahi taş gibi olursun," diyor, teyze o ilacı içip gerçekten taş oluyordu. İşte hukuki konularda da taş olma ihtimali yüksek olduğundan konu komşu lafıyla değil, adli yardım, CMK yahut danışmanlık ücreti ödemek suretiyle konusunda uzman bir avukata danışarak işleri yürütmek gerekir.

Kanunen, kişiler kendi davalarını kendileri yürütebilirler. Eğer kendi zararınıza işlem yapmayacağınızdan eminseniz; mesela zamanaşımlarını, hak düşürücü süreleri, cevap sürelerini, kesin süreleri kaçırmayacaksanız; davanızı yetkisiz ve görevsiz mahkemede açmayacaksanız; ilk itirazlarınızı süresinde ve usulünce yapabilecekseniz; sonradan delil sunma yasağına takılmayacaksanız tabii ki bu işlemleri kendiniz yapabilirsiniz. Ama burada küçücük bir kısmını saydığım usulü işlemlerin ne olduğunu bilmiyorsanız, çok büyük ihtimalle bir yerde hata yapacaksınız.

Sorun ne olursa olsun avukata danışmanın gerekliliğine değindikten sonra, çeşitli durumlarda ne yapılabilir, ona değinmek isterim:

Öncelikle, şikâyetiniz ne olursa olsun, bunları delillendirmek iddianızı ispatlamak açısından size yardımcı olacaktır. Fakat karşı taraftan habersiz çekilen görüntüler, ses kayıtları yasal değildir. Üstelik bir kişinin rızası hilafına bu tür ses ve görüntü kayıtları suç teşkil etmektedir. Bu sebeple bunları mahkemelerde kullanamazsınız. Ama telefonunuza atılan mesajlar, mailler delildir. Yahut karşıdaki kişi sesinin kaydedildiğini biliyor ve itiraz etmiyorsa, kameraya çekildiğine dair herhangi bir davranışta bulunuyor ve itiraz etmiyorsa kaydedilmeye rıza gösteriyor denebilir. (Yine de her durumu ayrı ayrı irdelemek gerekir.)

Çoğu zaman boşanma ve şiddet davalarında gizlice çekilen kayıtlar kullanılmak istenmektedir ve avukatlar karşı çıkınca, avukatlar ve müvekkiller arasında güvensizlikler oluşabilmektedir. Bir seferinde bir meslektaşımın müvekkilini kocasından habersizce kaydettiği hakaret dolu telefon görüşmesini mahkemede kullanamayacağına üç avukat ancak ikna edebildik.

Avukatınız neyin delil olup neyin delil olmayacağını size söylediğinde ona güvenin. Hiçbir avukat müvekkili aleyhine bilerek ve isteyerek iş yapmaz. Yapsa dahi bunun sonuçları olacaktır.

Eğer şiddete ya da tecavüze uğradıysanız, bir yerlere kapatılmadıysanız ve kaçabiliyorsanız derhal hastaneye gidin. Önce hastaneye gidin. Hastanelerin acil servislerinde zaten polisler oluyor ve şüpheli gördükleri durumlarda derhal tutanak tutuyorlar.

Yani yapmamız gereken öncelikli şey, mümkün ise, saldırının izleri daha kaybolmamışken hastaneye koşup rapor almaktır. Ayrıca hastanede nöbetçi hekimlere, hemşirelere de durumunuzu söylerseniz, onlar polise haber verecektir.

SAKIN UTANMAYIN! Başınıza gelenden utanması gereken siz değilsiniz. Eğer biz başımıza gelenlerden utanmayı bırakıp da sesimizi yükseltmeye başlarsak, utanması gereken arsızların başı öne eğilmeye başlar.

Öncelikle, şiddet ya da tecavüz mağduruysanız, yaşadıklarınızla baş etmek konusunda kararlı olmalısınız. Karşılaştığım vak'alarda çok kez yapılacak bir sürü hukuki işlem var iken kadınlar bu süreci yürütmekte kararsızlardı. Avukatla uğraşmak, mahkemelere "düşmek", ele güne rezil olmak, milletin ağzına "laf vermek" yerine şiddete boyun eğmeyi seçiyorlardı. Ya da avukatın kendilerini ikna etmesini bekliyorlardı. Benim görevim kişileri boşanmaya ya da suç duyurusunda bulunmaya ikna etmek değildir. Çoğu avukat da benim gibi düşünecektir. Tereddütlerin olması, kadının korkması çok doğaldır. Avukatlar bu tereddüt ve korkuları bertaraf etmeye çalışacaktır, ama ikna etmeye değil...

Avukatınızın size en iyi şekilde yardım edebilmesi için son derece açık olmalısınız. Nasıl ki tıpta ayıp olmaz ise hukukta da ayıp olmaz. Anlattığınız şeylerden dolayı avukatınız sizi suçlamaz, yargılamaz. Hâkim ve savcılar yaşadıklarınızla dalga geçmez. Örneğin çıplak görüntüleriniz çekildiyse bunların kaldırılması için başvurunuzu yapabilirsiniz. Utanıp sıkılırsanız görüntüler daha çok yayılır ve o zaman arkasını toplayamazsınız.

Unutmayın ki her şey insanlar içindir ve gittiğiniz avukat sizden önce ya sizinkine benzer onlarca dava görmüştür, ya meslektaşlarının anılarını dinlemiştir, ya duruşma salonlarında denk gelmiştir... Ameliyat masasına çıplak yattığınızda hekimin sizi çıplak görmesinden nasıl utanmıyorsanız, avukatınıza anlattıklarınızdan da utanmamalısınız.

Ayrıca, avukatlar dosyalarda kanunen taraf değil, vekildir. Karşı tarafın avukatıyla kavga etmesini beklemeyin. Kanunen bu yasaktır. Ve bizim de ruh dünyamızı korumak için bazı olayları içselleştirmeyişimizi yadırgamayın. Yoksa benim bugüne kadar duyduğum olaylardan ve şahit olduğum dosyalardan dolayı üzüntüden ölmem gerekirdi.

Dönelim neyi nasıl yapacağımıza:

Öncelikle uğradığımız haksızlık her ne ise, karakola giderek şikâyetçi olabilirsiniz. Karakol dosyayı savcılığa gönderecektir.

Karakol yerine direkt adliyeye gidip, savcılığa suç duyurusunda da bulunabilirsiniz. Olay nerede olduysa o bölge adliyesine gidip müracaat savcılığına dilekçenizi veriniz. (Bu noktada yine dilekçe hususunda avukatınıza başvurmanızı tavsiye edeceğim, lütfen internetteki matbu dilekçelere şüpheyle yaklaşın.)

Eğer savcılık dosyadaki delillerden ve ifadelerden yola çıkarak gerekli görürse iddianame yazacak ve iddianameyi mahkemeye gönderecektir. Mahkeme iddianameyi kabul ederse yargılama başlayacaktır.

Boşanma, babalık davası, velayet, nafaka vs. gibi aklınıza gelecek pek çok husus hukuk davası sayılır ve bunun için yetkili ve görevli mahkemeye başvurmak gerekir, savcılığa değil. Bu davalarda daha sonradan mağdur olmamak için bir dava ön hazırlığı yapılması gerekir, sürelerin kaçıp kaçmadığından emin olmak gerekir.

Savcılığa suç teşkil eden konular için başvurulur. Suçlar

Ceza Kanunu'nda sayılmıştır. Kanunda sayılmayan fiiller suç teşkil etmez. Bir de Kabahatler Kanunu vardır ki burada sayılan fiiller de kabahat kabul edilir. Yani savcılığa dava açılmaz, suç duyurusunda bulunulur. Savcılık dosyaya delilleri toplar ve uygun görülürse iddianame hazırlar. Bunlar haricindeki maddi talepler hukuk mahkemelerinden talep edilir ve burada dava açma söz konusudur.

Lütfen bu maddelerin sadece genel izlek olarak verildiğini unutmayın. Ayrıntılı bilgi sunmam Avukatlık Kanunu açısından mümkün değil. Zaten her durumda yapılması gerekenler farklı olacaktır. Mesela şiddet mağduru bir kadın hem savcılığa suç duyurusunda bulunup hem de Aile Mahkemesi'nden koruma kararı talep edebilir. Ya da bu talebini boşanma davasıyla beraber kullanıp, aynı zamanda maddi manevi tazminat da talep edebilir. Pek çok durum ve olay, içerisinde birden fazla hukuki işlemi barındırabilir.

Yaşanan olayın çeşidine ve ihlal ettiği kurallara göre hem hukuk davası söz konusu olabilir hem de ceza davası. Bunları burada tek tek yazmam mümkün değil.

Diğer önemli husus ise başvurulan avukatın çalışma alanının ne olduğunun iyi belirlenmesidir. Yukarıda sayılan tüm örnekler kadın ile ilgili olmakla birlikte, aslında biri Ceza Hukuku'nu, biri Aile Hukuku'nu ilgilendirmektedir. Aile Hukuku'nun kurallarıyla Ceza Hukuku'nun kuralları birbirinden farklıdır. Birinde uzman olan bir avukat, diğerinde uzman olmayabilir. Hukukta detaylar önemlidir ve her avukat her konuda uzman olmak zorunda da değildir.

Örneğin Aile Hukuku'ndaki nafaka çeşitleri, mal rejiminden doğan davalar, teknik bilgi gerektiren davalardır. Aynı şekilde İş Hukuku'ndaki işçi alacağı, fesih bildirimleri gibi pek çok konu da teknik bilgi gerektirir. Avukatların aldıkları eğitimden dolayı her olayla her avukatın her olayla ilgili genel bilgisi olsa da her avukat o alanın ayrıntılarını ve şekli unsurlarını bilmeyebilir. Bu yüzden sorduğunuz her soruyu her avukat derhal yanıtlayamayabilir. Bu onun kötü bir avukat olduğunu göstermez, sadece o alanda daha önce çalışmadığını ya da o alanda çalışmayı tercih etmediğini gösterir.

Siz de bir avukata danışırken bu farkları ve bilgileri bilirseniz, doğru avukatı seçebilir ve mağdur olmazsınız. En azından daha sonrasında mağdur edildiğinizi düşünmezsiniz. Zaten her şeyden önemli olan, avukatınız ile aranızda oluşan güven duygusudur. En başından güvenmediğiniz bir avukat ile çalışmamak en iyisidir.

Son olarak ise, televizyon dizilerinden ve Amerikan filmlerinden akılda kalan bilgiler ile bir kişinin mesleğini iyi ya da kötü icra ettiği kanısına varılması, kendi hukuk sistemimize ne kadar uzak olduğumuzun göstergesidir. Hukukumuzda davalar yazılı usulde götürülür. Davacı/davalı, müşteki/şüpheli tüm beyanlarını, iddialarını ve delillerini gerek asaleten, gerek vekâleten dosyalara yazılı olarak sunarlar. Mahkemelerde iş yükü çok fazladır. Bazı mahkemeler günde 50-60 duruşma yapar. Avukatlar duruşmalarda duruşma zaptına geçirmek üzere tabii ki beyanlarda bulunurlar, ama duruşma salonunda şov yapmak, cüppeyi savura savura şüpheliye ya da karşı tarafın tanıklarına sorular yöneltmek, izleyicilere dönerek mahkemenin vereceği kararı değiştirmeye çalışmak ya da onlara gözlerini kapattırarak olayın oluş biçimini hayal ettirmek falan gibi şeyler mümkün değildir. "Avukat duruşmada hiç konuşmadı, ondan davayı kaybettik," gibi ithamları hep çok gülünç bulmuşumdur. Burası Teksas değil. Avukat konuşmadı diye değil, muhtemelen iddianızı ispatlayamadığınız için ya da karşı tarafın sunduğu deliller iddialarınızı çürüttüğü için davayı kaybedersiniz. Ya da usul veya esasa ilişkin başka bir sebep vardır. Eğer mahkemenin verdiği yanlış bir karar varsa da o da temyiz edilir ve karar bozulur.

Ülkemizde bazen hukuk katliamları yaşadığımız doğrudur, orası ayrı, ama ben burada olması gerekeni yazıyorum.

Hani, "hoca bana taktı, hoca bana kırık puan verdi" ve "çalıştım, tam puan aldım" kafası aslında yetişkinliğimizde de peşimizden gelmektedir. Dava kaybedilince "ya avukat, ya hâkim yüzünden" dava kazanılınca da "zaten kazanılacak bir davaydı" anlayışı hâlâ mevcut.

Bir seferinde beni biri aradı, kızı boşanıyormuş, dava devam ediyormuş ve zaten avukatları varmış. Ben de beni niye aramış ola ki diye düşünürken bombayı patlattı ve, "Sanıyorum avukatımız karşı tarafla anlaştı," dedi. Hani bu ithamı belki yüzlerce kez duyduğumdan, arayan kişiyi o anda ciddiye almayı bıraktım. Efendim kızları boşanırken çok üzülmüş (muhtemelen herkes bu aşamada çok acılar çekiyor) ve 50 bin lira manevi tazminat talep etmelerine rağmen mahkeme 10 bin lira vermiş. Bu sebeple avukatının karşı tarafla anlaştığını düşünüyormuş. Manevi tazminatın kişiyi zenginleştirmemesi gerektiği kuralından bihaber bu kişiye bunun dosya bilgilerine göre değerlendirilebilecek bir husus olduğunu, bu şekilde yorum yapamayacağımı ve avukatları varken bu şekilde iş yapmamın kanuna da aykırı olduğunu anlatmak için çok çabaladım.

Tekrar etmekte fayda var: Hukukta detaylar çok önemlidir. Size önemsiz gelen bir husus davayı kazandıracak ya da kaybettirecek bir nokta olabilir. Size çok önemli gelen bir husus ise son derece önemsiz olabilir. Lütfen avukatlarınıza güvenin ve size anlatmaya çalıştıkları şeylere kulak verin. Vermiyorsanız da kendi başınıza gerçekleştirdiğiniz yanlış hukuki işlemlerin faturasını hukuk sistemine yüklemeyin.

Bir kere bir müvekkilim kaybettiği davasında (davayı kaybedeceğimizi en başından söylemiştim, çünkü haksız bir davaydı) benim temyiz dilekçeme ek olarak, benden habersiz, kendince benden daha iyi yazdığını düşündüğü bir dilekçeyi gidip kayda sokmuş. Dilekçeye öyle şeyler yazmış ki adeta aleyhine çıkan mahkeme kararını doğrulamış. E haliyle Yargıtay da kararı onadı. (Muhtemelen yine de onayacaktı, ama dilekçeyi okuyan hâkim bana kıs kıs gülmüş ya da halime acımıştır herhalde.)

Şu anda hukuk sisteminin çökmemiş, mücadele eden tek ayağı avukatlardır, fakat asla hak ettikleri değeri görememektedirler.

Tüm bu bilgileri göz önünde bulundurarak, hakkınızı aradığınızda olası mağduriyetinizi asgari seviyeye çekeceğinden eminim.

# 3. BÖLÜM

# KADININ FENNİ

# KADININ FENNİ

## Karşısında Duramayacağın Sorun Yoktur

Kitabımda tıptan psikolojiye, çocuk gelişiminden çocuk eğitimine kadar pek çok alanda konulara değindim. Bu alanda elimde kendi fikirlerimden başka bir şey olmadığı için özellikle yanlış şeyler yazmamaya, başkalarının uzmanlık alanında atıp tutmamaya özen gösterdim. Bu anlamda sürçülisan ettiysem affola.

Kitabı okurken pek çok yerde kendinizi bulduğunuza eminim, çünkü ben kendimi yazdım. Ben, pek çok sıradan kadın gibiyim. Aynı korkuları, aynı tutkuları, aynı endişeleri yaşıyorum. Ve ben pek çok kadının aslında bir araya geldiğinde konuştuğu şeyleri anlattım.

Bunları bir kitaba yazdım. Pek çok kadına ulaşmayı, onlara yalnız olmadıklarını, hepimizin buralarda bir yerde olduğunu anlatmak istedim. Gerçekleri anlatmak istedim. Gerçekleri bilmeyenler öğrensin istedim.

Amacım kimseye parmak sallamak ya da akıl vermek değildi yazarken. Kendime bulduğum çıkar yollar belki başkasının da işine yarar diye düşündüm.

Yazarken bazen hüzünlendim, bazen güldüm. Ama düşünmediğim, inanmadığım tek kelimeyi yazmadım. Pek çok konuda objektif olmayı ve konuya hep kadın açısından bakabilmeyi amaçladım.

Bazı konulardaki önyargıları kırmayı da istedim. Bazı konularda kadınların duygularını şahlandırabilmeye; onlara susmamaları gerektiğini, suni birtakım sınıfsal ayrılıkların ortadan kaldırılması gerektiğini göstermeye çalıştım. Bazen kolay, bazen zor oldu yazmak benim için. Sancılı bir süreçti bu.

Ne kadar başarılı olurum, bilmiyorum. Ben yazmaya, söylemeye ve anlatmaya devam edeceğim.

Biz özgür olana kadar, mutlu olana kadar, pes etmeden anlatacağım.

# Türkiye'de Kadının ve Ailenin Gebelik Sırasında ve Sonrasında Yaşadığı Sıkıntılara Genel Bakış ve Çözüm Önerileri

## A. GİRİŞ

Bu çalışma Türkiye'de orta gelir grubuna dahil çalışan/çalışmayan kadınların gebelik ve gebelik sonrası sorunlarına yönelik hazırlanmıştır.

Toplumdaki yozlaşma ve mutsuzluğun önüne geçebilmek için acilen ciddi düzenlemeler yapılması gerekmektedir. Bu mutsuzluğun temelinde ise anne-bebek-baba üçgeninde yaşanan kaymalar ve anneler ile çocuklarının birbirinden uzaklaştırılması bulunmaktadır.

Anne ve çocuk arasındaki bu çok doğal bağ koparılmıştır. Bağın onarılması ise kadınları evde oturmaya zorlayarak değil, sosyal hayatta ve iş hayatında onlara yaşam alanı vererek sağlanacaktır.

Gebe kadınlar, daha gebeliklerini işverenlerine bildirdikleri andan itibaren adeta bir yük gibi görülmektedirler. İşverenleri yahut amirleri tarafından her türlü taciz uygulanarak istifa ettirilmeye çalışılmakta ve sağlık durumlarına aykırı olacak biçimde çalıştırılmaktadırlar.

Görüldüğü üzere, toplumumuz kapitalizmin dişlilerine öyle sıkışmıştır ki gebe veya küçük bir bebeği olan kadına karşı olan insanca duygularını dahi yitirmiştir. İşte bu nedenledir ki işveren gebe bir kadına yük taşıtmakta, arşivden dosyaları merdiven tepesine çıkarak indirmesini istemekte, gebeliğin en tehlikeli ilk üç ayında gece nöbeti vermekte, son vasıtasını kaçıracağını bile bile işten 15 dakika erken çıkmasına izin vermemekte, doktor muayenelerine gitmesi gerektiğinde ayak sürümekte beis görmemekte ve kadına hamile kalarak çok ama çok kötü bir şey yaptığını sürekli hissettirmektedir.

İşte biz bu noktada kişilerin daha iyi insanlar olarak yetişmesi, daha ahlaklı ve daha insancıl olabilmeleri için gerekli hususlara değineceğiz.

Kadınların başlı başına kadın olmaktan kaynaklı sorunlarının üzerine bir de bebek "sorunu" eklenince, ülkemiz kadın için nefes alınamaz ve sokağa çıkılamaz hale gelmektedir.

## VAR OLAN YASAL DÜZENLEMELERE ELEŞTİRİ

Resmi Gazete Tarihi: 16.08.2013 Resmi Gazete Sayısı: 28737 ile yürürlüğe giren Gebe veya Emziren Kadınların Çalıştırılma Şartlarıyla Emzirme Odaları ve Çocuk Bakım Yurtlarına Dair Yönetmelik ile gebe ve emziren kadınlara dair temel konular düzenlenmiş olmasına rağmen, neredeyse hiçbir işveren tarafından bu maddeler uygulanmamaktadır.

Sağlık sektöründe gebe ve emziren kadınlara gece çalışmamaları gerekmesine rağmen gece nöbetleri tutturulmakta, kadınlar radyasyona maruz kalacak ünitelerde çalıştırılmakta, bankalarda 7,5 saat sınırı aşılmakta, hemen hemen hiçbir şirkette emzirme izinleri kullandırılmamaktadır. Öğretmenlere zorla ek ders verilmekte, polis anneler amirlerince uzun saatler çalıştırılmaktadırlar. Bu örnekler her alanda çeşitlendirilebilir. Çünkü ülkemizde çalışan ve hamile/emziren kadınlar işlerini kaybetmemek için nereye, nasıl başvuracaklarını da bilmediklerinden sessizce bu zulme katlanmak zorunda kalmaktadırlar.

Bu nedenle bu yönetmeliğin genişletilerek uygulanır hale getirilmesi büyük önem arz etmektedir.

## B. GEBELİK SIRASINDA YAŞANAN SORUNLAR VE ÇÖZÜM ÖNERİLERİ

1. Öncelikle, ülkemizde kadınların gebelik süreci ve gebelikten sonra yaşadığı fizyolojik ve hormonal değişiklikler konusunda Sağlık Bakanlığı tarafından önce kadınlar, sonra eşleri ve aileleri bilinçlendirilmelidir:

a. Özellikle kadınlardaki psikolojik değişimlerin sebeplerini anlatan broşür ve bilgi kitapçıkları hazırlanarak sağlık ocaklarında dağıtılmalıdır.

b. Televizyonlar için kamu spotu hazırlanmalıdır.

c. "Lohusalık depresyonu"na ilişkin uzmanlarca yapılacak çalışmalar sonrasında bu süreçte yaşanacak ve yaşanması muhtemel duygu durum değişikliklerine karşı eşler ve ailelerin bilinçlendirilmesidir.

2. Gebe kadınların doktor kontrolleri için aldıkları izinler çoğu işyeri tarafından doğum izninden, yıllık izninden yahut ücretli izin hakkından düşülmektedir. Bu da bebeğin annesiyle geçireceği bir saat bile çok kıymetliyken, onun günlerinden çalınması anlamına gelmektedir. Bu nedenle doktor izinlerinin yasa ile idari izin/mazeret izni kapsamına sokularak kadınların diğer izinlerinin korunması amaçlanmalıdır.

3. Kadınlar, özel sağlık şirketleri ve özel hastaneler tarafından "analık sigortası", "doğum teminatı" ve benzeri isimler adı altında adeta soyulmakta ve maniple edilmektedir. İyi niyetle bu tür sigortaları yaptıran kadınlar adeta doktor/hastane/sigorta şirketi üçgeninde, (para kazanmak amacıyla) gerekli gereksiz ilaçlara, testlere ve uygulamalara maruz kalmaktadırlar. Yeterli tıbbi birikimi olmayan anne mecburen ve korkuyla bu tür uygulamalara boyun eğmekte, adeta bir deney hayvanı gibi acımasızca kullanılmaktadır. En sık yaşanan örnekler:

a. İlaç şirketleri ile anlaşan doktorlar sebebiyle gereksiz ilaç kullanımına teşvik;

b. Özel sigortalı kadınlara tehlike grubuna girmemesine rağmen tehlikeli sayılabilecek (amniyosentez gibi) testlerin uygulanması;

c. Doğal doğum yapmak isteyen kadınları bin bir bahane ve gerçek olmayan tehlikeli durumlar ile korkutarak ameliyat etme.

Bu nedenlerle devlet hastanelerinin kadın doğum bölümlerinin şartlarının iyileştirilmesi gerekmektedir. Devlet hastanesinde kadınlar son derece kaba bir muameleye maruz kalmaktadırlar. Doğum, özel ve nazik bir ortamda gerçekleşmelidir.

Örneğin Zeynep Kamil Kadın Doğum Hastanesi'nin hali içler acısıdır. Kadınlar adeta hapishane gibi koğuş sistemli, karşılıklı yataklarda onlarca kişi içerisinde, hiçbir mahremiyet sağlanmadan muayene edilmekteler. Dikiş ve pansuman işlemleri açıkta yapılmakta, sağlık personeli de kadınlara son derece kaba davranmaktadır.

Tüm bu muameleye maruz kalmak istemeyen kadın ise özel hastaneler elinde oyuncak edilmektedir.

Yukarıda bahsedilen kötü düzen, bilirkişiler ve yetkili birimler marifetiyle net olarak tespit edilmeli ve bu uygulamalara sınırlamalar getirilmelidir.

4. Gebe kadınların büyük çoğunluğu gebelikleri sırasında işlerinden çıkarılmaktadırlar. Üstelik bu, performans düşüklüğü/işyeri küçülmesi vs. gibi bahaneler ile gerçekleştirilmektedir. İş Kanunu gereğince işe iade davası açma imkânı olmayan kadınlar böylece iş hayatından tamamen uzaklaştırılmış olmaktadırlar. İşe iade davası açan kadınlar ise işe iade olabilmek için senelerce dosyalarının kesinleşmesini beklemektedirler. Bu durum karşısında öncelikle İş Kanunu'nda yapılacak olan değişiklikle "Kadınların gebeyken işten çıkarılması halinde her ne sebep gösterilmiş olursa olsun gebelik sebebiyle işten çıkarıldığının karine olarak kabulü ve iş akdinin feshinin geçersiz sayılması" sağlanarak bu tür suistimallerin önüne geçilmelidir. Ayrıca bu durumlarda kadınların gebelik sırasında ve ücretsiz izin kullandırılırken işten çıkarılması halinde, işe iade davası açmaksızın işe iade edilebilmeleri sağlanmalıdır.

5. Gebe iken direkt işvereninin yahut amirinin mobbingine uğrayan kadının bunu iletebileceği ve hakkını arayabileceği arabulucu konumunda birimler kurulması ve bu birimlerin aktif olarak çalışması sağlanmalıdır. Bu birimlerin amacı işveren ve işçinin arasını bulmak, uzlaştırmak ve müşterek paydada birleştirerek adaleti sağlamaktır. Zira mahkemelerin yükü bu iş için oldukça fazladır. Üstelik mahkemelerde mobbing'i ispat etmek de işçi açısından zordur, çünkü buna şahit olan iş arkadaşları işlerini kaybetmemek için tanıklık etmekten kaçınmaktadır.

Gerekirse tanıtımlar, paneller ve sempozyumlar düzenleyerek işveren, gebe ve emziren kadınlar hakkında eğitilmeli ve bu konudaki yazılı bilimsel çalışmalar artırılmalıdır.

6. Doğum ve doğum sonrası sosyal hakların elde edilebilmesi için bürokrasinin azaltılarak, tüm bu işlerin UYAP yahut e-Devlet gibi internet üzerinden yapılabilmesini sağlayacak bir

sistem kurulmalıdır. İşsizlik ücreti, prim işlemleri gibi birtakım evrak işleri gebelikte kadın açısından son derece yorucu olmaktadır. Bunların iyileştirilmesi önemlidir.

## C. DOĞUM SONRASI YAŞANAN SORUNLAR VE ÇÖZÜM ÖNERİLERİ

1. Doğum sonrasında yaşanan öncelikli sorun "lohusalık dönemi"nde kadına gereken bakımın sağlanamamasıdır. İlk doğumunu gerçekleştiren kadınlara Hollanda modelinde olduğu gibi bebek bakımı ve ilk günlerin zorluğunu azaltmaya yardımcı olmak üzere doula/ebe desteği verilmesi, yahut anneleri bilgilendirmek üzere belediyeler aracılığı ile ücretsiz kurslar açılması yaşanan sıkıntıları büyük ölçüde azaltacaktır. Zira halihazırda verilen ücretli kursların bedelleri oldukça fahiştir. Bu kurslar orta direğin de karşılamayacağı rakamlarda düzenlenmektedir ve tecrübesiz anne internet ortamında doğruluğundan emin olmadığı bilgilere yönelmektedir.

2. Lohusalık ve emzirme süreci boyunca kadınların yaşadığı hormonal değişiklikler ve psikolojik dalgalanmalar konusunda eşlerin ve ailelerin bilinçlendirilmesi gerekmektedir. Nitekim, ülkemizdeki kadınların büyük bir çoğunluğu doğum sonrası depresyonundan uzun süreler çıkamamaktadır. Bu nedenle sağlık ocaklarında psikolog bulundurulmalıdır.

3. Doğum sonrasındaki en büyük sıkıntı ise doğum izninin kısalığıdır. Bunu daha ayrıntılı değerlendirmek gerekir:

a) Doğum Sonrası İzinler ve Çözüm Önerileri

• Doğum öncesi ve sonrası sekizer haftadan verilen on altı haftalık izin fiiliyatta son derece yetersiz kalmaktadır. Sağlık Bakanlığı kadınları ilk altı ay koşulsuz şartsız emzirmeye teşvik ederken, kadınlara doğumdan itibaren kanunen iki ay izin verilmesi büyük bir çelişkidir. Bu nedenle doğum izninin doğum itibariyle altı ay olması hayati önem arz etmektedir.

• Çocuklar tuvalet eğitimi alacak döneme girdiğinde (yıllık izin ve idari izinlere ek) on beş gün ücretsiz izin kullandırılmalıdır.

• Ücretsiz iznin 6 aydan 1 yıla çıkarılması ve bu izinlerin kadınlara sorunsuzca kullandırılmasının sağlanması gerekmektedir. İzinlerin uzatılmasına rağmen uygulanamaması ve kadınların işten çıkarılması kuvvetle muhtemel olduğundan, kadınlara bu hakları sağlarken işverenlere de olanaklar dahilinde devlet tarafından;

- Birikmiş vergi borçlarının silinmesi vergi affı sağlanması gümrük vergilerinde indirim gibi uygulamalar yapılmalı.

- Çalışan sigorta primlerinde teşvik verilmeli.

- İşverenlerin gebe ve çocuklu kadın çalıştırması, haklarını sorunsuzca kullandırması manevi olarak da teşvik edilmeli, gerekirse işverenlere ödül verilmeli, bu işyerlerinin toplumda değer görmesi sağlanmalıdır.

- Doğum iznine ayrılan ve ücretsiz izinlerini kullanan kadınların döndüklerinde işverenlerce işlerine kıdem kaybı olmaksızın devam edebilmesi için ilgili düzenlemeler yapılmalıdır.

- BAĞ-KUR'lu kadınlara da SGK'lı çalışan kadınlarla aynı hakların tanınmalıdır. Örneğin SGK'lı kadın işsizlik parası alırken, BAĞ-KUR'lu kadın, ofis, kira ve masrafları altında ezildiği gibi mevcut gelirini de kaybetmektedir. Aynı maddi yardım belirli bir süre için BAĞ-KUR'lu kadınlara da tanınmalıdır.

- Kamu çalışanı kadınlara tanınan hakların aynısı özel sektörde çalışan kadınlara da uygulanabilmelidir.

- Özürlü annelere ek ödenekler sağlanmalıdır.

- Prematüre bebek annelerine ek doğum izni verilmelidir.

- Tüp bebek tedavi sürecindeki annelere bu süreç ile ilgili psikolojik destek verilmeli ve doktor muayeneleri için idari/mazeret izni kullandırılmalı.

Yukarıda verilen örnekler ayrıntılı çalışmalar yapılmasını gerektirmektedir. Bu çalışmaların konusunda uzman kimselerce yapılması ve ihtiyaçlar doğrultusunda kanunlaştırılması toplumumuzun refah seviyesini yükseltecektir.

b) Kreş Sorunsalı

• Ülkemizde eğitim konusunda ciddi sıkıntılar bulunmaktadır. Kreş, anaokulu, özel okul gibi eğitim kurumlarının kendi alanlarında inanılmaz fiyat farklılıkları vardır. Eğitimde fırsat eşitliği kapsamında bu tür özel eğitim kurumu ücretlerine tavan sınır uygulaması getirilmeli ve sosyal devlet ilkesi gereğince eğitimde fırsat eşitliği yaratılmalıdır.

• Devlet kurumlarının tümünde, devlet hastanelerinde ve özel hastanelerde, devlet okulları ve özel okullarda, medya kuruluşlarında, sanayi bölgelerinde çalışan kadın sayısına bakılmaksızın işyerlerinde kreş bulunması zorunluluğu getirilmelidir.

• Kanundan "150 kadın çalışan" ibaresi kaldırılmalı ve gerekirse 1 kadının çalıştığı yerlere dahi kreş açılmalı, babalara da çocuklarını bu kreşlere getirebilme özgürlüğü sağlanmalıdır. Zira yüz elli kadın çalışan sınırlaması oldukça hakkaniyetsizdir, çünkü Türkiye'de yüz elliden fazla kadın çalıştıran işyerleri ülkedeki işyerlerinin sadece %1'ini oluşturmaktadır. Ve ülkedeki her aile; bakıcı, kreş sorununu yaşamaktadır. Bu kuralın sorunsuz uygulandığı varsayılsa bile, örneğin, 150 kadın da bekâr ve çocuksuz olabilecekken, 20 kadın çalışan bir işyerindeki bütün kadınlar çocuklu olabilir. Bu nedenle adil bir yöntem izleyebilmek için kreş ihtiyacında "kadın" ayrımı kaldırılarak "aile" sayısına bakılmalıdır.

• Okul Öncesi Eğitim ve İlköğretim Kurumları Yönetmeliği ile anaokulları tam gün olmaktan çıkarılmış ve okul süreci yarım gün ile sınırlandırılmıştır. Bu uygulama ise çalışan anneleri çaresiz bırakmıştır. Bu kanun değişikliği tamamen çalışan anne aleyhinedir ve değişiklik yapılarak tam güne geri dönüş yapılmalıdır.

• Başlangıç olarak topluma örnek teşkil etmesi açısından medya kuruluşları ve büyük ailelerin sahip olduğu şirket bünyelerinde kreş açılarak daha küçük ölçekli işyerleri ve işadamları kreş açmaya teşvik edilmelidir.

• 30 kişiden daha az çalışanı olan şirketler bir araya gelerek ortak kreş açmalıdır ve bu yasal zorunluluk haline getirilmelidir.

• Kreş açmak için maddi imkânı bulunmayan işyerlerine en azından bakıcı ve bebeğin günü geçirebileceği oyun alanları/bakım alanları tesis edilmeli ve bu özendirilmelidir.

• Kreşlerin 0-3 yaş aralığındaki çocukları da kapsayacak şekilde düzenlenmesi ve bezli bebeklerin bakımının da yapılabileceği şekilde donatılmasının sağlanması gerekmektedir.

• Okul çağında çocuğu olan anneler için bu kreşlere 6 ve üzeri yaş grubu çocukların ihtiyacına karşılık verecek şekilde oyun ablası ağabeyi gibi konusunda eğitimli kişilerin yerleştirilerek bu çocukların da gerektiğinde (kar tatili vb. tatiller sebebiyle) ebeveynleriyle işe gitmek zorunda kaldıklarında işyerlerinde vakit geçirebilmelerinin sağlanması gerekmektedir.

• Açılan kreşlerin bedava olması gerekmez. Ancak kâr amacı gütmemesi büyük önem teşkil ediyor. Kreşten faydalananlar kreşin gider ve masraflarını karşılamak üzere katılım payı ödeyebilir ve maddi yükü işverenin omzundan alabilirler.

c) Bakıcı Sorunsalı

Toplumumuzda nedense çocuğunu bakıcıya bırakan anneler yerilmektedir. Ne var ki çocukların bakıcıyla büyümesi kötü bir şey değildir. Ancak çocukların sürekli bakıcı değiştirmesi ise çocuğun psikolojisi için son derece zararlıdır.

Ülkemizde "ben buradayım" diye bağıran, fakat herkesin gözlerini kapadığı bir **bakıcı sorunsalı** vardır.

Bakıcılık işi avukatlık, doktorluk gibi son derece önemli bir meslek olmasına rağmen, toplumda "başka meslek edinemediği için kolay diye tercih edilen" bir meslek gibi algılanmaktadır. Bunun sonucunda da bebek/çocuk bakımı, eğitimi, beslenmesi konusunda hiçbir bilgisi olmayan kadınlar bu işe soyunmaktadır. Bu kadınların referansları genelde kendi çocuklarını büyütürken edindikleri deneyimlerdir; fakat bu referans günümüzün araştıran sorgulayan, öğrenmek isteyen, yer etmiş hurafeler ile değil, çağdaş yöntemlerle çocuk yetiştirmek isteyen her kesimden kadının ihtiyacına cevap verememektedir.

Bebeğin, çocuğun alışmış olduğu bir bakıcının işi bırakması, çocuğun iç dünyasını kötü yönde etkilemektedir. (Bu etkiler çocuk psikologları tarafından detaylandırılmalı, bu konularda çalışmalar yapılmalıdır.)

20-30 TL maaş farkı için, canı sıkıldığı için çeşit çeşit bahaneler üretip işi bırakarak çocuğun psikolojisinin bozulmasına sebep olan bu bakıcı kadınların önüne geçilmesi şarttır.

Ayrıca ülkemizde düşük fiyat ve köle gibi kullanılabilmeleri sebebiyle tercih edilen yabancı bakıcı gerçeği de vardır. Gelenek ve göreneklerimizi, hatta bazen dilimizi dahi bilmeyen bu kadınlar kimi zaman ailelerce suistimal edilmekte. Kimi zaman da aileler bu kadınlar tarafından soyulmakta, çocuklar kötü muameleye maruz kalmakta, çeşitli olaylar yaşanmaktadır.

Bunların önüne geçebilmek için:

- Bakıcılıkla ilgili yasal bir düzenleme yapılmalı, meslek olarak tanınmalıdır. Bu konuda Aile ve Sosyal Politikalar Bakanlığına bağlı bir "Bakıcı Birimi" kurularak kendine has bir mesleki ahlak ve etik çizelgesi oluşturulmalıdır.

• Bakıcılar bu birime kayıtlı olarak çalışmalı ve aileler bakıcıları ile ilgili yaşadıkları sorunlarda karşılarında bir muhatap bulabilmelidir. "Bakıcılık Meslek Etiği ve Ahlakı" adı altında oluşturulacak meslek kuralları bakıcıların anayasası olmalı ve disiplin kurallarına uymaya teşvik edilerek gerektiğinde uyarı, kınama, para cezası, meslekten uzaklaştırma ve meslekten men gibi cezalar getirilerek bakıcıların meslek etiğine sadık kalmaları sağlanmalıdır.

• Bakıcıların bu birime kaydolabilmeleri için;

- Bebek ve çocuk sağlığı,
- Bebek ve çocuk beslenmesi,
- Bebek ve çocuk psikolojisi konularında eğitilmesi gerekmektedir. Hangi konularda ders verilmesi gerektiği yine konusunda uzman kişilerce tespit edilmeli ve MEB eğitim programına konmalıdır.

• Bakanlık yahut belediyeler nezdinde kurulacak bu birimlerde bakıcılara ait sicil dosyaları tutulmalıdır. Çok fazla iş değiştiren bakıcı kadınların siciline işlenmeli ve ayrıntılı kayıt tutulmalıdır.

• Bu kadınlar senede bir veya daha fazla psikolojik muayeneden geçmeli, çocuk bakma konusunda manevi yeterliliğe sahip olup olmadıkları saptanmalı ve mizaç özellikleri gözlemciler tarafından analiz edilerek dosyasına işlenmelidir. Bakıcı talep eden ailelere bu ayrıntılı dosyaların örneği verilmelidir.

Böylece aileler eğitimli, geçmişini bildiği, resmi bir kuruma bağlı olarak bulduğu bakıcıya gönül rahatlığı ile çocuklarını bırakabilirler. Tüm bu yazılanlar bakıcılık için fazla abartılı ve ayrıntılı bulunabilir. Ne var ki biz bu kişilere çocuklarımızı, geleceğimizi emanet ediyoruz. Böylesi kıymetli bir emanetin korunması ve zarar görmemesi için bakıcılık mesleği tez zamanda geliştirilmelidir.

Bu alan ülkemizde milyonlarca kadına eğitim ve istihdam olanağı da sağlayacaktır. Bakıcılık mesleği bu şekilde sigortasız çalışmaların da önüne geçecektir.

## D. SOSYAL HAYATTA YAŞANAN SORUNLAR VE ÇÖZÜM ÖNERİLERİ

1. Çalışsın veya çalışmasın, çocuklu kadınların sosyal hayatta yer edinmesi ülkemizde oldukça zordur. Öncelikle yayalara ayrılan kaldırımların araçlarca işgal edilmesi, bebek arabaları ile yürümek şöyle dursun, yaya olarak yürümeyi dahi zorlaştırmaktadır. Kaldırımlara ve rampa önlerine park eden araçlar için uygulanacak para cezasının miktarı artırılmalı ve ilgili kurumlarca takibatı yapılmalıdır. Buna ek olarak bu konuda broşürler hazırlanmalı ve kamu spotları yayınlanarak halk bilinçlendirilmelidir.

2. Alışveriş merkezlerinde, metrolarda yahut lazım gelen her yerde asansörler engelli kimseler, bebek arabalı kadınlar sırada dahi olsa, herhangi bir sağlık problemi olmayan kimseler tarafından işgal edilmekte ve gerçek ihtiyaç sahipleri asansörleri kullanamamaktadırlar. Bu nedenle halkın bu konuda bilinçlendirilmesi için broşürler ve kamu spotu hazırlanmalıdır.

3. Açık havada sigara içme yasağının aktif olarak uygulanması gerekmektedir.

4. Restoran ve kafelerin işyeri ruhsatlarının verilmesinde bebek emzirme odası ve alt değiştirme aparatlarının kontrolüne öncelik verilmesi, bunlar bulunmadığı takdirde ruhsat verilmemesi gerekmektedir.

5. Toplumun çocuklu kadınlara neden ve nasıl yardım

edilmesi gerektiği konusunda kamu spotları ve broşürler aracılığı ile bilinçlendirilmesinin sağlanması gerekmektedir.

6. Kadınların yasal ve sosyal haklarının ne olduğu konusunda bilinçlendirilmesi için bakanlıklarca kurulan ALO hatları gibi bir hat kurulmalıdır. Zira günümüzde öyle kadınlar var ki hangi hattı arayacağını dahi bilemediği için sorunları çözümsüz kalmaktadır.

## E. ÇEŞİTLİ MESLEK GRUPLARINA DAHİL KADINLARIN SORUNLARI VE ÇÖZÜM ÖNERİLERİ

1. Sağlık sektöründe çalışan gebeler ve annelerin, özellikle gebeyken, kemoterapi gibi radyasyon alabileceği, kendisine ve bebeğine zarar verebilecek ünitelerde çalışmaması; gece nöbetleri yazılmaması; mesai bitimlerinin daha erken saatlere çekilmesi için gerekli düzenlemeler yapılmalıdır.

2. Polis annelere verilecek nöbetlerin sınırlandırılması ve çalışma saatlerinin iyileştirilmesi, görevlendirilecekleri olay ve departmanlar için rızalarının aranması gerekmektedir.

3. Öğretmenlere verilen ek derslerde rızaları alınmalıdır. Ayrıca değiştirilen yasa ile tayin için 3 yıl sigorta şartı getirilerek aile bütünlüğü bozulmuştur. Çocukların anne-baba ayrı büyümesinin önüne geçilmesi için bu tür adil olmayan uygulamaların yürürlükten kaldırılması şarttır.

Çocuklu öğretmenler için kreş uygulamasının en kolay hayata geçirilebileceği yerler okullardır. Okullar pilot çalışma alanları seçilmeli ve kreş uygulamasına okullardan başlanmalıdır.

4. Bankacı gebe ve annelerin çalışma saatlerinin düzenlenmesi ve çalışma saatlerine riayet edilmesi gerekmektedir.

Kadın meslek gruplarındaki sorunlara binlerce örnek verilebilir. Eğer temel düzenlemeler kanunlaştırılır ve uygulanması da sağlanırsa sorunlar birer birer ortadan kalkacaktır.

## F. MADDİ VE DİĞER SORUNLAR

Yukarıda olabildiğince özetlenmeye çalışılan temel problemlerin yanında, asla göz ardı edilemeyecek, en can alıcı sorun geçim sıkıntısıdır. Özellikle, gebeliği sebebiyle kadın işten çıkarılınca evde maaş teke düşmektedir. Bu tek maaşla geçinmek ve üzerine bir de çocuk masrafını sırtlamak ailelerin belini bükmekte, insanlar bu nedenle çocuk yapmaktan korkmakta, yahut ikinci çocuğu yapmayı akıllarına dahi getirmemektedirler.

Öncelikle, ülkemizde de tüm dünyada olduğu gibi anne-bebek sektörü büyük bir pazardır. Kadınları sürekli tüketmeye yönlendiren bu pazar derhal kontrol altına alınmalıdır.

Kimi aileler bebeklerinin bez, mama gibi en temel ihtiyaçlarını karşılayamamaktadırlar. Bu nedenlerle:

1-Bebek bez ithalatçılarına/üreticilerine vergi indirimi/teşvik;

2-Bebek mama ithalatçıları ve üreticilerine vergi indirimi/teşvik verilmelidir.

Ayrıca, ülkemizde bebek mamalarının içerikleri dahi zararlıdır. Anneler çocuklarına yedirdikleri hiçbir ürünü, eti, sebzeyi gönül rahatlığıyla yedirememektedir. Ülkemizde kendi tohumlarımızla tarım yapmak yasaklanmıştır. Çocuklarımız ilaçlı, hormonlu, boyalı sebze meyvelerle, GDO'lu bebek mamalarıyla büyümektedir.

Bu anlamda organik tarımın yaygınlaştırılması ve her ailenin organik sebze meyvelerden faydalanabilmesi için fiyatların düşürülmesi gerekmektedir.

## G. SONUÇ

Sonuç olarak ülkemiz, kadınlar ve çocuklu kadınlar için

cehennemin provası gibidir. Bu nedenle aileler çocuk sahibi olmaya korkmaktadırlar. Ya da ikinci çocuğu akıllarından dahi geçirmemektedirler.

Toplum ve işverenler hamile kadınlara ve çocuklu kadınlara bu gaddarlıkla davranmaya devam ettikçe ülkenin genç nüfusu azalmaya mahkûmdur. Kadınların çocuk doğurmasını teşvik onları eve kapatmakla, eve kapanmaya mecbur edecek yasal düzenlemelerle değil, aksine, haklarını genişleterek sağlanacaktır.

Üstelik az bir bütçe ve çok kolay düzenlemelerle çözülebilecek sorunlar kördüğüm olmuş, çözülememekte, kimse tarafından da fark edilememektedir. Öyle ki bırakın sorunu çözmeyi, şirketler çalışanlarına "işyerine çocuk getirmemeleri" konusunda uyarılarda bulunmakta, yahut getirilen çocuklar şirket binasından içeri dahi sokulmamaktadır. Düşünün ki artık köpeklerin bile girebildiği lüks plazalara çocuklarımız girememekte, kabul edilmemektedir.

Özetle, kadınlara hamileliklerinde ve doğum sonrasında her türlü haksızlığı ve muameleyi reva gören işverenlere karşı uygulanacak müeyyideler tez zamanda hayata geçirilmelidir.

Mevcut ve gelecekteki düzenlemelerin garantisi ise bu yaptırımlar olacak, uygulanabilen kanunlar ve kanunları uygulayan kurumlar ile bu sorun aşılacaktır.

Sorunların aşılması ile mutlu anneler, mutlu çocuklar ve mutlu bir toplum olacağız. Unutulmasın ki kadınlar ve erkekler çocuktan değil, çocuklu hayatın zorluklarından korkmaktadırlar.

Korkuların giderilmesi de anayasal ve sosyal devlet olmanın gereklerinin yerine getirilmesi ile, hukuk ve kanun ile mümkün olacaktır.

Mart 2015

# Ailenin Korunması ve Kadına Karşı Şiddetin Önlenmesine Dair Kanun

**Kanun No. 6284** **Kabul Tarihi: 8.3.2012**

BİRİNCİ BÖLÜM

**Amaç, Kapsam, Temel İlkeler ve Tanımlar**
**Amaç, Kapsam ve Temel İlkeler**

**MADDE 1** – (1) Bu Kanunun amacı; şiddete uğrayan veya şiddete uğrama tehlikesi bulunan kadınların, çocukların, aile bireylerinin ve tek taraflı ısrarlı takip mağduru olan kişilerin korunması ve bu kişilere yönelik şiddetin önlenmesi amacıyla alınacak tedbirlere ilişkin usul ve esasları düzenlemektir.

(2) Bu Kanunun uygulanmasında ve gereken hizmetlerin sunulmasında aşağıdaki temel ilkelere uyulur:

a) Türkiye Cumhuriyeti Anayasası ile Türkiye'nin taraf olduğu uluslararası sözleşmeler, özellikle Kadınlara Yönelik Şiddet ve Aile İçi Şiddetin Önlenmesi ve Bunlarla Mücadeleye İlişkin Avrupa Konseyi Sözleşmesi ve yürürlükteki diğer kanuni düzenlemeler esas alınır.

b) Şiddet mağdurlarına verilecek destek ve hizmetlerin sunulmasında temel insan haklarına dayalı, kadın erkek eşitliğine duyarlı, sosyal devlet ilkesine uygun, adil, etkili ve süratli bir usul izlenir.

c) Şiddet mağduru ve şiddet uygulayan için alınan tedbir kararları insan onuruna yaraşır bir şekilde yerine getirilir.

ç) Bu Kanun kapsamında kadınlara yönelik cinsiyete dayalı şiddeti önleyen ve kadınları cinsiyete dayalı şiddetten koruyan özel tedbirler ayrımcılık olarak yorumlanamaz.

**Tanımlar**

**MADDE 2 –** (1) Bu Kanunda yer alan;

a) Bakanlık: Aile ve Sosyal Politikalar Bakanlığını,

b) Ev içi şiddet: Şiddet mağduru ve şiddet uygulayanla aynı haneyi paylaşmasa da aile veya hanede ya da aile mensubu sayılan diğer kişiler arasında meydana gelen her türlü fiziksel, cinsel, psikolojik ve ekonomik şiddeti,

c) Hâkim: Aile mahkemesi hâkimini,

ç) Kadına yönelik şiddet: Kadınlara, yalnızca kadın oldukları için uygulanan veya kadınları etkileyen cinsiyete dayalı bir ayrımcılık ile kadının insan hakları ihlaline yol açan ve bu Kanunda şiddet olarak tanımlanan her türlü tutum ve davranışı,

d) Şiddet: Kişinin, fiziksel, cinsel, psikolojik veya ekonomik açıdan zarar görmesiyle veya acı çekmesiyle sonuçlanan veya sonuçlanması muhtemel hareketleri, buna yönelik tehdit ve baskıyı ya da özgürlüğün keyfî engellenmesini de içeren, toplumsal, kamusal veya özel alanda meydana gelen fiziksel, cinsel, psikolojik, sözlü veya ekonomik her türlü tutum ve davranışı,

e) Şiddet mağduru: Bu kanunda şiddet olarak tanımlanan tutum ve davranışlara doğrudan ya da dolaylı olarak maruz kalan veya kalma tehlikesi bulunan kişiyi ve şiddetten etkilenen veya etkilenme tehlikesi bulunan kişileri,

f) Şiddet önleme ve izleme merkezleri: Şiddetin önlenmesi ile koruyucu ve önleyici tedbirlerin etkin olarak uygulanmasına yönelik destek ve izleme hizmetlerinin verildiği, çalışmalarını yedi gün, yirmi dört saat esası ile yürüten merkezleri,

g) Şiddet uygulayan: Bu Kanunda şiddet olarak tanımlanan tutum ve davranışları uygulayan veya uygulama tehlikesi bulunan kişileri,

ğ) Tedbir kararı: Bu kanun kapsamında, şiddet mağdurları ve şiddet uygulayanlar hakkında hâkim, kolluk görevlileri ve mülkî amirler tarafından, istem üzerine veya resen verilecek tedbir kararlarını,

ifade eder.

## İKİNCİ BÖLÜM

## Koruyucu ve Önleyici Tedbirlere İlişkin Hükümler

**Mülki amir tarafından verilecek koruyucu tedbir kararları**

MADDE 3 – (1) Bu Kanun kapsamında korunan kişilerle ilgili olarak aşağıdaki tedbirlerden birine, birkaçına veya uygun görülecek benzer tedbirlere mülkî amir tarafından karar verilebilir:

a) Kendisine ve gerekiyorsa beraberindeki çocuklara, bulunduğu yerde veya başka bir yerde uygun barınma yeri sağlanması.

b) Diğer kanunlar kapsamında yapılacak yardımlar saklı kalmak üzere, geçici maddi yardım yapılması.

c) Psikolojik, mesleki, hukuki ve sosyal bakımdan rehberlik ve danışmanlık hizmeti verilmesi.

ç) Hayati tehlikesinin bulunması hâlinde, ilgilinin talebi üzerine veya resen geçici koruma altına alınması.

d) Gerekli olması hâlinde, korunan kişinin çocukları varsa çalışma yaşamına katılımını desteklemek üzere dört ay, kişinin çalışması hâlinde ise iki aylık süre ile sınırlı olmak kaydıyla, on altı yaşından büyükler için her yıl belirlenen aylık net asgari ücret tutarının yarısını geçmemek ve belgelendirilmek kaydıyla Bakanlık bütçesinin ilgili tertibinden karşılanmak suretiyle kreş imkânının sağlanması.

(2) Gecikmesinde sakınca bulunan hallerde birinci fıkranın (a) ve (ç) bentlerinde yer alan tedbirler, ilgili kolluk amirlerince de alınabilir. Kolluk amiri evrakı en geç kararın alındığı tarihi takip eden ilk işgünü içinde mülki amirin onayına sunar. Mülkî amir tarafından kırk sekiz saat içinde onaylanmayan tedbirler kendiliğinden kalkar.

**Hâkim tarafından verilecek koruyucu tedbir kararları**

**MADDE 4** – (1) Bu Kanun kapsamında korunan kişilerle ilgili olarak aşağıdaki koruyucu tedbirlerden birine, birkaçına veya uygun görülecek benzer tedbirlere hâkim tarafından karar verilebilir:

a) İşyerinin değiştirilmesi.

b) Kişinin evli olması halinde müşterek yerleşim yerinden ayrı yerleşim yeri belirlenmesi.

c) 22.11.2001 tarihli ve 4721 sayılı Türk Medeni Kanunundaki şartların varlığı halinde ve korunan kişinin talebi üzerine tapu kütüğüne aile konutu şerhi konulması.

ç) Korunan kişi bakımından hayatî tehlikenin bulunması ve bu tehlikenin önlenmesi için diğer tedbirlerin yeterli olmayacağının anlaşılması halinde ve ilgilinin aydınlatılmış rızasına dayalı olarak 27.12.2007 tarihli ve 5726 sayılı Tanık Koruma Kanunu hükümlerine göre kimlik ve ilgili diğer bilgi ve belgelerinin değiştirilmesi.

**Hâkim tarafından verilecek önleyici tedbir kararları**

MADDE 5 – (1) Şiddet uygulayanlarla ilgili olarak aşağıdaki önleyici tedbirlerden birine, birkaçına veya uygun görülecek benzer tedbirlere hâkim tarafından karar verilebilir:

a) Şiddet mağduruna yönelik olarak şiddet tehdidi, hakaret, aşağılama veya küçük düşürmeyi içeren söz ve davranışlarda bulunmaması.

b) Müşterek konuttan veya bulunduğu yerden derhal uzaklaştırılması ve müşterek konutun korunan kişiye tahsis edilmesi.

c) Korunan kişilere, bu kişilerin bulundukları konuta, okula ve işyerine yaklaşmaması.

ç) Çocuklarla ilgili daha önce verilmiş bir kişisel ilişki kurma kararı varsa, kişisel ilişkinin refakatçi eşliğinde yapılması, kişisel ilişkinin sınırlanması ya da tümüyle kaldırılması.

d) Gerekli görülmesi halinde korunan kişinin, şiddete uğramamış olsa bile yakınlarına, tanıklarına ve kişisel ilişki kurulmasına ilişkin haller saklı kalmak üzere çocuklarına yaklaşmaması.

e) Korunan kişinin şahsi eşyalarına ve ev eşyalarına zarar vermemesi.

f) Korunan kişiyi iletişim araçlarıyla veya sair surette rahatsız etmemesi.

g) Bulundurulması veya taşınmasına kanunen izin verilen silahları kolluğa teslim etmesi.

ğ) Silah taşıması zorunlu olan bir kamu görevi ifa etse bile bu görevi nedeniyle zimmetinde bulunan silahı kurumuna teslim etmesi.

h) Korunan kişilerin bulundukları yerlerde alkol ya da uyuşturucu veya uyarıcı madde kullanmaması ya da bu maddelerin etkisinde iken korunan kişilere ve bunların bulundukları yerlere yaklaşmaması, bağımlılığının olması halinde, hastaneye yatmak dahil, muayene ve tedavisinin sağlanması.

ı) Bir sağlık kuruluşuna muayene veya tedavi için başvurması ve tedavisinin sağlanması.

(2) Gecikmesinde sakınca bulunan hallerde birinci fıkranın (a), (b), (c) ve (d) bentlerinde yer alan tedbirler, ilgili kolluk amirlerince de alınabilir. Kolluk amiri evrakı en geç kararın alındığı tarihi takip eden ilk işgünü içinde hâkimin onayına sunar. Hâkim tarafından yirmi dört saat içinde onaylanmayan tedbirler kendiliğinden kalkar.

(3) Bu Kanunda belirtilen tedbirlerle birlikte hâkim, 3.7.2005 tarihli ve 5395 sayılı Çocuk Koruma Kanununda yer alan koruyucu ve destekleyici tedbirler ile 4721 sayılı Kanun hükümlerine göre velayet, kayyım, nafaka ve kişisel ilişki kurulması hususlarında karar vermeye yetkilidir.

(4) Şiddet uygulayan, aynı zamanda ailenin geçimini sağlayan yahut katkıda bulunan kişi ise 4721 sayılı kanun hükümlerine göre nafakaya hükmedilmemiş olması kaydıyla hâkim, şiddet mağdurunun yaşam düzeyini göz önünde bulundurarak talep edilmese dahi tedbir nafakasına hükmedebilir.

**Suçlara ilişkin saklı tutulan hükümler**

**MADDE 6 –** (1) Kişinin silah bulundurması, uyuşturucu veya uyarıcı madde kullanmasının suç oluşturması dolayısıyla ya da fiilinin başka bir suç oluşturması nedeniyle;

a) Soruşturma ve kovuşturma evresinde koruma tedbirlerine veya denetimli serbestlik tedbirlerine,

b) Mahkûmiyet hâlinde ceza veya güvenlik tedbirlerinin infazına ve bu çerçevede uygulanabilecek olan denetimli serbestlik tedbirlerine, ilişkin kanun hükümleri saklıdır.

**İhbar**

**MADDE 7 –** (1) Şiddet veya şiddet uygulanma tehlikesinin varlığı hâlinde herkes bu durumu resmi makam veya mercilere ihbar edebilir. İhbarı alan kamu görevlileri bu Kanun kapsamındaki görevlerini gecikmeksizin yerine getirmek ve uygulanması gereken diğer tedbirlere ilişkin olarak yetkilileri haberdar etmekle yükümlüdür.

**Tedbir kararının verilmesi, tebliği ve gizlilik**

MADDE 8 – (1) Tedbir kararı, ilgilinin talebi, Bakanlık veya kolluk görevlileri ya da Cumhuriyet Savcısının başvurusu üzerine verilir. Tedbir kararları en çabuk ve en kolay ulaşılabilecek yer hâkiminden, mülki amirden ya da kolluk biriminden talep edilebilir.

(2) Tedbir kararı ilk defasında en çok altı ay için verilebilir. Ancak şiddet veya şiddet uygulanma tehlikesinin devam edeceğinin anlaşıldığı hallerde, resen, korunan kişinin ya da Bakanlık veya kolluk görevlilerinin talebi üzerine tedbirlerin süresinin veya şeklinin değiştirilmesine, bu tedbirlerin kaldırılmasına veya aynen devam etmesine karar verilebilir.

(3) Koruyucu tedbir kararı verilebilmesi için, şiddetin uygulandığı hususunda delil veya belge aranmaz. Önleyici tedbir kararı, geciktirilmeksizin verilir. Bu kararın verilmesi, bu Kanunun amacını gerçekleştirmeyi tehlikeye sokabilecek şekilde geciktirilemez.

(4) Tedbir kararı, korunan kişiye ve şiddet uygulayana tefhim veya tebliğ edilir. Tedbir talebinin reddine ilişkin karar ise sadece korunan kişiye tebliğ edilir. Gecikmesinde sakınca bulunan hâllerde ilgili kolluk birimi tarafından verilen tedbir kararı şiddet uygulayana bir tutanakla derhal tebliğ edilir.

(5) Tedbir kararının tefhim ve tebliğ işlemlerinde, tedbir kararına aykırılık halinde şiddet uygulayan hakkında zorlama hapsinin uygulanacağı ihtarı yapılır.

(6) Gerekli bulunması halinde, tedbir kararı ile birlikte ta-

lep üzerine veya resen, korunan kişi ve diğer aile bireylerinin kimlik bilgileri veya kimliğini ortaya çıkarabilecek bilgileri ve adresleri ile korumanın etkinliği bakımından önem taşıyan diğer bilgileri, tüm resmi kayıtlarda gizli tutulur. Yapılacak tebligatlara ilişkin ayrı bir adres tespit edilir. Bu bilgileri hukuka aykırı olarak başkasına veren, ifşa eden veya açıklayan kişi hakkında 26.9.2004 tarihli ve 5237 sayılı Türk Ceza Kanununun ilgili hükümleri uygulanır.

(7) Talep hâlinde ilgililere kişisel eşya ve belgelerinin kolluk marifetiyle teslimi sağlanır.

**İtiraz**

MADDE 9 – (1) Bu Kanun hükümlerine göre verilen kararlara karşı tefhim veya tebliğ tarihinden itibaren iki hafta içinde ilgililer tarafından aile mahkemesine itiraz edilebilir.

(2) Hâkim tarafından verilen tedbir kararlarına itiraz üzerine dosya, o yerde aile mahkemesinin birden fazla dairesinin bulunması hâlinde, numara olarak kendisini izleyen daireye, son numaralı daire için birinci daireye, o yerde aile mahkemesinin tek dairesi bulunması halinde Asliye hukuk mahkemesine, aile mahkemesi hâkimi ile asliye hukuk mahkemesi hâkiminin aynı hâkim olması hâlinde ise en yakın asliye hukuk mahkemesine gecikmeksizin gönderilir.

(3) İtiraz mercii kararını bir hafta içinde verir. İtiraz üzerine verilen kararlar kesindir.

**Tedbir kararlarının bildirimi ve uygulanması**

MADDE 10 – (1) Bu Kanun hükümlerine göre alınan tedbir kararları, Bakanlığın ilgili il ve ilçe müdürlükleri ile verilen kararın niteliğine göre Cumhuriyet Başsavcılığına veya kolluğa en seri vasıtalarla bildirilir.

(2) Bu Kanun kapsamında ilgili mercilere yapılan başvu-

rular ile bu başvuruların kabul ya da reddine ilişkin kararlar, başvuru yapılan merci tarafından Bakanlığın ilgili il ve ilçe müdürlüklerine derhal bildirilir.

(3) Korunan kişinin geçici koruma altına alınmasına ilişkin koruyucu tedbir kararı ile şiddet uygulayan hakkında verilen önleyici tedbir kararlarının yerine getirilmesinden, hakkında koruyucu veya önleyici tedbir kararı verilen kişilerin yerleşim yeri veya bulunduğu ya da tedbirin uygulanacağı yer kolluk birimi görevli ve yetkilidir.

(4) Tedbir kararının, kolluk amirince verilip uygulandığı veya korunan kişinin kollukta bulunduğu hallerde, kolluk birimleri tarafından kişi, Bakanlığın ilgili il veya ilçe müdürlüklerine ivedilikle ulaştırılır; bunun mümkün olmaması halinde giderleri Bakanlık bütçesinin ilgili tertibinden karşılanmak üzere kendisine ve beraberindekilere geçici olarak barınma imkânı sağlanır.

(5) Tedbir kararının ilgililere tefhim veya tebliğ edilmemesi, kararın uygulanmasına engel teşkil etmez.

(6) Hakkında barınma yeri sağlanmasına karar verilen kişiler, Bakanlığa ait veya Bakanlığın gözetim ve denetimi altında bulunan yerlere yerleştirilir. Barınma yerlerinin yetersiz kaldığı hâllerde korunan kişiler; mülki amirin, acele hallerde kolluğun veya bakanlığın talebi üzerine kamu kurum ve kuruluşlarına ait sosyal tesis, yurt veya benzeri yerlerde geçici olarak barındırılabilir.

(7) İşyerinin değiştirilmesi yönündeki tedbir kararı, kişinin tabi olduğu ilgili mevzuat hükümlerine göre yetkili merci veya kişi tarafından yerine getirilir.

**Kolluk görevleri**

**MADDE 11** – (1) Kolluk görevleri, kolluğun merkez ve taşra teşkilâtında bu Kanunda belirtilen hizmetlerle ilgili olarak, çocuk ve kadının insan hakları ile kadın erkek eşitliği konusunda eğitim almış ve ilgili kolluk birimlerince belirlenmiş olan yeteri kadar personel tarafından yerine getirilir.

**Teknik yöntemlerle takip**

**MADDE 12 –** (1) Bu Kanun hükümlerine göre verilen tedbir kararlarının uygulanmasında hâkim kararı ile teknik araç ve yöntemler kullanılabilir. Ancak, bu suretle, kişilerin ses ve görüntüleri dinlenemez, izlenemez ve kayda alınamaz.

(2) Teknik araç ve yöntemlerle takibe ilişkin usul ve esaslar yönetmelikle düzenlenir.

**Tedbir kararlarına aykırılık**

**MADDE 13 –** (1) Bu Kanun hükümlerine göre hakkında tedbir kararı verilen şiddet uygulayan, bu kararın gereklerine aykırı hareket etmesi halinde, fiili bir suç oluştursa bile ihlal edilen tedbirin niteliğine ve aykırılığın ağırlığına göre hâkim kararıyla üç günden on güne kadar zorlama hapsine tabi tutulur.

(2) Tedbir kararının gereklerine aykırılığın her tekrarında, ihlal edilen tedbirin niteliğine ve aykırılığın ağırlığına göre zorlama hapsinin süresi on beş günden otuz güne kadardır. Ancak zorlama hapsinin toplam süresi altı ayı geçemez.

(3) Zorlama hapsine ilişkin kararlar, Cumhuriyet Başsavcılığınca yerine getirilir. Bu kararlar Bakanlığın ilgili il ve ilçe müdürlüklerine bildirilir.

## ÜÇÜNCÜ BÖLÜM

## Merkezlerin Kurulması, Destek Hizmetleri ve Kurumlar arası Koordinasyon

**Şiddet önleme ve izleme merkezlerinin kurulması**

**MADDE 14** – (1) Bakanlık, gerekli uzman personelin görev yaptığı ve tercihen kadın personelin istihdam edildiği, şiddetin önlenmesi ile koruyucu ve önleyici tedbirlerin etkin olarak uygulanmasına yönelik destek ve izleme hizmetlerinin verildiği, çalışmalarını yedi gün yirmi dört saat esasına göre yürüten, çalışma usul ve esasları yönetmelikle belirlenen, şiddet önleme ve izleme merkezlerini kurar.

(2) Kurulan merkezlerde şiddetin önlenmesi ile koruyucu ve önleyici tedbirlerin etkin olarak uygulanmasına yönelik izleme çalışmaları yapılır ve destek hizmetleri verilir.

**Destek hizmetleri**

**MADDE 15** – (1) Bu Kanun kapsamında şiddetin önlenmesi ve verilen tedbir kararlarının etkin olarak uygulanmasının izlenmesi bakımından şiddet önleme ve izleme merkezleri tarafından verilecek destek hizmetleri şunlardır:

a) Koruyucu ve önleyici tedbir kararları ile zorlama hapsinin verilmesine ve uygulanmasına ilişkin veri toplayarak bilgi bankası oluşturmak, tedbir kararlarının sicilini tutmak.

b) Korunan kişiye verilen barınma, geçici maddi yardım, sağlık, adli yardım hizmetleri ve diğer hizmetleri koordine etmek.

c) Gerekli hallerde tedbir kararlarının alınmasına ve uygulanmasına yönelik başvurularda bulunmak.

ç) Bu Kanun kapsamındaki şiddetin sonlandırılmasına yönelik bireysel ve toplumsal ölçekte programlar hazırlamak ve uygulamak.

d) Bakanlık bünyesinde kurulan çağrı merkezinin bu Kanunun amacına uygun olarak yaygınlaştırılması ve yapılan müracaatların izlenmesini sağlamak.

e) Bu Kanun kapsamındaki şiddetin sonlandırılması için çalışan ilgili sivil toplum kuruluşlarıyla işbirliği yapmak.

(2) Korunan kişilerle ilgili olarak şiddet önleme ve izleme merkezleri tarafından verilecek destek hizmetleri şunlardır:

a) Kişiye hakları, destek alabilecekleri kurumlar, iş bulma ve benzeri konularda rehberlik etmek ve meslek edindirme kurslarına katılmasına yönelik faaliyetlerde bulunmak.

b) Verilen tedbir kararıyla ulaşılmak istenen amacın gerçekleşmesine yönelik önerilerde bulunmak ve yardımlar yapmak.

c) Tedbir kararlarının uygulanmasının sonuçlarını ve kişiler üzerindeki etkilerini izlemek.

ç) Psiko-sosyal ve ekonomik sorunların çözümünde yardım ve danışmanlık yapmak.

d) Hâkimin isteği üzerine; kişinin geçmişi, ailesi, çevresi, eğitimi, kişisel, sosyal, ekonomik ve psikolojik durumu hakkında ayrıntılı sosyal araştırma raporu hazırlayıp sunmak.

e) İlgili merci tarafından istenilmesi halinde, tedbirlerin uygulanmasının sonuçları ve ilgililer üzerindeki etkilerine dair rapor hazırlamak.

f) 29.5.1986 tarihli ve 3294 sayılı Sosyal Yardımlaşma ve Dayanışmayı Teşvik Kanunu hükümleri uyarınca maddi destek sağlanması konusunda gerekli rehberliği yapmak.

(3) Şiddet uygulayanla ilgili olarak şiddet önleme ve izleme merkezleri tarafından verilecek destek hizmetleri şunlardır:

a) Hâkimin isteği üzerine; kişinin geçmişi, ailesi, çevresi, eğitimi, kişisel, sosyal, ekonomik ve psikolojik durumu ile diğer kişiler ve toplum açısından taşıdığı risk hakkında ayrıntılı sosyal araştırma raporu hazırlayıp sunmak.

b) İlgili makam veya merci tarafından istenilmesi halinde, tedbirlerin uygulanmasının sonuçları ve ilgililer üzerindeki etkilerine dair rapor hazırlamak.

c) Teşvik edici, aydınlatıcı ve yol gösterici mahiyette olmak üzere kişinin;

1) Öfke kontrolü, stresle başa çıkma, şiddeti önlemeye yönelik farkındalık sağlayarak tutum ve davranış değiştirmeyi hedefleyen eğitim ve rehabilitasyon programlarına katılmasına,

2) Alkol, uyuşturucu, uçucu veya uyarıcı madde bağımlılığının ya da ruhsal bozukluğunun olması halinde, bir sağlık kuruluşunda muayene veya tedavi olmasına,

3) Meslek edindirme kurslarına katılmasına, yönelik faaliyetlerde bulunmak.

(4) Şiddet mağduru ile şiddet uygulayana yönelik hizmetler, zorunlu haller dışında farklı birimlerde sunulur.

**Kurumlar arası koordinasyon ve eğitim**

MADDE 16 – (1) Bu Kanun hükümlerinin yerine getirilmesinde kurumlar arası koordinasyon Bakanlık tarafından gerçekleştirilir.

(2) Kamu kurum ve kuruluşları ile diğer gerçek ve tüzel kişiler, bu Kanunun uygulanmasıyla ilgili olarak kendi görev alanına giren konularda işbirliği ve yardımda bulunmak ve alınan tedbir kararlarını ivedilikle yerine getirmekle yükümlüdür. Gerçek ve tüzel kişiler, bu Kanun kapsamında Bakanlık çalışmalarını desteklemek ve ortak çalışmalar yapmak üzere teşvik edilir.

(3) Türkiye Radyo ve Televizyon Kurumu ile ulusal, bölgesel ve yerel yayın yapan özel televizyon kuruluşları ve radyolar, ayda en az doksan dakika kadınların çalışma yaşamına katılımı, özellikle kadın ve çocukla ilgili olmak üzere şiddetle mücadele mekanizmaları ve benzeri politikalar konusunda Bakanlık tarafından hazırlanan ya da hazırlattırılan bilgilen-

dirme materyallerini yayınlamak zorundadır. Bu yayınlar, asgari otuz dakikası 17.00-22.00 saatleri arasında olmak üzere 08.00-22.00 saatleri arasında yapılır ve yayınların kopyaları her ay düzenli olarak Radyo ve Televizyon Üst Kuruluna teslim edilir. Bu saatler dışında yapılan yayınlar aylık doksan dakikalık süreye dâhil edilmez. Bu süreler Radyo ve Televizyon Üst Kurulu tarafından denetlenir. Televizyon kuruluşları ve radyolarda yayınlanacak bilgilendirme materyalleri, Bakanlık birimleri tarafından üniversiteler, ilgili meslek kuruluşları ve sivil toplum kuruluşlarının da görüşleri alınarak hazırlanır.

(4) Bu Kanunda öngörülen görevlerin yerine getirilmesi sırasında kamu kurum ve kuruluşlarının personeli Bakanlık görevlilerine yardımcı olurlar.

(5) Tüm kamu kurum ve kuruluşları ile kamu kurumu niteliğindeki meslek kuruluşları, personel ve üyelerinin bu Kanunun etkin bir biçimde uygulanması amacıyla Bakanlığın hazırlayıp koordine edeceği, kadının insan hakları ile kadın erkek eşitliği konusunda eğitim programlarına katılmasını sağlar.

(6) İlköğretim ve ortaöğretim müfredatına, kadının insan hakları ve kadın erkek eşitliği konusunda eğitime yönelik dersler konulur.

## DÖRDÜNCÜ BÖLÜM

### Mali Hükümler
### Geçici Maddi Yardım Yapılması

**MADDE 17 –** (1) Bu Kanun hükümlerine göre geçici maddi yardım yapılmasına karar verilmesi halinde, on altı yaşından büyükler için her yıl belirlenen aylık net asgari ücret tutarının otuzda birine kadar, günlük ödeme yapılır. Korunan kişinin birden fazla olması hâlinde, ilave her bir kişi için bu tutarın yüzde yirmisi oranında ayrıca ödeme yapılır. Ancak, ödenecek tutar hiçbir şekilde belirlenen günlük ödeme tutarının bir buçuk katını geçemez. Korunan kişilere barınma yeri sağlanması halinde bu fıkrada belirlenen tutarlar yüzde elli oranında azaltılarak uygulanır.

(2) Bu ödemeler, Bakanlık bütçesine, geçici maddi yardımlar için konulan ödenekten karşılanır. Yapılan ödemeler, şiddet uygulayandan tebliğ tarihinden itibaren bir ay içinde tahsil edilir. Bu şekilde tahsil edilemeyenler 21.7.1953 tarihli ve 6183 sayılı Amme Alacaklarının Tahsil Usulü Hakkında Kanun hükümlerine göre ilgili vergi dairesi tarafından takip ve tahsil edilir.

(3) Korunan kişinin gerçeğe aykırı beyanda bulunduğunun tespiti hâlinde yapılan yardımlar, bu kişiden 6183 sayılı Kanun hükümlerine göre tahsil edilir.

**Nafaka**

**MADDE 18 –** (1) Bu Kanun hükümlerine göre nafakaya karar verilmesi halinde kararın bir örneği, resen nafaka alacaklısının veya borçlusunun yerleşim yeri icra müdürlüğüne gönderilir.

(2) Nafaka ödemekle yükümlü kılınan kişinin Sosyal Güvenlik Kurumu ile bağlantısı olması durumunda, korunan kişinin başvurusu aranmaksızın nafaka, ilgilinin aylık, maaş ya da ücretinden icra müdürlüğü tarafından tahsil edilir. İcra müdürlüklerinin nafakanın tahsili işlemlerine ilişkin posta giderleri Cumhuriyet Başsavcılığının suçüstü ödeneğinden karşılanır.

**Sağlık giderleri**

**MADDE 19 –** (1) Bu kanun hükümlerine göre hakkında koruyucu tedbir kararı verilen kişilerden genel sağlık sigortalısı olmayan ve genel sağlık sigortalısının bakmakla yükümlü olduğu kişi kapsamına da girmeyen veya genel sağlık sigortası prim borcu sebebiyle fiilen genel sağlık sigortasından yararlanamayan ya da diğer mevzuat hükümleri gereğince tedavi yardımından yararlanma hakkı bulunmayanlar; bu hallerin devamı süresince, 31.5.2006 tarihli ve 5510 sayılı Sosyal Sigortalar ve Genel Sağlık Sigortası Kanununun 60. maddesinin birinci fıkrasının (c) bendinin (1) numaralı alt bendi kapsamında, gelir testine tabi tutulmaksızın genel sağlık sigortalısı sayılır.

(2) Bu Kanun hükümlerine göre hakkında önleyici tedbir kararı verilen kişinin aynı zamanda rehabilitasyonunun veya tedavi edilmesinin gerekli olduğuna karar verilmesi halinde, genel sağlık sigortası kapsamında karşılanmayan rehabilitasyon hizmetlerine yönelik giderler ile rehabilitasyon hizmetleri kapsamında verilmesi gereken diğer sağlık hizmetlerinin giderleri Bakanlık bütçesinin ilgili tertiplerinden karşılanır.

**Harçlar ve masraflardan, vergilerden muafiyet ve davaya katılma**

**MADDE 20** – (1) Bu kanun kapsamındaki başvurular ile verilen kararların icra ve infazı için yapılan işlemlerden yargılama giderleri, harç, posta gideri ve benzeri hiçbir ad altında masraf alınmaz. Bu kanunun 17. maddesi uyarınca yapılan ödemeler gelir vergisi ile veraset ve intikal vergisinden, bu ödemeler için düzenlenen kâğıtlar ise damga vergisinden müstesnadır.

(2) Bakanlık, gerekli görmesi halinde kadın, çocuk ve aile bireylerine yönelik olarak uygulanan şiddet veya şiddet tehlikesi dolayısıyla açılan idari, cezai, hukuki her tür davaya ve çekişmesiz yargıya katılabilir.

## BEŞİNCİ BÖLÜM

### Çeşitli ve Son Hükümler

**Kadrolar**

MADDE 21 – (1) Ekli listede yer alan kadrolar ihdas edilerek 13.12.1983 tarihli ve 190 sayılı Genel Kadro ve Usulü Hakkında Kanun Hükmünde Kararnamenin eki (I) sayılı cetvelin Aile ve Sosyal Politikalar Bakanlığına ait bölümüne eklenmiştir.

**Yönetmelik**

MADDE 22 – (1) Bu Kanunun uygulanmasına ilişkin usul ve esaslar altı ay içinde, Adalet, İçişleri, Maliye, Milli Eğitim ve Sağlık Bakanlıklarının görüşleri alınmak suretiyle Bakanlık tarafından hazırlanan yönetmeliklerle düzenlenir.

**Yürürlükten kaldırılan hükümler ve atıflar**

MADDE 23 – (1) 14.1.1998 tarihli ve 4320 sayılı Ailenin Korunmasına Dair Kanun yürürlükten kaldırılmıştır.

(2) Mevzuatta 4320 sayılı Kanuna yapılan atıflar bu kanuna yapılmış sayılır.

(3) Bu Kanunun yürürlüğe girmesinden önce 4320 sayılı Kanun hükümlerine göre verilen kararların uygulanmasına devam olunur.

**Şiddet önleme ve izleme merkezlerinin faaliyete geçmesi**

GEÇİCİ MADDE 1 – (1) Bu kanunun 14. maddesinde kurulması öngörülen şiddet önleme ve izleme merkezleri, Kanunun yürürlüğe girdiği tarihten itibaren iki yıl içinde Bakanlık tarafından belirlenecek illerde pilot uygulama yapılmak üzere kurulur. Kuruluşları tamamlanıncaya kadar merkezlerin görevlerinin Bakanlığın hangi birimlerince yürütüleceği Bakanlık tarafından belirlenir.

**Yürürlük**

MADDE 24 – (1) Bu Kanun yayımı tarihinde yürürlüğe girer.

**Yürütme**

MADDE 25 – (1) Bu Kanun hükümlerini Bakanlar Kurulu yürütür.

19.3.2012

# Gebe veya Emziren Kadınların Çalıştırılma Şartlarıyla Emzirme Odaları ve Çocuk Bakım Yurtlarına Dair Yönetmelik

## BİRİNCİ BÖLÜM

### Amaç, Kapsam, Dayanak ve Tanımlar

**Amaç**

**MADDE 1 –** (1) Bu Yönetmeliğin amacı, gebe, yeni doğum yapmış veya emziren çalışanın işyerlerindeki sağlık ve güvenliğinin sağlanması ve geliştirilmesini destekleyecek önlemlerin alınması ve bu çalışanların hangi dönemlerde ne gibi işlerde çalıştırılmalarının yasak olduğunu, çalıştırılabileceği işlerde hangi şart ve usullere uyulacağını, emzirme odalarının veya çocuk bakım yurtlarının nasıl kurulacağını ve hangi şartları taşıyacağını belirlemektir.

**Kapsam**

**MADDE 2 –** (1) Bu Yönetmelik, 20.6.2012 tarihli ve 6331 sayılı İş Sağlığı ve Güvenliği Kanu'nu kapsamındaki kadın çalışan çalıştıran işyerlerine uygulanır.

**Dayanak**

**MADDE 3 –** (1) Bu Yönetmelik İş Sağlığı ve Güvenliği Kanunu'nun 30 uncu maddesine dayanılarak hazırlanmıştır.

**Tanımlar**

**MADDE 4 –** (1) Bu Yönetmelikte geçen;

a) Gebe çalışan: Herhangi bir sağlık kuruluşundan alınan belge ile gebeliği hakkında işverenini bilgilendiren çalışanı,

b) Emziren çalışan: Tabi olduğu mevzuat hükümleri uyarınca süt izni kullanmakta olan ve işverenini durum hakkında bilgilendiren çalışanı,

c) Emzirme odaları: Çalışanların bir yaşından küçük çocuklarını emzirmeleri için ayrılan odaları,

ç) Yeni doğum yapmış çalışan: Yeni doğum yapmış ve işverenini durumu hakkında bilgilendiren çalışanı,

d) Yurt / Çocuk bakım yurdu / Kreş: 0-60 aylık çocuklar ile velisinin isteği üzerine ilkokula kaydı yapılmayan 60-66 aylık çocukların bakım ve eğitimlerinin yapıldığı yerleri, ifade eder.

## İKİNCİ BÖLÜM

## Genel ve Özel Hükümler

### Uygulamada Öncelik

**MADDE 5 –** (1) Bu Yönetmelik hükümlerinin uygulanmasında öncelikle çalışanın tabi olduğu ilgili mevzuat hükümleri dikkate alınır.

(2) 6331 sayılı Kanun kapsamında olup kendi özel mevzuatlarında hüküm bulunmaması halinde çalışanlar açısından bu Yönetmelik hükümleri uygulanır.

(3) Bu Yönetmeliğin oda ve yurtlarla ilgili dördüncü bölümünde yer alan hükümlerin 657 sayılı Devlet Memurları Kanu-

nunun 1. maddesinin birinci fıkrası kapsamına giren çalışanlar için uygulanmasında, 8.12.1987 tarihli ve 19658 sayılı Resmî Gazete'de yayımlanan Kamu Kurum ve Kuruluşlarınca Açılacak Çocuk Bakımevleri Hakkında Yönetmelik hükümleri saklıdır.

(4) Oda ve yurt açma yükümlülüğü için çalışan sayısı bakımından statü ayrımı yapılmaksızın 6331 sayılı Kanuna tabi bütün çalışanlar hesaba katılır. Ancak bu çalışanların kendi özel mevzuatlarına göre kurulmuş oda, yurt, kreş veya çocuk bakımevinin bulunması halinde söz konusu yükümlülük yerine getirilmiş sayılır.

**Bilgilendirme ve değerlendirme**

**MADDE 6 –** (1) Çalışan, gebelik ve emzirmeye başlama halinde işverenini bilgilendirir.

(2) İşveren; gebe veya emziren çalışanın sağlık ve güvenliği için tehlikeli sayılan kimyasal, fiziksel, biyolojik etkenlerin ve çalışma süreçlerinin çalışanlar üzerindeki etkilerini değerlendirir. Bu değerlendirme sonucuna göre EK-I'de belirtilen genel ve özel önlemleri alır.

(3) İşveren, işyerindeki maruziyetin şeklini, düzeyini ve süresini EK-II ve EK-III'teki etkenler, süreçler, çalışma koşulları veya özel bir riske maruz kalma olasılığı bulunan işleri de;

a) sağlık ve güvenlik risklerinin, gebe veya emziren çalışanlar üzerindeki etkilerini belirlemek

b) alınacak önlemleri kararlaştırmak üzere değerlendirir. Bu değerlendirmede kişisel olarak çalışanı etkileyen psikososyal ve tıbbi faktörleri de dikkate alır.

(4) Gebe veya emziren çalışan, işyerinde yapılan değerlendirmenin sonuçları ile sağlık ve güvenlik amacıyla alınması gereken önlemler hakkında bilgilendirilir.

**Değerlendirme sonuçlarını izleyen eylem**

MADDE 7 – (1) Değerlendirme sonuçları, gebe veya emziren çalışan için sağlık ve güvenlik riskini veya çalışanın gebeliği veya emzirmesi üzerindeki bir etkiyi ortaya çıkardığında işveren, ilgili çalışanın çalışma koşullarını ve/veya çalışma saatlerini, çalışanın bu risklere maruz kalmasını önleyecek bir biçimde geçici olarak değiştirir.

(2) Çalışma koşullarının ve/veya çalışma saatlerinin uyarlanması mümkün değilse, işveren ilgili çalışanı başka bir işe aktarmak için gerekli önlemleri alır.

(3) Sağlık raporu ile gerekli görüldüğü takdirde gebe çalışan, sağlığına uygun daha hafif işlerde çalıştırılır. Bu halde çalışanın ücretinde bir kesinti yapılmaz. Başka bir işe aktarılması mümkün değilse, çalışanın sağlık ve güvenliğinin korunması için gerekli süre içinde, isteği halinde çalışanın tabi olduğu mevzuat hükümleri saklı kalmak kaydıyla ücretsiz izinli sayılması sağlanır. Bu süre, yıllık ücretli izin hakkının hesabında dikkate alınmaz.

## ÜÇÜNCÜ BÖLÜM

## Çalışma Koşulları ve İzinler

### Gece çalışması

MADDE 8 – (1) Kadın çalışanlar, gebe olduklarının sağlık raporuyla tespitinden itibaren doğuma kadar geçen sürede gece çalışmaya zorlanamazlar.

(2) Yeni doğum yapmış çalışanın doğumu izleyen bir yıl boyunca gece çalıştırılması yasaktır. Bu sürenin sonunda sağlık ve güvenlik açısından sakıncalı olduğunun sağlık raporu ile belirlendiği dönem boyunca gece çalıştırılmaz.

**Çalışma saatleri**

MADDE 9 – (1) Gebe veya emziren çalışan günde yedi buçuk saatten fazla çalıştırılamaz.

**Analık ve süt izni**

MADDE 10 – (1) Çalışanın tabi olduğu mevzuat hükümleri saklı kalmak kaydıyla analık ve süt izninde 22.5.2003 tarihli ve 4857 sayılı İş Kanununun 74.'üncü maddesi hükümleri uygulanır.

**Gebe çalışanın muayene izni**

MADDE 11 – (1) Gebe çalışanlara gebelikleri süresince, periyodik kontrolleri için ücretli izin verilir.

**Emziren çalışanın çalıştırılması**

MADDE 12 – (1) Emziren çalışanların, doğum izninin bitiminde ve işe başlamalarından önce, çalışmalarına engel durumları olmadığının raporla belirlenmesi gerekir. Çalışmasının sakıncalı olduğu hekim raporu ile belirlenen çalışan, raporda belirtilen süre ve işlerde çalıştırılamaz.

## DÖRDÜNCÜ BÖLÜM

### Oda ve Yurtlarla İlgili Genel Hükümler
### Oda ve Yurt Açma Yükümlülüğü

MADDE 13 – (1) Yaşları ve medeni halleri ne olursa olsun, 100-150 kadın çalışanı olan işyerlerinde, emziren çalışanların çocuklarını emzirmeleri için işveren tarafından, çalışma yerlerinden ayrı ve işyerine en çok 250 metre uzaklıkta EK-IV'te belirtilen şartları taşıyan bir emzirme odasının kurulması zorunludur.

(2) Yaşları ve medeni halleri ne olursa olsun, 150'den çok

kadın çalışanı olan işyerlerinde, 0-6 yaşındaki çocukların bırakılması, bakımı ve emziren çalışanların çocuklarını emzirmeleri için işveren tarafından, çalışma yerlerinden ayrı ve işyerine yakın EK-IV'te belirtilen şartları taşıyan bir yurdun kurulması zorunludur. Yurt, işyerine 250 metreden daha uzaksa işveren taşıt sağlamakla yükümlüdür.

(3) İşverenler, ortaklaşa oda ve yurt kurabilecekleri gibi, oda ve yurt açma yükümlülüğünü, kamu kurumlarınca yetkilendirilmiş yurtlarla yapacakları anlaşmalarla da yerine getirebilirler.

(4) Oda ve yurt açma yükümlülüğünün belirlenmesinde, belediye ve mücavir alan sınırları içinde bulunan tüm işyerlerindeki kadın çalışanların toplam sayısı dikkate alınır.

(5) Emzirme odası ve/veya yurt kurulması için gereken kadın çalışan sayısının hesabına erkek çalışanlar arasından çocuğunun annesi ölmüş veya velayeti babaya verilmiş olanlar da dâhil edilir.

**Oda ve yurtlardan faydalanacaklar**

**MADDE 14 –** (1) Oda ve yurtlardan kadın çalışanların çocukları ile erkek çalışanların annesi ölmüş veya velayeti babaya verilmiş çocukları faydalanırlar. Odalara 0-1 yaşındaki, yurtlara da velisinin isteği üzerine ilkokula kaydı yapılmayan 66 aylığa kadar çocuklar alınır.

(2) Oda ve yurtlarda, çocuklar ve görevliler dışında başkasının bulunması ve bunların amaç dışında kullanılması yasaktır. Yurtlarda 0-24 aylık, 25-48 aylık ve 49-66 aylık çocuklar birbirinden ayrı bulundurulur.

(3) Çocuklar, oda ve yurtlara işbaşı yapılmadan önce bırakılır, işin bitiminde alınır. Anne ve babalar, odaların ve yurtların disiplin ve yönetimine dair kurallara uymak şartıyla

ara dinlenmesinde çocuklarını görüp bakımlarıyla ilgilenebilirler.

**Kayıt ve çıkış**

MADDE 15 – (1) Oda ve yurtlara kabul edilen çocuklar, EK-V'te belirtilen kayıt ve kabul defterine yazılır.

(2) Oda ve yurtlardan tamamen ayrılan çocukların ayrılış nedeni, tarihi, kiminle çıktığı, gözlem kâğıdına ve kayıt kabul defterine işlenir. Çocuğun özel dosyası anne veya babasına verilir.

**Oda ve yurtlarda bulundurulacak ilaç ve tıbbi gereçler**

MADDE 16 – (1) Oda ve yurtların gereken yerlerine çocukların vücut ısılarının ölçülmesi için termometreler konulur, buralarda EK-VI'daki çizelgede yazılı olan ve ayrıca işyerinde görevli hekim tarafından gerekli görülen ilaç ve tıbbi gereçler bulundurulur. Bunlar özel bir dolap içinde ve kolayca kullanılabilecek şekilde saklanır ve düzenli olarak işyerinde görevli hekim tarafından gözden geçirilerek bozulmuş veya kullanılmaz duruma gelmiş yahut tükenmiş bulunanların yerlerine yenileri konulur.

**Personel, yönetim ve gözetim**

MADDE 17 – (1) Oda ve yurtlarda çalışacak yönetici, sağlık personeli ve diğer personelin nitelikleri ve görevleri aşağıda belirtilmiştir:

a) Yönetici: Oda ve yurtların amacına uygun olarak işleyişle ilgili idari konulardaki her türlü işlerden ve oda ve yurtlardaki çocukların sağlık kurallarına uygun bir ortam içinde yaşama, gelişme ve eğitimlerinin sağlanmasından birinci derecede sorumlu olmak üzere aşağıdaki niteliklerden birine sahip kişilerden biri yönetici olarak görevlendirilir:

1) Eğitim yönetimi, sosyal hizmetler, çocuk gelişimi ve eğitimi, okul öncesi eğitim, psikoloji, çocuk sağlığı veya çocuk ge-

lişimi ve anaokulu alanlarından birinde yükseköğrenim görmüş olmak,

2) Okul öncesi öğretmeni unvanını almış olmak.

b) Sağlık personeli: Oda ve yurtlar, işyeri hekiminin tıbbi gözetimi altındadır. Çocukların sağlık durumları düzenli aralıklarla kontrol edilir ve gereği yapılır. İşyeri hekimi ile işyeri hemşiresi, çocukların periyodik sağlık kontrollerini yapmak, sağlıkla ilgili kayıtlarını tutmak, salgın ve bulaşıcı hastalıklara karşı gerekli önlemleri almak veya aldırmak, sağlık ve temizlik yönünden gerekli denetimleri yapmakla görevlidir.

c) Diğer personel:

1) Oda ve yurtların emzirme odalarında her 10 çocuk için bir kadın çocuk bakıcısı bulundurulur. Çocuk bakıcılarından en az birinin kız meslek lisesi çocuk gelişimi ve eğitimi bölümü mezunu veya benzeri mesleklerden olması zorunludur. Yurtlarda, her yirmi çocuk için bir çocuk bakıcısı ile kız meslek lisesi çocuk gelişimi ve eğitimi bölümü mezunu veya benzeri meslek mensubu eleman bulundurulur.

2) Oda ve yurtlardaki toplam çocuk ve grup sayısına göre beslenme, temizlik ve diğer hizmetler için yeterli sayıda personel istihdam edilir. Bu personel için en az ilkokul diploması veya okuryazarlık belgesi almış ve sağlıklı olma şartı arar ır.

ç) Yukarıda belirtilen personel dışında, işverence gerekli görüldüğü takdirde, sosyal hizmet uzmanı, beslenme uzmanı ve psikolog, Kız Meslek Lisesi Çocuk Gelişimi ve Eğitimi Bölümü mezunlarıyla müzik, güzel sanatlar ve spor dalında ihtisas sahibi elemanlar görevlendirilebilir. Bunlar kendi alanları ile ilgili çalışma programları çerçevesinde faaliyet gösterirler.

d) Oda ve yurtlarda bulunan çocukların korunmaları amacıyla buralarda çalıştırılacak tüm personelin işe girişte ve periyodik olarak akıl ve vücut sağlığı ve bulaşıcı hastalıklar yönünden sağlık kontrolü yapılır. Bulaşıcı hastalığı bulunanlar ile çocukların sağlık ve gelişimlerini olumsuz etkileyebilecek personel çalıştırılmaz.

**Çocukların muayeneleri**

**MADDE 18 –** (1) Oda ve yurtlara kabul edilecek çocuklar önce gözlem odasına alınır ve işyeri hekiminin muayenesinden geçirilir. Bulaşıcı veya tehlikeli bir hastalığı bulunmayan veya portör olmayan çocuklar hakkında rapor düzenlenir, raporlar çocukların özel dosyalarında saklanır.

(2) Bulaşıcı veya tehlikeli bir hastalığı olanlar, hastalık kuşkusu bulunanlar veya portör olan çocuklar, sağlıklı olduklarının belirlenmesine kadar oda ve yurtlara alınmazlar.

(3) Bulaşıcı hastalığa tutulan veya tutulduğundan şüphe edilen oda ve yurtlarda bulunan çocuklar işyeri hekimine muayene ettirilmek üzere derhal gözlem odalarına alınırlar. Muayene sonucunda bulaşıcı veya tehlikeli bir hastalığa tutulduğu anlaşılan çocuklar, işyeri hekimince bir sağlık kuruluşuna gönderilir ve durumuyla ilgili olarak velisi bilgilendirilir.

(4) Oda veya yurda kabul edilen her çocuk için EK-VII'de yer alan gözlem kâğıdı doldurulur ve özel dosyasına konur. Çocuklar burada kaldığı sürece, onların sağlık ve genel gelişme durumları, beden yapıları ve ruhsal özellikleri düzenli aralıklarla işyeri hekimince EK-VIII'de yer alan sağlık muayenesi kâğıtlarına işlenir.

(5) Oda ve yurtlarda kalan çocukların aşılarının yapılıp yapılmadığı işyeri hekimince takip edilir, çocukların aşısız veya eksik aşılı olduğunun tespiti durumunda çocuğun kayıtlı bulunduğu aile hekimine götürülmesi hususunda velileri bilgilendirilir.

**Çocukların beslenmesi**

**MADDE 19 –** (1) Oda ve yurtlarda, çocukların ihtiyaçlarına göre gerekli besinler, kahvaltıları ve yemekleri verilir.

Yemek listeleri ve tamamlayıcı beslenmenin düzenlenmesinde işyeri hekiminin görüşleri alınır.

(2) Çocuklara ayrıca, günde 250'şer gram dayanıklı veya pastörize, yoksa kaynamış süt veya yoğurt verilir.

**Çocukların eğitim ve geliştirilmeleri**

MADDE 20 – (1) Oda ve yurtlarda, çocuklara psikososyal gelişimlerini sağlayacak okul öncesi eğitimlerin verilmesi sağlanır.

**İşverenin yükümlülüğü**

MADDE 21 – (1) Oda ve yurtların bina, kuruluş, döşeme, araç, gereç, taşıt, beslenme gibi giderlerinin tamamı işverenlerce karşılanır.

(2) Buralar, ayda en az bir defa işveren veya vekili tarafından denetlenir. İşveren, işveren vekili, işyeri hekimi veya bu birimlerin yönetim ve gözetiminden sorumlu olanlarca görülen eksiklikler derhal giderilir.

**Ortaklaşa kurulan oda ve yurtların yönetimi**

MADDE 22 – (1) Oda ve yurtlar birden çok işveren tarafından kurulduğu takdirde, bu işverenler veya işveren vekilleri, ayda en az bir defa toplanarak bu yerlerin yönetimine dair kararları alırlar ve uygulanmasını sağlarlar.

**Oda ve yurtların bildirilmesi**

MADDE 23 – (1) İşverenler, 6331 sayılı İş Sağlığı ve Güvenliği Kanunu kapsamındaki işyerlerinde açtıkları oda ve yurtlarla ilgili bilgi ve belgeleri, açılma tarihinden itibaren en geç 30 gün içinde bir rapor halinde Milli Eğitim Bakanlığı ile bağlı oldukları Çalışma ve İş Kurumu İl Müdürlüğüne gönderirler. Bu raporda aşağıdaki hususlar belirtilir:

a) İşyerinin unvanı, bağlı olduğu Çalışma ve İş Kurumu İl Müdürlüğü sicil numarası ve adresi,

b) İşyerinde çalıştırılan toplam çalışan sayısı ve kadın çalışan sayısı,

c) Kuruma alınan çocuk sayısı, cinsiyeti,

ç) Kurumun açık adresi, oda sayısı, oyun yerleri, bahçenin büyüklüğü, bakım ve eğitim araçlarının miktar ve çeşitleri.

## BEŞİNCİ BÖLÜM

### Çeşitli ve Son Hükümler
### Yürürlükten Kaldırılan Yönetmelik

**MADDE 24** – (1) 14.7.2004 tarihli ve 25522 sayılı Resmî Gazete'de yayımlanan Gebe veya Emziren Kadınların Çalıştırılma Şartlarıyla Emzirme Odaları ve Çocuk Bakım Yurtlarına Dair Yönetmelik yürürlükten kaldırılmıştır.

**Bildirim yükümlülüğü**

**GEÇİCİ MADDE 1** – (1) Bu yönetmeliğin yürürlüğe girdiği tarihten önce 4857 sayılı kanun gereğince yirmi üç madde kapsamında yapılan bildirimler geçerli sayılır.

**İşyerlerinde açılan oda ve yurtlarla ilgili bildirim**

**GEÇİCİ MADDE 2** – (1) 23 üncü maddede yer alan 6331 sayılı İş Sağlığı ve Güvenliği Kanunu kapsamındaki işyerlerinde açtıkları oda ve yurtlarla ilgili bildirim yapmayan işverenler 31.12.2013 tarihine kadar Milli Eğitim Bakanlığı ile bağlı oldukları Çalışma ve İş Kurumu İl Müdürlüğüne bildirim yapmak zorundadır.

**Yürürlük**

**MADDE 25** – (1) Bu yönetmelik yayımı tarihinde yürürlüğe girer.

**Yürütme**

**MADDE 26** – (1) Bu yönetmelik hükümlerini Çalışma ve Sosyal Güvenlik Bakanı yürütür.

Türk Ceza Kanunu
Kabul Tarihi: 26.09.2004
Kanun Numarası: 5237
Resmi Gazete Sayısı: 25611
Resmi Gazete Tarihi: 12.10.2004

## ALTINCI BÖLÜM

### Cinsel Dokunulmazlığa Karşı Suçlar
### Cinsel Saldırı

Madde 102 – (Değişik: 18.6.2014-6545/58 md.)

(1) Cinsel davranışlarla bir kimsenin vücut dokunulmazlığını ihlâl eden kişi, mağdurun şikâyeti üzerine, beş yıldan on yıla kadar hapis cezası ile cezalandırılır. Cinsel davranışın sarkıntılık düzeyinde kalması halinde iki yıldan beş yıla kadar hapis cezası verilir.

(2) Fiilin vücuda organ veya sair bir cisim sokulması suretiyle gerçekleştirilmesi durumunda on iki yıldan az olmamak üzere hapis cezasına hükmolunur. Bu fiilin eşe karşı işlenmesi halinde, soruşturma ve kovuşturmanın yapılması mağdurun şikâyetine bağlıdır.

(3) Suçun;

a) Beden veya ruh bakımından kendisini savunamayacak durumda bulunan kişiye karşı,

b) Kamu görevinin, vesayet veya hizmet ilişkisinin sağladığı nüfuz kötüye kullanılmak suretiyle,

c) Üçüncü derece dahil kan veya kayın hısımlığı ilişkisi içinde bulunan bir kişiye karşı ya da üvey baba, üvey ana, üvey kardeş, evlat edinen veya evlatlık tarafından,

d) Silahla veya birden fazla kişi tarafından birlikte,

e) İnsanların toplu olarak bir arada yaşama zorunluluğunda bulunduğu ortamların sağladığı kolaylıktan faydalanmak suretiyle işlenmesi halinde, yukarıdaki fıkralara göre verilen cezalar yarı oranında artırılır.

(4) Cinsel saldırı için başvurulan cebir ve şiddetin kasten yaralama suçunun ağır neticelerine neden olması halinde, ayrıca kasten yaralama suçuna ilişkin hükümler uygulanır.

(5) Suç sonucu mağdurun bitkisel hayata girmesi veya ölümü halinde, ağırlaştırılmış müebbet hapis cezasına hükmolunur.

İlgili Mahkeme Kararları: Yargıtay/Anayasa Mahkemesi/Uyuşmazlık Mahkemesi/Avrupa İnsan Hakları Mahkemesi/Askeri Yargıtay

İlgili Mevzuat: Kanunlar

Madde Geçmişi:

**Çocukların cinsel istismarı**

**Madde 103** – (Değişik: 18.6.2014-6545/59 md.)

(1) Çocuğu cinsel yönden istismar eden kişi sekiz yıldan on beş yıla kadar hapis cezası ile cezalandırılır. Cinsel istismarın sarkıntılık düzeyinde kalması halinde üç yıldan sekiz yıla kadar hapis cezası verilir. Sarkıntılık düzeyinde kalmış suçun failinin çocuk olması halinde soruşturma ve kovuşturma yapılması

mağdurun, velisinin veya vasisinin şikâyetine bağlıdır. Cinsel istismar deyiminden;

a) On beş yaşını tamamlamamış veya tamamlamış olmakla birlikte fiilin hukuki anlam ve sonuçlarını algılama yeteneği gelişmemiş olan çocuklara karşı gerçekleştirilen her türlü cinsel davranış,

b) Diğer çocuklara karşı sadece cebir, tehdit, hile veya iradeyi etkileyen başka bir nedene dayalı olarak gerçekleştirilen cinsel davranışlar, anlaşılır.

(2) Cinsel istismarın vücuda organ veya sair bir cisim sokulması suretiyle gerçekleştirilmesi durumunda, on altı yıldan aşağı olmamak üzere hapis cezasına hükmolunur.

(3) Suçun;

a) Birden fazla kişi tarafından birlikte,

b) İnsanların toplu olarak bir arada yaşama zorunluluğunda bulunduğu ortamların sağladığı kolaylıktan faydalanmak suretiyle,

c) Üçüncü derece dahil kan veya kayın hısımlığı ilişkisi içinde bulunan bir kişiye karşı ya da üvey baba, üvey ana, üvey kardeş veya evlat edinen tarafından,

d) Vasi, eğitici, öğretici, bakıcı, koruyucu aile veya sağlık hizmeti veren ya da koruma, bakım veya gözetim yükümlülüğü bulunan kişiler tarafından,

e) Kamu görevinin veya hizmet ilişkisinin sağladığı nüfuz kötüye kullanılmak suretiyle, işlenmesi halinde, yukarıdaki fıkralara göre verilecek ceza yarı oranında artırılır.

(4) Cinsel istismarın, birinci fıkranın (a) bendindeki çocuklara karşı cebir veya tehditle ya da (b) bendindeki çocuklara karşı silah kullanmak suretiyle gerçekleştirilmesi halinde, yukarıdaki fıkralara göre verilecek ceza yarı oranında artırılır.

(5) Cinsel istismar için başvurulan cebir ve şiddetin kasten yaralama suçunun ağır neticelerine neden olması hâlinde, ayrıca kasten yaralama suçuna ilişkin hükümler uygulanır.

(6) Suç sonucu mağdurun bitkisel hayata girmesi veya ölümü hâlinde, ağırlaştırılmış müebbet hapis cezasına hükmolunur.

İlgili Mahkeme Kararları: Yargıtay/Danıştay/Anayasa Mahkemesi/Uyuşmazlık Mahkemesi/Avrupa İnsan Hakları Mahkemesi/Askeri Yüksek İdare Mahkemesi/Askeri Yargıtay/Askeri Yargıtay Daire

İlgili Mevzuat : Kanunlar

İlgili Dilekçe ve Belgeler : Dava Dilekçeleri

Madde Geçmişi

**Reşit olmayanla cinsel ilişki**

**Madde 104-** (1) Cebir, tehdit ve hile olmaksızın, on beş yaşını bitirmiş olan çocukla cinsel ilişkide bulunan kişi, şikâyet üzerine iki yıldan beş[1] yıla kadar hapis cezası ile cezalandırılır.

(2) (İptal: Ana.Mah.nin 23.11.2005 tarihli ve E: 2005/103, K: 2005/89 sayılı kararı ile yeniden düzenleme: 18.6.2014-6545/60 md.) Suçun mağdur ile arasında evlenme yasağı bulunan kişi tarafından işlenmesi halinde, şikâyet aranmaksızın, on yıldan on beş yıla kadar hapis cezasına hükmolunur.

(3) (Ek: 18.6.2014-6545/60 md.) Suçun, evlat edineceği çocuğun evlat edinme öncesi bakımını üstlenen veya koruyucu aile ilişkisi çerçevesinde koruma, bakım ve gözetim yükümlülüğü bulunan kişi tarafından işlenmesi halinde, şikâyet aranmaksızın ikinci fıkraya göre cezaya hükmolunur.

[1] 18.06.2014 tarihli ve 6545 sayılı Kanunun 60. maddesiyle bu fıkrada yer alan "altı aydan iki" ibaresi "iki yıldan beş" şeklinde değiştirilmiştir.

İlgili Mahkeme Kararları : Yargıtay/Anayasa Mahkemesi/ Avrupa İnsan Hakları Mahkemesi/Askeri Yargıtay

İlgili Mevzuat : Kanunlar

İlgili Dilekçe ve Belgeler : Dava Dilekçeleri

Madde Geçmişi

**Cinsel taciz**

**Madde 105-** (1) Bir kimseyi cinsel amaçlı olarak taciz eden kişi hakkında mağdurun şikâyeti üzerine üç aydan iki yıla kadar hapis cezasına veya adli para cezasına, fiilin çocuğa karşı işlenmesi halinde altı aydan üç yıla kadar hapis cezasına hükmolunur[1].

(2) (Değişik: 18.6.2014-6545/61 md.) Suçun;

a) Kamu görevinin veya hizmet ilişkisinin ya da aile içi ilişkinin sağladığı kolaylıktan faydalanmak suretiyle,

b) Vasi, eğitici, öğretici, bakıcı, koruyucu aile veya sağlık hizmeti veren ya da koruma, bakım veya gözetim yükümlülüğü bulunan kişiler tarafından,

c) Aynı işyerinde çalışmanın sağladığı kolaylıktan faydalanmak suretiyle,

d) Posta veya elektronik haberleşme araçlarının sağladığı kolaylıktan faydalanmak suretiyle,

e) Teşhir suretiyle, işlenmesi halinde yukarıdaki fıkraya göre verilecek ceza yarı oranında artırılır. Bu fiil nedeniyle mağdur; işi bırakmak, okuldan veya ailesinden ayrılmak zorunda kalmış ise verilecek ceza bir yıldan az olamaz.

[1] 18.06.2014 tarihli ve 6545 sayılı Kanunun 61. maddesiyle bu fıkrada yer alan "hükmolunur" ibaresi "fiilin çocuğa karşı işlenmesi hâlinde altı aydan üç yıla kadar hapis cezasına hükmolunur" şeklinde değiştirilmiştir.

**Haksız tahrik**

**Madde 29-** (1) Haksız bir fiilin meydana getirdiği hiddet veya şiddetli elemin etkisi altında suç işleyen kimseye, ağırlaştırılmış müebbet hapis cezası yerine on sekiz yıldan yirmi dört yıla ve müebbet hapis cezası yerine on iki yıldan on sekiz yıla kadar hapis cezası verilir. Diğer hallerde verilecek cezanın dörtte birinden dörtte üçüne kadarı indirilir

**Takdiri indirim nedenleri**

**Madde 62-** (1) Fail yararına cezayı hafifletecek takdiri nedenlerin varlığı halinde ağırlaştırılmış müebbet hapis cezası yerine, müebbet hapis; müebbet hapis cezası yerine, yirmi beş yıl hapis cezası verilir. Diğer cezaların altıda birine kadarı indirilir. [1]

(2) Takdiri indirim nedeni olarak, failin geçmişi, sosyal ilişkileri, fiilden sonraki ve yargılama sürecindeki davranışları, cezanın failin geleceği üzerindeki olası etkileri gibi hususlar göz önünde bulundurulabilir. Takdiri indirim nedenleri kararda gösterilir.

Türk Medeni Kanunu
Kabul Tarihi: 22.11.2001
Kanun Numarası: 4721
Resmi Gazete Sayısı: 24607
Resmi Gazete Tarihi: 08.12.2001

## A. Boşanma Sebepleri

**I. Zina**

**Madde 161**- Eşlerden biri zina ederse, diğer eş boşanma davası açabilir.

Davaya hakkı olan eşin boşanma sebebini öğrenmesinden başlayarak altı ay ve her hâlde zina eyleminin üzerinden beş yıl geçmekle dava hakkı düşer.

Affeden tarafın dava hakkı yoktur.

**II. Hayata kast, pek kötü veya onur kırıcı davranış**

**Madde 162**- Eşlerden her biri diğeri tarafından hayatına kastedilmesi veya kendisine pek kötü davranılması ya da ağır derecede onur kırıcı bir davranışta bulunulması sebebiyle boşanma davası açabilir.

Davaya hakkı olan eşin boşanma sebebini öğrenmesinden başlayarak altı ay ve herhalde bu sebebin doğumunun üzerinden beş yıl geçmekle dava hakkı düşer.

Affeden tarafın dava hakkı yoktur.

**III. Suç işleme ve haysiyetsiz hayat sürme**

**Madde 163**- Eşlerden biri küçük düşürücü bir suç işler veya haysiyetsiz bir hayat sürer ve bu sebeplerden ötürü onunla birlikte yaşaması diğer eşten beklenemezse, bu eş her zaman boşanma davası açabilir.

**IV. Terk**

**Madde 164**- Eşlerden biri, evlilik birliğinden doğan yükümlülüklerini yerine getirmemek maksadıyla diğerini terk ettiği veya haklı bir sebep olmadan ortak konuta dönmediği takdirde ayrılık, en az altı ay sürmüş ve bu durum devam etmekte ve istem üzerine hâkim veya noter [1] tarafından yapılan ihtar sonuçsuz kalmış ise; terk edilen eş, boşanma davası açabilir. Diğerini ortak konutu terk etmeye zorlayan veya haklı bir sebep olmaksızın ortak konuta dönmesini engelleyen eş de terk etmiş sayılır.

Davaya hakkı olan eşin istemi üzerine hâkim veya noter, esası incelemeden yapacağı ihtarda terk eden eşe iki ay içinde ortak konuta dönmesi gerektiği ve dönmemesi halinde doğacak sonuçlar hakkında uyarıda bulunur. Bu ihtar gerektiğinde ilân yoluyla yapılır. Ancak, boşanma davası açmak için belirli sürenin dördüncü ayı bitmedikçe ihtar isteminde bulunulamaz ve ihtardan sonra iki ay geçmedikçe dava açılamaz.

[1] 164. maddesinin birinci ve ikinci fıkralarında yer alan "hâkim" ibarelerinden sonra gelmek üzere 31.03.2011 tarihli ve 6217 sayılı Kanunun 19. maddesiyle "veya noter" ibareleri eklenmiş ve metne işlenmiştir.

**V. Akıl hastalığı**

**Madde 165**- Eşlerden biri akıl hastası olup da bu yüzden ortak hayat diğer eş için çekilmez hâle gelirse, hastalığın geçmesine olanak bulunmadığı resmi sağlık kurulu raporuyla tespit edilmek koşuluyla bu eş boşanma davası açabilir.

**VI. Evlilik birliğinin sarsılması**

**Madde 166**- Evlilik birliği, ortak hayatı sürdürmeleri kendilerinden beklenmeyecek derecede temelinden sarsılmış olursa, eşlerden her biri boşanma davası açabilir.

Yukarıdaki fıkrada belirtilen hallerde, davacının kusuru daha ağır ise, davalının açılan davaya itiraz hakkı vardır. Bununla beraber bu itiraz, hakkın kötüye kullanılması niteliğinde ise ve evlilik birliğinin devamında davalı ve çocuklar bakımından korunmaya değer bir yarar kalmamışsa boşanmaya karar verilebilir.

Evlilik en az bir yıl sürmüş ise, eşlerin birlikte başvurması ya da bir eşin diğerinin davasını kabul etmesi halinde, evlilik birliği temelinden sarsılmış sayılır. Bu hâlde boşanma kararı verilebilmesi için, hâkimin tarafları bizzat dinleyerek iradelerinin serbestçe açıklandığına kanaat getirmesi ve boşanmanın mali sonuçları ile çocukların durumu hususunda taraflarca kabul edilecek düzenlemeyi uygun bulması şarttır. Hâkim, tarafların ve çocukların menfaatlerini göz önünde tutarak bu anlaşmada gerekli gördüğü değişiklikleri yapabilir. Bu değişikliklerin taraflarca da kabulü halinde boşanmaya hükmolunur. Bu halde tarafların ikrarlarının hâkimi bağlamayacağı hükmü uygulanmaz.

Boşanma sebeplerinden herhangi biriyle açılmış bulunan davanın reddine karar verilmesi ve bu kararın kesinleştiği tarihten başlayarak üç yıl geçmesi hâlinde, her ne sebeple olursa olsun ortak hayat yeniden kurulamamışsa evlilik birliği temelden sarsılmış sayılır ve eşlerden birinin istemi üzerine boşanmaya karar verilir.

## Boşanmada Tazminat ve Nafaka

### 1. Maddî ve manevî tazminat

**Madde 174-** Mevcut veya beklenen menfaatleri boşanma yüzünden zedelenen kusursuz veya daha az kusurlu taraf, kusurlu taraftan uygun bir maddi tazminat isteyebilir.

Boşanmaya sebep olan olaylar yüzünden kişilik hakkı saldırıya uğrayan taraf, kusurlu olan diğer taraftan manevi tazminat olarak uygun miktarda bir para ödenmesini isteyebilir.

İlgili Mahkeme Kararları : Yargıtay/Anayasa Mahkemesi
İlgili Mevzuat : Kanunlar
İlgili Dilekçe ve Belgeler : Dava Dilekçeleri
Madde Geçmişi

**2. Yoksulluk nafakası**

**Madde 175-** Boşanma yüzünden yoksulluğa düşecek taraf, kusuru daha ağır olmamak koşuluyla geçimi için diğer taraftan mali gücü oranında süresiz olarak nafaka isteyebilir.

Nafaka yükümlüsünün kusuru aranmaz.

İlgili Mahkeme Kararları : Yargıtay/Anayasa Mahkemesi
İlgili Mevzuat : Kanunlar
İlgili Dilekçe ve Belgeler : Dava Dilekçeleri
Madde Geçmişi

**3. Tazminat ve nafakanın ödenme biçimi**

**Madde 176-** Maddi tazminat ve yoksulluk nafakasının toptan veya durumun gereklerine göre irat biçiminde ödenmesine karar verilebilir.

Manevi tazminatın irat biçiminde ödenmesine karar verilemez.

İrat biçiminde ödenmesine karar verilen maddi tazminat veya nafaka, alacaklı tarafın yeniden evlenmesi ya da taraflardan birinin ölümü hâlinde kendiliğinden kalkar; alacaklı tarafın evlenme olmaksızın fiilen evliymiş gibi yaşaması, yoksulluğunun ortadan kalkması ya da haysiyetsiz hayat sürmesi hâlinde mahkeme kararıyla kaldırılır.

Tarafların mali durumlarının değişmesi veya hakkaniyetin gerektirdiği hallerde iradın artırılması veya azaltılmasına karar verilebilir.

Hâkim, istem halinde, irat biçiminde ödenmesine karar verilen maddi tazminat veya nafakanın gelecek yıllarda tarafların sosyal ve ekonomik durumlarına göre ne miktarda ödeneceğini karara bağlayabilir.

Altıncı Ayırım

Velayet

A. Genel olarak

**I. Koşullar**

**Madde 335-** Ergin olmayan çocuk, ana ve babasının velâyeti altındadır. Yasal sebep olmadıkça velayet ana ve babadan alınamaz.

Hâkim vasi atanmasına gerek görmedikçe kısıtlanan ergin çocuklar da ana ve babanın velayeti altında kalırlar.

İlgili Mahkeme Kararları: Yargıtay/Anayasa Mahkemesi

İlgili Mevzuat: Kanunlar

Madde Geçmişi

**II. Ana ve baba evli ise**

**Madde 336-** Evlilik devam ettiği sürece ana ve baba velâyeti birlikte kullanırlar.

Ortak hayata son verilmiş veya ayrılık hali gerçekleşmişse hâkim, velayeti eşlerden birine verebilir.

Velâyet, ana ve babadan birinin ölümü hâlinde sağ kalana, boşanmada ise çocuk kendisine bırakılan tarafa aittir.

İlgili Mahkeme Kararları: Yargıtay/Avrupa İnsan Hakları Mahkemesi

İlgili Mevzuat: Kanunlar

İlgili Dilekçe ve Belgeler: Dava Dilekçeleri

Madde Geçmişi

**III. Ana ve baba evli değilse**

**Madde 337-** Ana ve baba evli değilse velayet anaya aittir.

Ana küçük, kısıtlı veya ölmüş ya da velayet kendisinden alınmışsa hâkim, çocuğun menfaatine göre, vasi atar veya velayeti babaya verir.

İlgili Mahkeme Kararları: Yargıtay/Danıştay/Anayasa Mahkemesi/Avrupa İnsan Hakları Mahkemesi

İlgili Mevzuat: Kanunlar

İlgili Dilekçe ve Belgeler: Dava Dilekçeleri

Madde Geçmişi

**IV. Üvey çocuklar**

**Madde 338-** Eşler, ergin olmayan üvey çocuklarına da özen ve ilgi göstermekle yükümlüdürler.

Kendi çocuğu üzerinde velayeti kullanan eşe diğer eş uygun bir şekilde yardımcı olur; durum ve koşullar zorunlu kıldığı ölçüde çocuğun ihtiyaçları için onu temsil eder.

İlgili Mahkeme Kararları: Yargıtay

İlgili Mevzuat:Kanunlar

Madde Geçmişi

**B. Velaetin kapsamı**

**I. Genel olarak**

**Madde 339-** Ana ve baba, çocuğun bakım ve eğitimi konusunda onun menfaatini göz önünde tutarak gerekli kararları alır ve uygularlar.

Çocuk, ana ve babasının sözünü dinlemekle yükümlüdür.

Ana ve baba, olgunluğu ölçüsünde çocuğa hayatını düzenleme olanağı tanırlar; önemli konularda olabildiğince onun düşüncesini göz önünde tutarlar.

Çocuk, ana ve babasının rızası dışında evi terk edemez ve yasal sebep olmaksızın onlardan alınamaz.

Çocuğun adını ana ve babası koyar.

İlgili Mahkeme Kararları: Yargıtay/Anayasa Mahkemesi/ Askeri Yargıtay

İlgili Mevzuat: Kanunlar

Madde Geçmişi

**II. Eğitim**

**Madde 340-** Ana ve baba, çocuğu olanaklarına göre eğitirler ve onun bedensel, zihinsel, ruhsal, ahlaki ve toplumsal gelişimini sağlar ve korurlar.

Ana ve baba çocuğa, özellikle bedensel ve zihinsel engelli olanlara, yetenek ve eğilimlerine uygun düşecek ölçüde, genel ve mesleki bir eğitim sağlarlar.[1]

[1] 25.4.2013 tarihli ve 6462 sayılı Kanunun 1 inci maddesiyle bu maddenin ikinci fıkrasında yer alan "özürlü" ibaresi "engelli" şeklinde değiştirilmiştir.

İlgili Mahkeme Kararları: Yargıtay/Anayasa Mahkemesi

İlgili Mevzuat: Kanunlar

Madde Geçmişi

**III. Dini eğitim**

**Madde 341**- Çocuğun dini eğitimini belirleme hakkı ana ve babaya aittir.

Ana ve babanın bu konudaki haklarını sınırlayacak her türlü sözleşme geçersizdir.

Ergin, dinini seçmekte özgürdür.

İlgili Mahkeme Kararları: Yargıtay/Anayasa Mahkemesi

İlgili Mevzuat: Kanunlar Madde Geçmişi

**IV. Çocuğun temsil edilmesi**

**Madde 342**- Ana ve baba, velâyetleri çerçevesinde üçüncü kişilere karşı çocuklarının yasal temsilcisidirler.

İyi niyetli üçüncü kişiler, eşlerden her birinin diğerinin rızasıyla işlem yaptığını varsayabilirler.

Vesayet makamlarının iznine bağlı hususlar dışında kısıtlıların temsiline ilişkin hükümler velayetteki temsilde de uygulanır.

İlgili Mahkeme Kararları: Yargıtay

İlgili Mevzuat: Kanunlar

Madde Geçmişi

**V. Çocuğun fiil ehliyeti**

**Madde 343-** Velayet altındaki çocuğun fiil ehliyeti, vesayet altındaki kişinin ehliyeti gibidir.

Çocuk, borçlarından ana ve babanın çocuk malları üzerindeki haklarına bakılmaksızın kendi malvarlığı ile sorumludur.

İlgili Mahkeme Kararları: Yargıtay

İlgili Mevzuat: Kanunlar

Madde Geçmişi

**VI. Çocuğun aileyi temsil etmesi**

**Madde 344-** Velayet altındaki çocuk, ayırt etme gücüne sahip ise ana ve babanın rızasıyla aile adına hukukî işlemler yapabilir; bu işlemlerden dolayı ana ve baba borç altına girer.

İlgili Mahkeme Kararları: Yargıtay

İlgili Mevzuat: Kanunlar

Madde Geçmişi

**VII. Çocuk ile ana ve baba arasındaki hukuki işlemler**

**Madde 345-** Çocuk ile ana veya baba arasında ya da ana ve babanın menfaatine olarak çocuk ile üçüncü kişi arasında yapılacak bir hukuki işlemle çocuğun borç altına girebilmesi, bir kayyımın katılmasına ve hâkimin onayına bağlıdır.

İlgili Mahkeme Kararları: Yargıtay/Anayasa Mahkemesi

İlgili Mevzuat: Kanunlar

Madde Geçmişi

**C. Çocuğun korunması**

**I. Koruma önlemleri**

**Madde 346-** Çocuğun menfaati ve gelişmesi tehlikeye düştüğü takdirde, ana ve baba duruma çare bulamaz veya buna güçleri yetmezse hâkim, çocuğun korunması için uygun önlemleri alır.

İlgili Mahkeme Kararları: Yargıtay/Danıştay

İlgili Mevzuat: Kanunlar

Madde Geçmişi

**II. Çocukların yerleştirilmesi**

**Madde 347-** Çocuğun bedensel ve zihinsel gelişmesi tehlikede bulunur veya çocuk manen terk edilmiş hâlde kalırsa hâkim, çocuğu ana ve babadan alarak bir aile yanına veya bir kuruma yerleştirebilir.

Çocuğun aile içinde kalması ailenin huzurunu onlardan katlanmaları beklenemeyecek derecede bozuyorsa ve durumun gereklerine göre başka çare de kalmamışsa, ana ve baba veya çocuğun istemi üzerine hâkim aynı önlemleri alabilir.

Ana ve baba ile çocuğun ödeme gücü yoksa bu önlemlerin gerektirdiği giderler Devletçe karşılanır.

Nafakaya ilişkin hükümler saklıdır.

İlgili Mahkeme Kararları: Yargıtay/Danıştay

İlgili Mevzuat: Kanunlar

İlgili Dilekçe ve Belgeler: Dava Dilekçeleri

Madde Geçmişi

**III. Velayetin kaldırılması**

**1. Genel olarak**

**Madde 348-** Çocuğun korunmasına ilişkin diğer önlemlerden sonuç alınamaz ya da bu önlemlerin yetersiz olacağı önceden anlaşılırsa, hâkim aşağıdaki hallerde velayetin kaldırılmasına karar verir:

1. (Değişik: 1.7.2005 -5378/38 md.) Ana ve babanın deneyimsizliği, hastalığı, başka bir yerde bulunması veya benzeri sebeplerden biriyle velayet görevini gereği gibi yerine getirememesi.

2. Ana ve babanın çocuğa yeterli ilgiyi göstermemesi veya ona karşı yükümlülüklerini ağır biçimde savsaklaması.

Velayet ana ve babanın her ikisinden kaldırılırsa çocuğa bir vasi atanır.

Kararda aksi belirtilmedikçe, velayetin kaldırılması mevcut ve doğacak bütün çocukları kapsar.

İlgili Mahkeme Kararları: Yargıtay

İlgili Mevzuat: Kanunlar

İlgili Dilekçe ve Belgeler: Dava Dilekçeleri

**Madde Geçmişi**

**2. Ana veya babanın yeniden evlenmesi hâlinde**

**Madde 349-** Velayete sahip ana veya babanın yeniden evlenmesi, velâyetin kaldırılmasını gerektirmez. Ancak, çocuğun menfaati gerektirdiğinde velayet sahibi değiştirilebileceği gibi, durum ve koşullara göre velayet kaldırılarak çocuğa vasi de atanabilir.

İlgili Mahkeme Kararları: Yargıtay

İlgili Mevzuat: Kanunlar

**Madde Geçmişi**

**3. Velayetin kaldırılması hâlinde ana ve babanın yükümlülükleri**

**Madde 350-** Velayetin kaldırılması hâlinde ana ve babanın çocuklarının bakım ve eğitim giderlerini karşılama yükümlülükleri devam eder.

Ana ve baba ile çocuğun ödeme gücü yoksa bu giderler devletçe karşılanır.

Nafakaya ilişkin hükümler saklıdır.

İlgili Mahkeme Kararları: Yargıtay

İlgili Mevzuat: Kanunlar

Madde Geçmişi

**IV. Durumun değişmesi**

**Madde 351-** Durumun değişmesi halinde, çocuğun korunmasına ilişkin önlemlerin yeni koşullara uydurulması gerekir.

Velayetin kaldırılmasını gerektiren sebep ortadan kalkmışsa hâkim, resen ya da ana veya babanın istemi üzerine velayeti geri verir.

## Başvurulacak Kurumlar:

İnternet üzerinden en doğru hukuki bilgiye ulaşılabilecek site www.turkhukuksitesi.com'dur.

Bu site kâr amacı gütmeyen, hukuk okuryazarlığını artırmayı amaçlayan ve özellikle KAHDEM (Kadınlara Hukuki Destek Merkezi) olarak kadınların sorularının kadın hakları konusunda uzman avukatlarla cevaplandığı bir sitedir.

155 Polis İmdat

Mor Çatı Kadın Sığınağı Vakfı www.morcati.org.tr Tel: 0212 292 52 31-32

Alo 183 Aile, Kadın, Çocuk ve Özürlü Sosyal Hizmet Danışma Hattı

İl Sosyal Hizmetler Müdürlükleri (Rehberlik hizmetleri, sığınma ve konukevi talepleri buraya yapılmaktadır.)

Baroların Kadın Hakları Merkezleri (Bulunduğunuz il barosu telefonunu internetten bulabilirsiniz.)

Baroların Adli Yardım Büroları

Belediyelerin Kadın Dayanışma Merkezleri

Kadın Sivil Toplum Kuruluşları

Cumhuriyet Savcılıkları

Polis

Avukatlar